食全食美 2

風 文創 093

尋找失落的愛情 著

風文創 093

目錄

風 文創 093

第五十九章　失之東隅收之桑榆

不，不行！她不能說！

發生在她身上的事情實在太過驚世駭俗，就算說出來，只怕寧有方也不會相信。退一步說，就算他勉強相信了，以他執拗不服輸的性子，只怕不但不肯避開，還會更加堅定去京城的想法……

寧汐深呼吸口氣，軟軟地央求道：「爹，剛才都是我太莽撞了。可我說的都是心裡話，我們一家四口在這裡生活得好好的，就別去京城了好不好？」避重就輕地繞過了寧有方的疑惑。

寧有方這一次卻沒這麼好糊弄了，皺著眉頭說道：「只有這個理由嗎？汐兒，妳是不是有事在瞞著我？」

寧汐心裡一顫，逼著自己坦然的回視。「爹，我怎麼可能有事瞞著您？京城雖然好，可再好也不如故鄉，我真的不想您去。再說了，去四皇子府上做廚子雖然是好事，可這些貴人也不是好伺候的，一個不小心，就會惹來禍端，還不如在太白樓裡來得安穩……」

前世寧有方慘死的那一幕，在寧汐的腦海裡不停的閃現。她的眼裡滿是淚花，聲音也顫抖起來。「我知道今天是我太任性太衝動了。可那個時候，如果我再不出聲，您就要張口答應了，我一時著急，才插了嘴。對不起，爹……」

說到這兒，寧汐已經是泣不成聲，眼裡滿是懊惱後悔自責，就這麼可憐兮兮的看著寧有方，眼淚大顆大顆的滑落。

寧有方的心裡雖然還有些疑雲，可終究在寧汐的眼淚裡敗下陣來。

他長長的嘆了口氣，將寧汐摟入懷中，輕輕的拍著她的背。「汐兒，妳平時再任性，我都依著妳，可剛才有多凶險妳知道嗎？好在四皇子殿下沒有追究妳的冒失，不然，今天我們兩個都吃不了兜著走。以後可千萬別這麼任性了。」

寧汐哽咽著應了一聲，將頭埋進寧有方的懷裡哭了起來。

爹，對不起，我又對您說了謊。

好在總算避開了這一次。只要能扭轉前世的厄運，就算將來有一天您知道了事情的真相大發雷霆，我也心甘情願……

只要您能好好的活著，我願為此付出一切努力！

寧有方滿心不是滋味，又在為錯失這樣的好機會懊惱不已，一時也沒心情安撫寧汐的情緒，只輕輕的拍著寧汐的後背。

父女兩個各懷心思，一個啜泣一個唏噓感嘆，也不知過了多久，門忽然被敲響了。

寧有方打起精神去開了門，見了來人，微微一愣，忙笑著迎了對方進來。「孫掌櫃，你怎麼來了？」

孫掌櫃顯然知道了事情的後續發展，張口就嘆道：「寧老弟，你今天膽子也太大了，四皇子殿下親自開口，這是多大的榮耀和體面啊！你怎麼就敢直接拒絕了？」

寧有方有苦說不出，又不願將過錯都推到寧汐的頭上，只含糊地應了句。「故土難離，我捨不得走。」

孰料，這句話立刻打動了孫掌櫃，他激動的拍了拍寧有方的肩膀，一連串的誇讚道：「好好好，真是好樣的！我們太白樓有你這樣的好廚子，真是有福氣。我待會兒去見老爺，一定把你的事情說給他聽聽。」

寧有方竟然捨棄了京城的繁華富貴，選擇留在了太白樓，真是太令人感動了！

寧有方笑了笑，這樣美妙的誤會不解釋也罷。事情已經到了這一步，再怪誰也沒了意義，還是好好的在太白樓裡繼續做他的主廚吧！

寧汐早已停止了哭泣，不過，眼睛仍是紅紅的。

孫掌櫃著意的誇了寧有方一通之後，才笑著問道：「汐丫頭這是怎麼了，是不是見沒機會去京城，就哭鬧個不停了？」看來他對荷花廳裡發生的那一幕並不清楚。

寧有方啞然失笑，胡亂點頭應了。算了，就讓大夥兒都保持這個誤會好了，若是孫掌櫃知道寧汐膽大妄為的舉止，只怕再也不肯讓寧汐到太白樓來做學徒了。

寧汐沒料到寧有方肯這麼護著她，心裡暖暖的，又是感動又是羞愧。同時也暗暗的下了決心，從今以後，一定要好好的學廚，不讓寧有方有一絲失望。

出了屋子之後，早已得了消息的眾廚子都圍攏了過來，把寧有方圍在中間，誇了個不停。當然，也有人為他不識時務的拒絕四皇子一事惋惜不已，還有對他的好運羨慕嫉妒恨的，總之，熙熙攘攘的一片鬧騰。

眾人最關心的，當然還是寧有方怎麼拒絕四皇子的那一幕，七嘴八舌地問個不停。「寧老弟，快跟我們說說，當時到底是怎麼回事？」

「對啊，我們都好奇死了，四皇子殿下真的親口說了讓你到他的府裡做廚子嗎？」

「這樣的好事簡直是打著燈籠也找不到啊，你怎麼就捨得拒絕了？」

「還有還有，四皇子殿下動怒了嗎……」

寧有方本來低落鬱悶的心情，被眾人這麼一鬧散開了不少，自嘲地笑道：「我捨不得太白樓，捨不得你們，更捨不得離開故鄉，只好委婉的拒絕了四皇子殿下，讓大夥兒見笑了。」

這樣一步登天的好機會，就這麼眼睜睜的擦肩而過，他心裡豈能沒有遺憾？可是已經到了這一步，想得再多也沒用了，還不如看開些。

胡老大嘆道：「寧老弟，我一直佩服你的手藝。不過，從今兒個開始，我更佩服你的勇氣和心胸。」這樣好的機會，可不是人人都有勇氣和膽量推辭的。

眾人紛紛附和。

就連一向心胸狹窄的王厤子，也忍不住嘆了句。「這樣的好事求都求不來，如果換了是我，不管怎麼樣也得先答應了再說。」

此言一出，眾人都哄笑起來。朱二笑著嘲弄道：「是啊，你肯定不會拒絕，只可惜也沒人會看中你，不然，你早飛黃騰達了！」

王厤子翻了個白眼，呸了朱二一口，氣氛頓時熱鬧起來。

孫掌櫃哈哈笑道：「今天大夥兒都辛苦了，總算安然無事地將這樁事應付了過去。今天晚上大夥兒坐一起，好好的喝幾杯，然後每人領個紅包樂呵樂呵。」

眾人聽得眉開眼笑，連聲道好。

寧有方被這樣的氣氛感染，也打起了精神笑道：「廚房裡還剩了不少好東西，今天晚上做幾道好菜吧！」

孫掌櫃笑著點頭，補充道：「酒窖裡還有上好的十年陳釀，今天管大家喝個飽！」

甄胖子領頭起鬨，連連拍手道好。

寧有方咧嘴一笑，又開始神氣活現地吹噓起來。「我就說吧，今天的蟹粉魚翅做得很好，絕對發揮出了超常水準。」別管鹹淡了，四皇子都誇好了，那還有假嗎？

「是是是，那肯定是。」胡老大立刻笑著附和。

王麻子也笑著奉承道：「寧老弟手藝高超，我們都是有目共睹的了。」

寧有方憋屈了兩天的心情，此刻陡然好了起來，樂呵呵地說道：「走走走，現在就去廚房準備準備，今晚我要好好露一手，讓大家也嚐嚐蟹粉魚翅的味道。」

眾廚子哄然應了，如眾星捧月的簇擁著寧有方去了。

寧汐看著寧有方神氣活現的樣子，心裡別提多安慰了，雖然過程波折了些，結果總算是愉快的。寧有方又是個豁達的性子，並沒因此耿耿於懷，父女之間的感情依舊和睦，實在是再好不過了！

正想著，寧有方忽地回過頭來，揚聲喊道：「汐兒，別發愣了，快過來打下手。」

寧汐精神一振，脆生生的應了，利索的跑了過去。

寧有方閉口不提之前的事情，只笑著吩咐寧汐做事。

寧汐今日做事分外的勤快老實，先是將螃蟹上鍋蒸，然後細心地用竹籤將蟹黃一點點的撥弄下來。

寧有方正在處理魚翅，偶爾回頭看低頭專心做事的寧汐一眼，有意無意地開起了玩笑。「待會兒我可得好好嚐一嚐，若是再做得鹹了，可就成笑話了。」

寧汐手中的動作頓了一頓，他這麼說是什麼意思？難道猜到是她做了什麼手腳嗎？面上卻裝著若無其事的笑道：「爹今天只是偶爾失手一回，以後肯定不會了。」

寧有方笑了笑，並沒說什麼，又轉頭忙碌起來。

寧汐心虛，壓根兒不敢追問，可心裡卻七上八下的。

第六十章　天上掉下的好事

當晚，太白樓的大廳裡整整擺了五桌，太白樓的所有人都圍坐在一起，煞是熱鬧。

陸老爺雖然沒親自到場，卻讓孫掌櫃帶了話過來。

「寧老弟，你今兒個可是大大的露了臉，也為我們太白樓爭了口氣。」孫掌櫃笑著端起酒杯。「老爺聽說你不肯去京城而想繼續留在太白樓，高興得不得了，不停地誇你。要不是因為今天晚上有事走不開，就會親自過來了。這一杯，可是老爺讓我代他敬你的。」

寧有方受寵若驚的站了起來，連連笑道：「這怎麼敢當！」之前曾受的冷遇和憋屈，在此刻一掃而空。

孫掌櫃爽朗地笑開了。「有什麼不敢當的。來來來，乾了這杯！」

在眾人豔羨的眼光中，寧有方喝了杯中的酒，滿臉的紅光。

接下來，眾人理所當然的一擁而上，你一杯我一杯不停的向寧有方敬酒。寧有方性子豪爽，來者不拒，喝多簡直是必然的。

寧汐坐在鄰桌頻頻的張望，見寧有方一杯一杯喝個不停，暗暗著急起來。

寧有方身子還沒徹底好，今天又撐著忙了一天，再這麼猛喝酒，只怕會吃不消呢！

小四兒見寧汐心不在焉的，笑著打趣道：「汐妹子，妳就別擔心了，寧大廚的酒量可是頂呱呱的，就算喝一晚也不會醉的。」

胡青等人也都笑著附和了幾句。

寧汐沒心情說笑，卻也不好意思拂了大家的好意，只得擠出笑容來點了點頭。

這頓飯也不知吃了多久才散席，諸位大廚都喝得東倒西歪的，寧有方更是醉得站都站不起來了。這副樣子，顯然是沒法子回去了。

寧汐個子嬌小，又沒多少力氣，小臉脹得通紅，也沒能將寧有方從凳子上拉起來。

張展瑜看了，忙揚聲喊了胡青過來幫忙，兩人一起將寧有方架著回了屋子。待把寧有方安然的放在床上，兩人都累出了一身的汗。

寧汐連聲道謝。

張展瑜笑著應道：「這麼客氣也太見外了。好了，妳今晚好好照顧寧大廚吧！要是有什麼事就喊一聲，我就在隔壁。」

寧汐感激的點頭應了，將兩人送了出去。回頭一看，卻見寧有方醉醺醺的躺在床上，閉著眼睛胡亂囈語。「來，再喝一杯……」

寧汐又是好氣又是好笑，湊過去說道：「爹，早散席了，您還喝什麼？幸好今天沒回家，不然，娘看到您這副樣子，肯定要生氣了。」

寧有方聽到熟悉的聲音，費力的睜開了眼睛，嘴裡嘟囔個不停。「汐兒，妳怎麼變成了兩個……不對，怎麼變成三個了。」

寧汐噗哧一聲笑了起來，柔聲哄道：「爹，您今天喝多了，早點睡下吧！我來伺候您洗臉洗腳。」

寧有方醉得暈乎乎的，壓根兒不知道寧汐說的是什麼，胡亂地點了點頭。

寧汐啞然失笑，忙去廚房裡端了盆熱水過來。回到屋子裡再一看，寧有方已經睡著了，嘴巴張得老大，鼾聲都快把屋頂掀翻了。

寧汐無奈地笑了笑，細心擰好了毛巾，為寧有方細細的擦乾淨臉龐。然後又端來洗腳盆，為寧有方脫去鞋襪，替他洗了洗腳。做這些舉動的時候，寧汐的心裡沒有絲毫的嫌棄。

寧有方分明察覺到了什麼，可最終卻選擇了什麼也沒問，就這麼輕易的相信了她的說辭。有這樣全心全意愛她的爹，真是她這輩子最大的幸運了。

寧有方睡得很沈，鼾聲漸漸的小了下來。

寧汐靜靜的坐在床邊，低聲喃喃自語。「爹，對不起。今天的事都是我的錯，不管為了什麼，我都不該做出那樣的事情。不僅傷了您的身體，更害得您成了大家的笑柄，還差點連累您受了四皇子的怪罪。對不起，請您原諒我……」

寧汐的聲音有些哽咽了，凝視著寧有方熟睡的面孔，繼續輕輕地說道：「可是，我真的是為了您著想，才狠心做了這一切。四皇子脾氣陰晴不定，很難伺候，又很有野心，我不想看您再走到那一步……」

寧汐再也說不下去了，閉上眼睛，任眼淚肆無忌憚的滑過臉頰。

這是她最愛的親人，也是她一心要守護的人，可她卻一而再再而三的傷害了他。雖然不斷告訴自己，這一切都是為了爹好，可她確是愧對了全心信任呵護她的爹啊！

床上酣睡的寧有方依舊睡得香甜，手指卻微微地動了一動。

不知哭了多久，寧汐終於疲倦了，迷迷糊糊的趴在床邊睡著了。

這一夜，寧汐又作了個夢。

在夢裡，四皇子獰笑著俯視跪著的寧有方，手中不知什麼時候多了把刀，抬手就向寧有方砍去。

寧汐大驚，飛奔著撲了過去，那把刀瞬間落在了她的背上，火辣辣的痛楚頓時蔓延開來。而站在一旁的邵晏，眼裡流露出無盡的痛苦和愧疚，卻自始至終沒有伸出手來救她。

好痛……

背痛，心更痛！寧汐在劇痛中抬起頭，看著寧有方驚駭莫名的面孔，努力的擠出最後一抹笑容，斷斷續續地說道：「爹，別怕，只要有我在，沒人可以傷害您……」

「汐兒……」寧有方悲慟的抱著她，撕心裂肺的喊著。

寧汐的思緒陷入一片混沌，可腦子裡卻一直不停的閃現著這句話——

爹，我要您好好的活著。為此，我願意付出任何代價，哪怕是我的生命……

這明明是個夢，可那種絕望又無助的痛苦，為什麼又如此的真實？

寧汐茫然地睜開眼睛，滿臉的淚痕。

一張熟悉的面孔忽地出現在她的上方。「汐兒，妳一直睡得不安穩，是不是作噩夢了？瞧瞧妳，滿臉的眼淚。」一說著，略有些笨拙的為寧汐拭去淚珠。

寧汐定定神，將噩夢揮開，嬌嗔的說道：「爹，您什麼時候起來的？還有，我怎麼睡到床上來了？」

昨夜她明明趴在床邊睡著的，可現在卻到了床上。肯定是寧有方把她抱到床上來的吧！

寧有方憐愛的看著寧汐，溫柔的說道：「我半夜就醒了，把妳抱到床上來睡了之後，又跑到隔壁和展瑜擠了一晚。」

寧汐徹底清醒了過來，忙起身下了床。

身上的衣物被這麼睡了一夜，已經有些縐巴巴的，好在粗布衣服本就耐髒，將就著穿上一天也沒什麼問題。

寧有方大醉了一場，今天精神倒是不錯。笑咪咪的打了盆熱水過來讓寧汐漱洗，說道：「汐兒，我們這兒還有間空屋子，待會兒去收拾收拾，以後若是不回去，也能有個歇腳的地方。」

寧汐笑著點點頭，隨口問道：「要不要和孫掌櫃說一聲？」

寧有方挑眉一笑。「這點小事有什麼可說的。」然後，壓低了聲音說道：「昨天孫掌櫃悄悄和我說了，東家老爺很欣賞我這次的表現，打算讓我在太白樓裡入半成股，到了年底給我分紅。」

什麼？寧汐一愣，旋即興奮的蹦了起來。「爹，您說的是真的嗎？」

寧有方得意地挑眉。「這樣的事情還能有假嗎？不然，我昨天晚上怎麼會喝了那麼多？」自然是因為太過高興激動的緣故嘛！

寧汐激動得不得了，緊緊的摟著寧有方歡呼起來。

太好了！這簡直是天上掉下的好事啊！

寧有方手藝再好，在太白樓裡也只是個廚子，雖然每個月的工錢很豐厚，客人的賞賜也不少，可說到底，身分卻是低微的。也因此，寧有方才一直期盼著能到更好的地方，希冀著能改變這一切。

而現在，陸老爺主動讓出了半成乾股，讓寧有方到年底拿一份分紅。以太白樓的生意來看，這半成乾股肯定不會是小數字。更重要的是，這是對寧有方手藝的看重，也是對他為人品性的看重。

這也意味著，寧有方將來可以闖出另一條路來。一條和前世截然不同卻更加踏實的路！

「爹，這件事大家都知道了嗎？」寧汐抬起小臉，興奮地問道。

寧有方咧嘴一笑。「這事還沒真正定下來，大夥兒還不知道。妳心裡有數就行，千萬別說漏了嘴。」

寧汐像小雞啄米似的連連點頭，小臉笑得像朵花似的。「知道啦，爹，我不會亂說的，您放心好了。對了，孫掌櫃有沒有說東家老爺什麼時候會親自來找您？」

這樣的大事，當然不是隨口說說就算了，至少也得簽一份正式的文書才行。

寧有方撓撓頭。「這個我倒沒細問，估計就這幾天吧！」

寧汐想了想，認真的說道：「爹，您有了太白樓的乾股，也算是東家了，以後可得用心打理廚房，讓太白樓的生意更上一層樓才是。」

陸老爺如此慷慨大方的讓出半成乾股，也是想拴住寧有方這樣的人才吧！

寧有方嘿嘿一笑。「這是當然。待會兒我去和孫掌櫃說一聲，回去休息兩天，順便把這椿喜事告訴家裡。」有這樣的喜事，當然要讓家人一起分享。

寧汐甜甜地笑著應了，心情豁然開朗。

第六十一章　命運就此不同

寧有方領著寧汐去孫掌櫃那兒告假，孫掌櫃答應得異常痛快。「好好好，寧老弟，你回去休息幾天再來也沒關係。」

寧有方笑著點了點頭，領著寧汐回家了。

阮氏正在院子裡洗衣服，見兩人回來，立刻高興的迎了上來，一迭連聲的問道：「昨天晚上你們怎麼都沒回來？我一直等到半夜，都急死了。」

寧汐嘻嘻一笑。「娘，以後您就別等門了。爹給我找了間屋子，以後我也可以隨時在那邊留宿了。」

阮氏想了想，笑道：「也好，每天這麼來來回回的跑，也確實夠累的。以後若是太晚了，就別回來了，待會兒我就替妳收拾些衣服去……」

寧汐笑著接過了話茬兒。「好了，娘，我都這麼大了，這些事情自己會做的，您就別操心了。」

阮氏啞然失笑，連連附和道：「好好好，我們的汐兒是大姑娘了，什麼事都會做。」說著，又看向寧有方，擔憂地問道：「你身子好些了嗎？昨天的宴席後來怎麼樣？」

寧有方瞄了寧汐一眼，然後笑道：「說來話長，坐下慢慢說。」

寧汐略有些心虛地笑了笑。是啊，這可確實是個很長很曲折的故事……

阮氏在聽完這一波三折的原委之後，張大了嘴巴良久說不出話來，愣愣地看著寧有方。

「你、你真的拒絕了四皇子殿下的邀請嗎？」這樣一步登天的好機會，以寧有方的性子怎麼可能捨得拒絕？

寧有方笑了笑，眼裡流露過一絲淡淡的遺憾，口中卻說得豁達。「貴人哪裡是這麼好伺候的？再說了，我們一家子在洛陽待得好好的，離鄉背井的去京城又得從頭開始，還是不去為好。」

即使在阮氏面前，寧有方也沒提及當時寧汐的「精彩表現」，看來是打算讓這件事徹底成為父女之間的秘密了。

阮氏想了想，嘆口氣附和道：「說得也有道理，不去就不去吧！」

寧有方打起精神來笑道：「對了，還有個好消息沒告訴妳。」故意停頓了一下，見阮氏興致勃勃滿眼期待，才快速地把陸老爺要分半成乾股給他的事情說了。

阮氏「啊」的一聲站了起來，激動的問道：「是真的嗎？你沒騙我吧！」

寧有方得意的笑開了。「這樣的大事，我怎麼敢騙妳？不信，妳問問汐兒好了。」

寧汐笑咪咪地點頭附和。「等過幾天就會簽正式的文書了。娘，爹很快就是太白樓的幕後東家之一了。」

就算占的比例很小很小，可身分卻是不一樣了。對一直希望出人頭地的寧有方來說，這同樣是個極好極難得的機會啊！

阮氏先是笑著點點頭，眼眶忽地一熱，聲音都哽咽了。「有方，你終於熬出頭了……」

寧有方心裡也有些酸酸的，柔聲說道：「說得好好的，妳怎麼哭起來了。等著吧，等我將來混出個人樣了，一定讓你們都過上好日子。」

阮氏連連點頭，眼淚卻在眼眶裡直打轉。

寧有方伸出手摟住了阮氏的肩膀，低聲哄了幾句。

寧汐輕手輕腳地溜了出去，順便將門輕輕的帶好，心情就像頭頂上的天空一般晴朗湛藍。

命運在這一刻，終於開始了真正的逆轉。

寧有方不會再到京城去，和四皇子沒有了交集，以後也不會再入宮做御廚了。爭奪皇位的腥風血雨陰謀詭計，也跟他們一家子都沒關係了。

寧汐站在院子裡的那棵槐樹下，微微一笑，那笑容從心底煥發出來，綻放出無比的美麗。

到了中午，寧大山等人都知道了這個好消息。

寧大山比寧有方還要激動，一連說了三個好，笑聲如洪鐘一般。「老三，你太爭氣了，不愧是我寧大山的好兒子！」

寧有財也由衷的嘆道：「三弟，經過此事，你在洛陽肯定名氣大增，說不定還會有別的酒樓來重金挖你過去。」陸家老爺肯讓出半成乾股，也是為了留住寧有方吧！

寧有方咧嘴一笑。「哪家酒樓來找我我也不去了。」

王氏羨慕得不得了，酸溜溜的來了句。「三弟啊，你今後可是有大出息的人了，將來可別忘了提點提點你二哥。」賣包子能有多大出息，勉強餬口夠溫飽而已，比起寧有方來，可真是差得太遠了。

寧有方不好說什麼，只是笑了笑。寧有財的廚藝實在平庸，就算到酒樓裡，也做不了大廚。

阮氏笑著扯開話題。「二嫂，雅兒的喜日子定好了嗎？」

一說起這個，王氏立刻眉開眼笑，話也跟著多了起來。「李家那邊已經選了幾個好日子送過來了，我們挑一個就行。對了，你們也幫著看看吧！到底是年底成親，還是明年年初更好些？」

阮氏想了想，笑著說道：「雅兒今年才十六，年底嫁過去未免太早了。」

寧有方也笑著插嘴。「是啊，還是把日子定得遲些吧！」

王氏嘆口氣。「我也想讓雅兒明年再出嫁，不過，媒婆說了，李家的意思是希望今年就把喜事辦了……」

眾人討論得熱烈，寧雅早已羞紅著俏臉低下頭去，心裡卻是甜絲絲的。

寧汐在心裡悄然嘆氣。前世便是如此，寧雅最終還是在年底就嫁了過去，偏偏不巧得很，剛嫁過去沒幾天，李家纏綿病榻多年的老太太沒能熬過寒冬，一命嗚呼，喜事才辦過沒幾天，李家又辦了樁喪事。

這麼一來，李家人便覺得是新媳婦的命太硬，把老太太剋死了，因此對寧雅心生不滿，態度頓時冷淡了下來。寧雅又是個溫軟的性子，逆來順受悶不吭聲，日子越發的難熬了。如果能避開年底這一齣，或許，寧雅將來的日子也能好過許多。

寧汐想了想，笑嘻嘻的插嘴道：「還是遲點吧，我可捨不得二姊呢！」

阮氏笑著瞄了寧汐一眼。「大人說話，小孩子插什麼嘴。」

寧汐吐吐舌頭，嬌嗔地說道：「二伯二嬸，你們捨得讓二姊這麼早就出嫁嗎？還是選個遲一點的好日子吧！」

寧有財和王氏本就心意不定，聽寧汐這麼一說，也有些動搖起來。

王氏遲疑了片刻說道：「我也捨不得雅兒早早出嫁，就是李家那邊催得有些急，想讓老太太早些見到孫媳婦……」

寧汐心裡暗暗冷笑一聲，李家催得急，只怕是想借著喜事讓老太太的病情有所好轉，也就是沖喜了，怎麼也沒料到老太太壓根兒沒熬過這個年底，到頭來，反而將這一切都怪到了寧雅的身上。

「李家老太太怎麼了？」寧汐睜著無辜的大眼明知故問。

寧有財皺著眉頭答道：「不知生了什麼病，整天在床上躺著，也不知能不能熬過今年，所以李家一直催著早點辦了喜事……」

「二姊這個時候嫁過去，不成了沖喜嗎？」寧汐噘著嘴巴嘟囔著，反正她現在年齡小，索倚以小賣小直言無忌。

此言一出，寧有財和王氏的臉色都不好看了。之前夫妻兩個也隱隱覺得有些不對勁，卻沒想到這一層。被寧汐這麼一挑破，頓時也覺得不對勁了。

阮氏朝寧汐連連使眼色，暗示她別亂說。可寧汐就像沒看到似的，連珠炮似地說道：「李家老太太生著重病，誰知道能不能好起來。熬過年底倒還好，要是有個三長兩短的，豈不是怪到二姊頭上來了？」

王氏也不是蠢人，稍微一思忖便明白過來，沈著臉哼了一聲。「汐丫頭說的對，這婚期得定到明年再說。」

寧大山點點頭說道：「對，遲些再嫁過去。老二媳婦，妳今天就去給媒婆回個話，日子就選最遲的那一個。」一家之主發了話，此事便成了定局。

寧有財和王氏連連點頭應了。

寧汐悄然鬆了口氣，心裡別提多高興了。雖然寧雅還是要嫁到李家去，不過，能避開這件事，對寧雅來說可是很重要的，將來也沒人敢再將此事怪到寧雅的身上來了。

吃了飯之後，寧汐笑咪咪的到了寧雅的屋子裡說話。「二姊，今天我多嘴了幾句，害得妳得遲些再嫁人，妳該不會怪我吧！」

寧雅臉皮最薄，哪裡經得起這樣的調侃，當下就紅了臉，軟綿綿的捶了寧汐幾下。

寧汐裝模作樣的呼痛。「好痛好痛，二姊，妳別再打了。我知道我錯了，現在就去和二伯二嬸說一聲，讓他們改變主意……」

寧雅的臉紅紅的，卻又說不過伶牙俐齒的寧汐，索性任由她打趣。

寧敏見不得寧汐這麼「欺負」寧雅，立刻仗義出手，撲到寧汐的身上撓癢。

寧汐什麼都不怕，最怕撓癢，立刻尖叫一聲喊了起來，迅速地出手還擊，三姊妹笑鬧成了一團。

笑鬧一番過後，寧汐才正色說道：「二姊，將來嫁到李家，妳可不能像現在這般老實。這年頭，老實人會受欺負的。」

寧雅羞澀地一笑。「七妹，我知道妳是為了我好，不過，女子出嫁就該從夫……」

從夫？李君寶那樣的人，要是真的什麼都隨他，寧雅的日子也別想好過了。

第六十二章　來挖角了

寧汐在心裡翻了個白眼，耐著性子開解道：「那也得看李家人對妳怎麼樣。要是他們對妳好，妳也該對他們好；若是他們對妳不好，妳當然不能任由他們欺負。」

寧雅聽得一愣，怔怔地看著寧汐。

寧汐的嘴角翹起，眼裡卻沒什麼笑意，很認真地說道：「二姊，我知道這些妳不愛聽，可嫁人過日子，總得應付這樣那樣的事情。一味的順從聽話，只會讓人覺得妳是個軟柿子好拿捏。等以後嫁到李家去，妳可不能任由他們欺負……」

寧敏皺著眉頭打斷寧汐。「喂喂喂，七妹，妳可越說越不像話了。說得一本正經的，好像親眼看到李家人欺負姊姊似的。」

寧汐微微一愣，旋即笑著應道：「六姊，妳別急嘛，我就是隨口這麼一說。」心裡卻在暗暗苦笑，可不就是親眼見過嗎？

寧敏悻悻的白了寧汐一眼。「隨口一說也不能這麼說吧！妳就沒盼著二姊今後過得好是吧！」

寧汐苦笑一聲，只得無奈地道歉。「對不起，是我不好，不該說這些掃興的話。」是啊，此刻的寧雅滿心的期待和歡喜，怎麼可能聽得進去這樣的話？

寧敏輕哼一聲，還想再說什麼，寧雅忙笑著打圓場。「好了好了，妳們也別吵了，我知道妳們兩個都是為了我好。」

寧汐笑了笑，心裡暗暗下定了決心，以後還是私下裡悄悄和寧雅說這些好了。

到了晚上，寧暉也回來了。

「哥哥！」寧汐好多天沒見寧暉，一見面立刻歡喜地撲了上去。

寧暉咧嘴一笑，親暱的扯了扯寧汐的髮辮，細細打量寧汐幾眼，皺眉問道：「妹妹，幾天沒見，妳怎麼瘦了？」巴掌大的小臉只見到一雙黑幽幽的大眼睛了。

寧汐心裡一暖，隨口扯了幾句敷衍了過去。這幾天吃也吃不好，睡也睡不香，整日裡為了那件事煩憂，不瘦才是怪事！

寧暉捏了捏寧汐的臉頰，不滿的說道：「做學徒也太辛苦了，這才幾個月，妳就瘦成這樣子了。以後還是別去了吧！」

寧汐連忙笑道：「你放心好了，我以後天天好吃好喝，保准胖得你認不出來。」做廚子的可都是膀大腰圓的。

寧暉腦子裡忽地浮現出一個一手拿著刀一手拿著勺子的胖乎乎的小姑娘，不由得哈哈笑了起來。

寧汐想著那一幕，也咧嘴笑了。

兄妹兩個笑鬧一番過後，便頭靠頭湊在一起說起了悄悄話。寧汐先是將這幾日裡太白樓發生的事情一一說了一遍，當然是有刪減的版本。

寧暉聽得嘴巴張得老大，久久都沒合上。「妳的意思是，爹沒答應去京城，現在又得了太白樓的半成乾股，成了幕後東家之一了？」

寧汐笑著點點頭，補充道：「文書還沒正式簽，不過，應該也快了。」

寧暉高興地說道：「這可太好了！爹做了這麼多年廚子，雖然手藝好，可總是伺候人的活兒。人家一提起廚子，不免有幾分瞧不起。現在可就不一樣了，誰也不敢小瞧半分了。」

對廚子來說，能憑著手藝入酒樓的乾股，這可是很罕見的事情，誰提起來也要豎大拇指啊！

寧汐樂呵呵地笑了，眨眨眼說道：「四皇子殿下親口邀請爹去做廚子，這事一傳開來，還不知道多少酒樓要來挖角呢！」經過這事，寧有方的身價可就徹底不一樣了。

寧暉連連點頭。「對對對，要是有別的酒樓來挖角，肯定會出高價的。到時候，好好比較比較，看哪家出得高，就到哪家酒樓去……」

「渾小子，越說越不像話了！」寧有方聽不下去了，笑著拍了寧暉一巴掌。「把你爹當成什麼人了。又不是賣身的姊兒，誰出價高就跟誰。」

這比喻著實粗俗了點，可實在太形象生動了，寧暉和寧汐都笑做了一團。

阮氏也忍俊不禁的笑了起來，打趣道：「你這時候說得輕巧，等真正有人來挖角了，看你怎麼辦。」

寧有方咧嘴笑道：「那我可得好好問問，到底能給我開多少工錢……」

話音未落，一家子都哈哈笑了起來。

誰也沒想到，到了第二天，就有人找上門來了。

寧暉正在看書，寧汐正翻著食譜，一聽到外面不同尋常的動靜，兄妹兩個極有默契的對視一眼，不約而同的放下手裡的東西，一起跑了出去。

就見一個陌生的男子站在院子裡，笑咪咪的和寧有方在說話。那笑容那表情，實在是熱情得不得了。

寧汐和寧暉面面相覷，不是吧！真有挖角的來了！

來人正是洛陽城裡和太白樓齊名的秦記酒樓的吳大掌櫃，也不知從哪兒打聽到了寧家的住址，就這麼找了過來。

寧有方客氣的迎了吳大掌櫃到屋子裡坐下，阮氏忙著上了茶。

吳大掌櫃說話很是客套，先是熱情洋溢地把寧有方誇了一大通。「……寧大廚手藝高超，在洛陽城裡赫赫有名。我們秦記酒樓慕名已久了。今天特地來拜會，還望寧大廚不要嫌我來得冒昧。」

寧有方心裡暗暗琢磨著對方的來意，臉上笑得更熱情客氣。「久聞秦記酒樓的大名，吳大掌櫃更是聲名在外，今天有幸得見，真是我的榮幸才對。」

寧汐在一旁聽著，拚命忍住笑意。寧有方說話向來直爽，這麼文謅謅的還真是少見，聽著還真有點彆扭呢！

寧暉顯然和寧汐想的差不多，朝寧汐擠眉弄眼。

寧有方眼角餘光早已留意到了一雙兒女的小動作，又是好氣又是好笑，朝兩人連連使眼色，示意他們別在一旁搗亂。

來。

寧汐寧暉哪裡肯錯過這樣的熱鬧，不約而同的將頭湊到了一起，故作專心的研究起地面

寧有方拿他們沒法子，只得又將注意力放到了吳大掌櫃身上。

吳大掌櫃倒也沒繞彎子，三言兩語的就說清了來意。「寧大廚，我們東家老爺一直很欣賞你的手藝，想聘你到我們秦記酒樓來做主廚。只要你肯點頭，我們秦記酒樓願意出雙倍的工錢。」

寧有方在太白樓領的工錢本就豐厚，這雙倍可就更不是個小數目了。秦記酒樓開出這樣的價碼，倒也算有誠意。

寧有方笑了笑，很是直接的回絕了。「吳大掌櫃，多謝你的美意。不過，我在太白樓裡做了這麼久，早已經習慣了，沒打算換地方……」

吳大掌櫃笑著打斷寧有方。「寧大廚，你先別忙著拒絕，我的話還沒說完。只要你肯到我們秦記酒樓來，我們願意給你一成的乾股。到年底給你分紅，你看如何？」

寧有方愣住了。這條件實在太優渥了，由不得他不心動了……

吳大掌櫃不動聲色地笑著，靜靜的等著寧有方思考作決定。

洛陽城裡最出名的酒樓莫過於太白樓，其次就數秦記了。兩家酒樓只隔了兩條街，各自聘請了幾個有名的大廚坐鎮，來來往往的客人，都是洛陽的達官貴人富紳之流。若論規模，兩家酒樓差不多，論酒樓裡的陳設佈置，秦記還要稍稍好一籌，可生意卻比太白樓差了一籌。歸根結柢，還是因為廚子的手藝上稍有差別。

一個手藝高超的好廚子，一個赫赫有名的廚子，才是一個酒樓生意好的真正關鍵所在。達官貴人們想宴請賓客時，很自然的會找最有名氣的酒樓，更想指定廚藝最好的大廚。這不僅是菜餚是否好吃的問題，更是一種身分實力的證明和象徵。

寧有方有一手好廚藝，在洛陽城裡頗有些名氣，不少客人就是衝著他來的。而這一次四皇子的接風宴過後，更讓他的名氣達到了一個前所未有的高度。

連四皇子都讚不絕口甚至想聘請到京城去的廚子，洛陽城裡能有幾個？更令人稱道的，是他竟然拒絕了四皇子的邀請，硬是堅持留在故鄉。這份膽量和故鄉情懷，更令人嘆服。

可以想見，此事過後，寧有方必然會成為洛陽城裡最有名氣的大廚。這樣的廚子，不管在哪家酒樓，都是一塊金招牌啊！

以秦記酒樓的規模聲勢，若能將寧有方從太白樓挖角過來，定然能在短期之內造成轟動，說不定就能將太白樓的生意壓下一頭，也難怪秦記酒樓肯花這樣的代價來挖角了。

寧有方不知花了多少力氣，才克制住了點頭答應的衝動，咬牙應道：「吳大掌櫃，不瞞你說，這樣優渥的條件，實在令人心動，我也實在很想答應你。不過，我在太白樓裡幹得好好的，實在不好意思就這麼走了，真是對不住了！」

吳大掌櫃並不氣餒，繼續遊說道：「寧大廚，你真的不想再考慮考慮嗎？我們秦記酒樓的規模並不比太白樓小，一年下來，這一成乾股可不是個小數目。足夠你在洛陽城最好的地段買一個院子，把家人都安頓下來了。」

不得不說，這位吳大掌櫃實在很擅長遊說，就連寧汐在一旁聽了，都開始心動了。

第六十三章　水漲船高

寧有方沈默了片刻，緩慢又堅決的搖了搖頭。「多謝吳大掌櫃的美意。不過，我還是不能答應你。」

吳大掌櫃徹底笑不出來了，皺著眉頭問道：「寧大廚是不是覺得我們開出的條件還不夠優渥？若是不滿意，我們還可以再談談……」

寧有方深呼吸口氣，果斷的應道：「不用談了，吳大掌櫃，我不會離開太白樓的。如果沒別的事，你就請回吧！還有麻煩你，這事別讓別人知道。不然，傳到我們東家老爺的耳朵裡，可就不太好了。」

吳大掌櫃沒料到寧有方態度如此堅決，一時也沒了話，只得無奈地起身告辭。臨走之前，兀自不死心地說了句。「寧大廚若是改了主意，隨時可以到秦記酒樓來找我。」

寧有方淡淡地笑了笑，送了吳大掌櫃出去了。

等重新回到屋子裡，就見寧汐和寧暉一起瞪大了眼睛在看他。

「你們兩個這麼看著我幹麼？」寧有方被看得渾身不自在。

寧汐誇張地嘆氣。「爹，我今兒個可真是太佩服您了。您怎麼能狠得下心拒絕這樣的好事？」雙倍的工錢，再加整整一成的乾股啊，可比陸老爺出手大方多了。

寧有方自嘲地一笑。「妳沒見我攆他走嗎？再說下去，我可保不准自己會不會真的點頭答應。」

寧暉咕噥了一句。「這麼好的條件，幹麼不直接答應了……」接下來的話被寧有方瞪了回去。

「如果沒有太白樓，也沒有今天的我。」寧有方沈聲說道：「再說了，東家老爺肯讓我入半成乾股，對我已經很優厚了。如果我為了錢財就這麼走了，那我成什麼人了？」

聽出寧有方話語中的些微怒氣，寧暉立刻噤聲，不敢再多嘴了。

寧汐連忙笑著大拍馬屁。「爹忠厚仁義，不肯做那種見利忘義的事，真是太令人佩服了。」

寧有方被拍得渾身舒暢，眉開眼笑。「還是我閨女最懂我的脾氣了。走走走，現在就跟我一起到廚房去，今天中午我好好露一手，給你們做點好吃的。」

寧汐脆生生地應了，朝寧暉眨眨眼，然後笑嘻嘻的扯著寧有方的袖子出去了。

寧暉摸摸鼻子，也跟了上去，心裡暗暗感慨：果然還是乖巧嘴甜的妹妹會討人歡心啊！

阮氏知道此事之後，對寧有方的做法很是贊成。「對對對，做人可不能只圖錢財，還是留在太白樓最好。」

寧有方見妻子兒女都支持自己，心裡也很安慰。

接下來的兩天，陸陸續續的有其他酒樓的人找上門來，自然都是來勸說寧有方「另謀高就」的。

寧有方毫無例外的一一推辭了，私下裡卻得意地說道：「汐兒，這事遲早會傳到陸老爺的耳朵裡，妳就等著吧，他保准忍不住要來找我。」

寧汐也很為寧有方高興。正所謂水漲船高，經此一事之後，寧有方聲名大噪，已經成了洛陽最有名氣的大廚了。只要陸老爺不是太笨，自然懂得一定要留住寧有方……

隔了一日，陸老爺的身影也出現在了寧家的門口，隨之一起來的，還有陸子言和孫掌櫃。

容瑾慢悠悠地下了馬車，打量著寧家算不上寬敞卻很整齊的院子，目光在奮力晾衣服的寧汐身上打了個轉，然後落在了那張紅撲撲的俏臉上。

今天的寧汐神采奕奕，滿臉甜美的笑容，果然比那一日蒼白驚惶的樣子順眼多了。

寧汐眼角餘光早瞄到了容瑾，卻故意視而不見，專心致志地忙著晾衣服。她只想過些安穩清靜的小日子，還是離這個高高在上的貴族少爺遠點為妙！

寧有方萬萬沒料到陸老爺竟然親自上門來了，受寵若驚地迎了上去。「東家老爺怎麼來了？快些進屋坐會兒喝口茶。」說著，將一群人迎到了屋子裡坐下。

寧家的屋子本就不算太大，這麼多人一進來，頓時顯得擁擠了，竟是連坐的地方都不夠。寧汐忙著去找了幾個凳子過來，總算勉強都坐下了。阮氏又忙著上了茶。

陸老爺今天的表情要多和藹有多和藹，笑著拉起了寧有方的手，上下打量兩眼，親切的問道：「這兩天身體好些了嗎？」

寧有方連連笑著應道：「好多了，已經在家裡休息幾天了，明天就去太白樓裡做事，倒讓東家老爺跟著擔心了。」

寧汐聽了暗暗好笑，原來寧有方說起場面話來也是一套一套的嘛！

孫掌櫃搶著笑道：「沒事沒事，多歇兩天再去也不遲。對了，寧老弟，聽說這兩天有不少人來找你了是嗎？」果然是得到了消息才急急的過來了。

寧有方神色自若地笑了。「不瞞孫掌櫃，確實有幾家酒樓的掌櫃來找我。」

孫掌櫃試探地問道：「秦記酒樓第一個來的吧？」

寧有方爽快地點了點頭，卻並未提及對方提出的優渥條件，以免有自抬身價之嫌。

陸老爺扯出一絲不屑的冷笑，想問什麼，卻又礙於身分不好張口，朝孫掌櫃使了個眼色。

孫掌櫃咳嗽一聲，笑著說道：「寧老弟，你在太白樓待了這麼多年，早已是我們太白樓的一塊招牌了。我們東家老爺也不會虧待你的。」頓了頓，又補充了一句。「不知秦記酒樓給你開出了什麼條件？不妨說來聽聽。」

寧有方正色說道：「我不過是區區一個廚子，能得你們這麼看重，心裡很是感動。不瞞你們說，秦記開的條件確實優厚，不過，我當時就拒絕了。之後來的幾家酒樓，我也沒搭理。我在太白樓這麼多年，一直承蒙東家老爺和孫掌櫃的照顧，才有幸做了主廚。我不是忘恩負義的小人，絕不會做那種不仁義的事。」

「好！說得好極了！」陸老爺眼睛一亮，看向寧有方的眼神都不一樣了。「太白樓有你這樣的主廚，是我們太白樓的福氣啊！」

寧有方難得謙虛的應道：「不敢當不敢當！我是個粗人，說話不懂拐彎抹角那一套，東家老爺不見怪就好。」

陸老爺來之前也曾擔心過寧有方會乘機抬高身價，暗暗琢磨了不少對策。現在見寧有方說話如此坦白憨厚，心裡很是暢快，當即笑道：「好好好，你這麼仁義，我也不會虧待了你。這樣吧，不管秦記酒樓給你開出什麼樣的條件，我也給你同樣的待遇。」

寧有方一驚，連連推辭。「不用不用，就照之前孫掌櫃說的，我已經感激不盡了……」

陸老爺朗聲笑了起來。「好了，不用多說了，文書我都帶來了。你過目一下，按個手印就行了。」

孫掌櫃笑著將準備好的文書遞了過來。寧有方大字不識幾個，哪裡看得懂，很自然地瞄了寧汐一眼。

寧汐立刻湊了過來，笑著說道：「東家老爺，我替我爹看看行嗎？」

陸老爺和顏悅色地點了點頭。

寧汐接過文書細細地看了起來，心裡暗暗一驚。陸老爺顯然是有備而來，上面列出的條件竟然和秦記酒樓開出的條件一模一樣，同樣是雙倍的工錢，還有一成的乾股。

很顯然，陸老爺早已經通過別的管道知道了秦記酒樓來挖角的事情，還打聽到了其中的詳情。之前故意讓孫掌櫃這麼問，分明是心存試探，好在寧有方應對得好，陸老爺才會心甘情願地將準備好的文書拿出來吧！

當著眾人的面，寧有方不好意思張口問，朝寧汐使了個眼色。

寧汐甜甜的一笑。「爹，東家老爺對您真慷慨，以後工錢加倍，還有一成的乾股呢！您趕快按手印吧！」這樣的好事，不要白不要啊！

寧有方朝陸老爺感激地笑了笑，正待說幾句客套話，就聽陸老爺笑道：「寧大廚，你簽了這份文書之後，今後也是太白樓的東家之一了，以後太白樓就靠你和孫掌櫃兩人撐著了。」話雖然說得含蓄，可其中的意思卻很明顯。只要簽了這張文書，寧有方今後就得全心全意為太白樓做事，再也不能有其他念頭了。

寧有方毫不猶豫地點頭應了。「承蒙東家老爺看重，我一定會盡力的。」說著，利索的沾了印泥，在文書上按下一個紅紅的指印。

事情圓滿解決，皆大歡喜。

孫掌櫃鬆了口氣，陸老爺也鬆了口氣。奇怪的是，陸子言竟然也悄悄鬆了口氣，含笑的眼眸有意無意的落在了寧汐的俏臉上。

容瑾從頭至尾一直沒有說話，就這麼慵懶地坐在那兒，漫不經心地看著寧有方，眼裡難得的流露出了一絲欣賞。雖然手藝還有待進步，不過，寧有方坦誠直爽的性子倒還算可取……

然後，他的目光也很自然的落到了寧汐的臉上。她的嘴角微微翹起，眼裡滿是歡喜雀躍，小臉似閃出晶瑩的光芒，讓人捨不得移開目光。

寧汐的眼中一片清澈透明，只仰頭看著寧有方，壓根兒沒多看任何人一眼。其中，自然也包括了他……

容瑾的嘴角扯出一絲笑容，眼眸卻是一片深沈。

第六十四章　山高水遠不必再見

文書共有兩份，孫掌櫃小心的收起了其中一份，恭恭敬敬地交給了陸子言，另一份則到了寧有方的手中。

寧有方捏著那張薄薄的紙，心裡的激動就別提了。

這對他來說，是永遠值得銘記的一刻！

從今天開始，他不再只是一個身分低微的廚子，還成了太白樓的幕後東家之一。憑著超卓的手藝，他終於邁入了出人頭地的第一步。或許，將來有一天，他還可以站得更高、看得更遠……想到這些，寧有方的眼裡閃爍出歡喜和興奮的光芒。

寧汐在一旁看著，心裡別提多歡喜了。從今以後，寧有方今生的命運軌跡和前世徹底不一樣了，她終於可以真正的鬆口氣了。

孫掌櫃打趣道：「寧老弟，你這幾天沒在，大概還不知道吧！不知有多少客人上門，點名要吃你做的乾燒魚翅和蟹粉魚翅呢！」

寧有方咧嘴一笑。「我的身體也恢復得差不多了，明兒個一大早就過去。」

陸老爺笑了笑，起身告辭。

寧有方熱情的挽留了幾句，見陸老爺堅持要走，只得送了一行人出去。

容瑾今天一直沒發揮毒舌的功力，一直安安靜靜的，倒讓寧汐有點不習慣了，忍不住瞄了他一眼。

容瑾的嘴角微微翹了起來，薄薄的嘴唇吐出的話語卻還是氣死人不償命。「四皇子殿下的舌頭確實與眾不同，連鹹淡也分不清楚，竟然誇那道蟹粉魚翅做得好。這麼一來，反倒成全妳爹了。」

寧汐恨得牙癢，偏偏容瑾說的句句都是實話，讓她想反駁也無從反駁起，只得瞪了容瑾一眼，輕哼了一聲，以此表示不滿。

陸老爺一聽到這等大逆不道嘲弄四皇子的話語，也只得當作沒聽見，若無其事地和寧有方繼續說話。

陸子言咳嗽一聲，笑著打圓場。「表弟，寧大廚的手藝有目共睹，偶爾失手一回，也情有可原，他那天可生著病……」

「生病就該老老實實休息。」容瑾不客氣的嘲弄道：「偏偏又要逞強，要不是四皇子殿下口味偏重，那道蟹粉魚翅可就徹底丟了太白樓的臉了。」

寧有方暗暗握拳，硬是將心頭的火氣都壓了下去，擠出笑容說道：「容少爺批評得是，小的以後一定會注意的。」

容瑾挑眉一笑。「注意就好，以後多多磨練，成為真正的名廚還是有點希望的。」

瞧瞧這說的是人話嗎？寧汐再也忍不住了，反唇相稽道：「容少爺天天跑到太白樓來，指名要我爹做菜。就是為了挑毛病嗎？」

容瑾理所當然地點頭。「不挑毛病哪能有進步？有人做好了菜想求著我點評幾句，我都懶得搭理，這些日子天天來指點妳爹做菜，算是我發善心了。不用太感激我！」

寧汐氣極反笑，故意打量容瑾兩眼，然後搖頭又嘆息。

容瑾明知她接下來說不出什麼好聽話來，還是忍不住問道：「妳又搖頭又嘆氣是什麼意思？」

寧汐等的就是這一句，故作惋惜的說道：「容少爺對吃如此的挑剔，想來能入口的菜餚少之又少，難怪長得不高了。」

容瑾年方十四，以他的年齡來說，個頭確實只算中等，比一旁長身玉立的陸子言至少矮了半個頭，寧汐這句話算是徹底踩中了他的痛處！

「妳還是別擔心我了。」容瑾不假思索的反擊。「瞧瞧妳，哪裡有半點像女孩子，乾癟瘦小得像個四季豆似的。」

四季豆？那是什麼東西？不過，看容瑾那輕蔑的眼神也知道這句絕對不是什麼好聽的。寧汐懶得搭理他，哼了一聲扭過頭去。

她現在才十二歲，個子又嬌小了些，看起來還未脫稚氣，胸部一片平坦，還未開始發育，自然乾癟了點，等過兩年，她自然會發育得像前世那般窈窕有致。

陸子言無奈地再次充當和事老。「好了，表弟，你就別耍嘴皮子了。你明天就要走了，以後想吃寧大廚做的菜也不容易了……」

寧汐耳尖的聽到最後一句話，眼眸頓時亮了，眉眼彎彎的轉過頭來。「東家少爺說的可是真的嗎？容少爺明天就走了嗎？」太好了，終於等到這一天了！

那笑容實在太過燦爛了，容瑾只覺得分外的刺眼，似笑非笑地問道：「聽說我要走，妳就這麼高興嗎？」

寧汐不客氣地連連點頭。「那是那是。」早走為妙，以後也別再見了！

這次，輪到容瑾被氣得火冒三丈了，偏偏臉上還要拚命的擠出笑容來維持風度，俊美的臉龐隱隱的有些扭曲。

陸子言忍住笑意勸慰道：「好了，四皇子殿下邀請你一起回京城去，這可是天大的榮幸。今天晚上你還得到知府大人府上赴宴，還是快些回去準備準備吧！」

容瑾哼了一聲，吐出的話語依舊刻薄。「有什麼好準備的，我又不是賣笑陪酒的，還要收拾得花枝招展的才能去嗎？」

陸老爺實在聽不下去了，咳嗽兩聲，笑著說道：「瑾兒別胡說，這麼不恭敬的話要是傳到四皇子殿下的耳朵裡，可就不好了。」

容瑾卻滿不在乎地應道：「聽到又怎麼樣，當著他的面，我也照樣這麼說。」

陸老爺也拿他沒法子，嘴角露出一絲苦笑。「好了，還是先回去再說吧！明天一大早就要出發，今天晚上之前得把行李都收拾好才行。」

容瑾不情願的嗯了一聲，眼角餘光瞄到寧汐歡快的笑臉，心裡頓時陰鬱不快起來。

他就要回京城了，這個沒良心的丫頭竟然這麼高興，難道就沒有一點點的捨不得他嗎？虧他還巴巴的跟到寧家來，為的就是想在臨走之前見她一面道個別……

寧汐自然不清楚容瑾的那點晦暗的小心思，見他們一行人都上了馬車，愉快地揮揮手道別。今日一別，山高水遠，以後不必再相見了！

容瑾的眼眸透過車窗定定的落在寧汐燦爛的笑顏上，久久沒有說話，也不知想到了什麼，忽地扯了扯唇角。

小安子見了這個笑容，心裡頓時打了個哆嗦。小氣又愛記仇的少爺要算計誰的時候，總是笑得這麼狡詐，也不知又算計上誰了……

寧汐看著馬車走遠，心裡別提多愉快了。明天過後，四皇子一行人就走了，容瑾也跟著走了，所有的故人都會徹底遠離洛陽，遠離她的世界了。

新的生命，從這一刻真正的開始啦！

寧有方心情也格外的開心，笑咪咪的拍了拍寧汐的肩膀。「閨女，爹很快就要賺大錢了。今後買個大院子給你們住，再買個丫鬟來伺候妳，讓妳過上千金小姐一樣的生活。」

寧汐一愣，旋即笑著說道：「我有手有腳的，才不要人伺候呢！爹，您還是用心教我學廚吧，我要在兩年之內出師！」語氣裡充滿了自信。

前世的她確實過了幾年那樣的生活，每天無所事事，繡花撲蝶養在閨中。可現在的她，卻喜歡上了這樣忙碌的生活，雖然辛苦了一些，可卻活得更加充實。

身為女子，難道就不能做一個真正的大廚嗎？她偏要好好的努力一回，活出一個精彩的人生來！

寧有方愣了愣，也笑了起來，寵溺地看了寧汐一眼。「好好好，我的汐兒這麼聰明，兩年肯定能出師的。」顯然沒把寧汐的話當真，只是順著她的話隨口安撫幾句罷了。

寧汐也沒多說什麼，只是笑了笑，心裡卻暗暗下了決心，接下來的日子，她一定要心無旁鶩的將所有的精力都放到學廚上來，要用最快的速度繼承寧有方的衣缽……

不，她將來要做比寧有方更好的廚子才行！

這些話雖然沒說出口，可卻分明的寫在了她閃亮的眼眸裡。寧有方啞然失笑，溫柔的拍了拍寧汐的頭。「走，和我一起把這個好消息告訴妳祖父，讓他也高興高興。」

寧汐笑嘻嘻地點了點頭，扯著寧有方的袖子一起回去了。

第六十五章　無限風光

不出所料，寧大山在看到那張薄薄的文書之後，激動得不能自已，翻來翻去的看了不知多少遍，一迭連聲的道好。「老三啊，你真是好樣的。我們寧家以後可就看你的了。」

寧有方笑了笑，眼裡滿是自信。「爹，您就放心吧！我一定會將寧家的廚藝發揚光大，讓你們都過上好日子。」

寧大山眼眶有些濕潤了，心裡滿是快慰。

寧有財也為寧有方的好運道高興不已，笑著恭喜了幾句。

王氏卻是羨慕得不得了，忍不住說道：「三弟，你占的股雖然小了點，可也算是太白樓的東家了吧！」

寧有方笑著點點頭。「算是吧！」

王氏一臉陪笑地說道：「以後若是有機會，把你二哥也帶到太白樓裡做事吧，一家人總比外人要貼心是不是？」

寧有方答應也不是，不答應也不是，頗有些尷尬地看了寧有財一眼。

寧有財立刻皺起了眉頭，略有些不悅地瞪了王氏一眼。「說得好好的，扯這個幹麼，別亂出主意。」

王氏一聽這話，立刻尖著嗓子喊了起來。「你說話也摸摸良心，我這怎麼是亂出主意？

這對三弟來說不過是張個嘴的事情，壓根兒不費什麼力氣。對你可就不一樣了，就算能進太白樓做個二廚，也比你天天累死累活地賣包子強吧！」說著，絮絮叨叨的抱怨起來，不外乎是別人怎麼怎麼有出息，寧有財怎麼怎麼沒用之類的。

當著眾人的面，寧有財有些下不了臺，論口舌又全然不是王氏的對手，黝黑的臉龐上漸漸露出羞惱之色。

寧大山皺了皺眉頭，沈聲喝斥。「老二媳婦，要吵架兩口子回屋慢慢吵去，在這兒喊個什麼勁兒？」

王氏悻悻地住了嘴，不敢再多說了，可一臉的不高興卻是顯而易見，屋子裡剛才閒適愉快的氣氛頓時尷尬凝滯起來。

寧有方咳嗽一聲，笑著說道：「二嫂，妳先別急，太白樓那邊我確實不好張口。不過，我倒是打算著，等年底有了分紅，就替二哥去租個鋪面，以後開個包子鋪，總比天天這麼到處兜售要強多了。」

王氏驚喜地抬起頭。「真的嗎？」若是有個好鋪面，還可以雇些學徒幫工之類的，也能將包子生意做得大些。這也是寧有財一直以來的夢想。

寧有方慷慨地點頭。

王氏立刻喜笑顏開，連連道謝。

寧有財感激地看了寧有方一眼。「三弟，你賺點錢也不容易，我怎麼能要你的錢……」

寧有方笑了笑，真摯的說道：「二哥，我們之間還這麼客氣做什麼？現在我拿不出多少閒錢來，不過，等到了年底分了紅，手裡就有餘錢了，到時候給你租個大一點的鋪子，你再招兩個幫工，以你的手藝，生意肯定不會差的。」

這番話，句句都說到了寧有財的心底，心裡別提多感動了。

寧大山也是滿臉的笑意，連連點頭。「好好好，老三這主意好，到時候若是錢不夠，我身邊還有些積蓄，一併拿去。」

王氏聽到這話，心裡別提多舒坦了，嘴都笑得合不攏了。

寧汐看著這一幕，嘴角露出了欣慰的笑意。

在前世，寧有財一直靠著賣包子養家餬口，日子始終過得緊巴巴，連帶著幾個兒女的嫁娶也都有些憋屈。今生有了這樣的契機，希望能改變這一切。

晚上回了屋子之後，寧有方朝阮氏歉意的一笑。「這事還沒來得及和妳商議就作了決定，妳別生氣。畢竟是一家人，總不能我們過得好了，眼睜睜的看著他們不管吧！」

阮氏心裡本有些不痛快，可見寧有方這麼低聲下氣的，也不好再抱怨什麼。「好了好了，我是那種小氣的人嗎？這份錢出就出了吧！」反正那筆分紅也是意外之財，就當少拿一些好了。

寧有方咧嘴一笑，緊緊的攥著阮氏的手不肯放。「還是我媳婦最好了。」

阮氏紅著臉瞪了他一眼。寧汐還在旁邊看著呢！也不嫌害臊！

寧汐立刻識趣地笑道：「好睏啊，我回屋睡覺去了。」說著，麻溜地出了屋子，順手將門帶好。

關門之際，猶能聽到阮氏羞窘的抱怨和寧有方的笑聲。

寧汐露出會心的微笑，明亮的眼眸閃出耀目的光彩。

一切都在慢慢地改變，寧暉在學堂裡苦讀，寧有方沒去京城，卻成了太白樓的東家之一。而她，也會努力的學好廚藝做個出色的廚子。美好的未來幾乎可以預期，讓她打從心底輕鬆愉快起來。

第二天，寧有方早早的領著寧汐去了太白樓。

眾廚子都已經聽到了風聲，一個接一個的來恭喜。待從寧有方的口中證實了這個消息之後，俱是一臉的羨慕。

太白樓的生意這麼好，一年下來不知要賺多少銀子，就算一成也不是個小數目啊！寧有方這次可真是走大運了！

別人倒也罷了，羨慕歸羨慕，不至於說什麼難聽話。

可王麻子卻酸不溜丟地說了幾句不入耳的。「寧老弟真是走運，明明蟹粉魚翅鹹了，居然也入了貴人的眼。如今水漲船高，連東家老爺也要另眼相看。今後可就是太白樓的東家之一了，我們都得巴結著點才是。」

寧有方心情正好，倒也沒把這些刺耳的話放在心上，一笑置之。

寧汐卻不樂意聽這些，故作惋惜地嘆道：「只可惜四皇子殿下沒留意王伯伯做的那幾道菜，不然，今天這麼風光的就該是王伯伯了。」

這一番話軟中帶刺，直直的戳進了王麻子的心裡。

王麻子的臉青一陣紅一陣，暗暗咬牙切齒，臉上卻還得擠出笑容來，只是那笑容實在說不上好看就是了。

寧有方看著，心裡別提多痛快了，卻故意瞪了寧汐一眼。「汐兒，妳一個姑娘家，說話別這麼刻薄，快些給王伯伯賠禮道歉。」眼裡分明還有笑意。

寧汐心裡偷樂，臉上卻立刻收斂了笑容，一本正經地說道：「王伯伯，我人小不懂事，想到什麼就說什麼，還請您別放在心上。」

王麻子被擠兌得滿肚子窩火，卻也拉不下臉和一個小姑娘做口舌之爭，輕哼了一聲扭過頭去。

眾人看在眼底笑在心裡，這個王麻子也太不識趣了。寧有方如今風頭正勁，又得東家老爺看重，寧願分一成乾股給他也要將他留在太白樓。想也知道，今後這太白樓就徹底是寧有方的天下了，但凡有點眼色的，都該懂現在得怎麼做才對……

「寧老弟，你這生病剛好，別太累著了，有什麼事儘管交代一聲，由我們幾個做就是了。」胡老大果然最是圓滑世故，這番話聽得人舒坦極了。

寧有方笑了笑。「不用歇，我都歇了這麼多天了，現在滿身的力氣，就等著做事了。」

甄胖子湊趣地笑道：「前幾天不知多少客人指名要吃那道蟹粉魚翅，今天你既然來了，就等著忙活吧！」

話音剛落，就見孫掌櫃笑呵呵的親自過來了，親熱的拍了拍寧有方的肩膀。「寧老弟，你今天可有得忙了，剛才有位客人來訂了兩桌宴席，指名要你做菜。對了，一定要有乾燒魚翅和蟹粉魚翅。」

寧有方立刻打起精神應了。

孫掌櫃又笑道：「對了，差點忘了告訴你，打從今兒個開始，但凡是指名要你做宴席的，要加二兩銀子。」

寧有方一愣，反射性的說道：「這價格不會太高了？」太白樓的宴席價格本來就貴，再加二兩銀子，可就更貴得離譜了，這還有客人肯來吃嗎？

孫掌櫃露出狡黠的笑容。「貴一點也是理所當然的。要不是寧老弟肯留在太白樓，現在已經到四皇子殿下的府上做廚子了，這洛陽城裡的貴人們就算花再多的銀子，也吃不到你做的菜餚了不是？」

所謂水漲船高，抬價是必須的。吃得起五、六兩銀子宴席的客人，根本不在乎再多這二兩，反而會更加趨之若鶩，這也是做生意的一種手段啊！

當然，前提條件是大廚的名氣要足夠響亮才行。

寧有方很快地明白過來，又是激動又是忐忑，既為自己的名氣暴漲高興不已，又暗暗擔心著客人會不買帳。

要是到時候指名讓他做宴席的客人寥寥無幾，他這臉還往哪兒放？

當著眾廚子的面，這種洩氣話無論如何也說不出口。可一到了小廚房裡，寧有方的笑容頓時收斂了大半。

寧汐稍微一思忖，便猜出了寧有方的心思，忙笑著安撫道：「爹，您就別擔心了，孫掌櫃既然敢抬價，肯定是有把握的。」

寧有方苦笑一聲。「他有把握，我可沒把握，要是生意不如以前，我可就丟人了。」

寧汐笑著給寧有方鼓勵。「爹，您要對自己的手藝有信心，肯定會有很多客人搶著來捧場的。到時候一天來個十幾桌，只怕您連忙都忙不過來呢！」

寧有方啞然失笑，深呼吸口氣點點頭。「好，我也等著這一天！」

父女兩個對視一笑。

接下來也沒時間說閒話了，得為中午的兩桌宴席開始做準備了。

寧有方分外仔細地處理魚翅，忙得連抬頭的時間都沒有。寧汐則忙著切菜，至於冷盤和配菜的活兒，當然還是張展瑜的。

還沒等完全準備好，就見來福急匆匆的跑了過來，氣喘吁吁地說道：「寧大廚，孫掌櫃讓我來告訴你，剛才又有客人來訂宴席了，指名讓你做菜，說是照八兩銀子的桌席預備著。」

寧有方眼睛一亮，答應得分外乾脆。這對他來說，可是個不折不扣的好兆頭啊！

再接下來，寧有方開始頭痛了。

「寧大廚，又有一桌客人來了……」

「寧大廚，孫掌櫃說了，這桌客人實在推不掉，說是寧願多等一會兒……」

他一個人的精力有限，好的菜餚又費事費工，滿打滿算也最多忙個三、四桌而已。再多可就忙不過來了，偏偏有的客人是推也推不掉。

這麼一來，寧有方整整忙了幾個時辰，下午幾乎連休息的時間都沒有，晚上又接著忙活，一天下來，累得手腳發軟。

第六十六章 一絲疑雲

到了子時，寧有方總算閒了下來，卻是連抬手的力氣都沒了。

寧汐也跟著忙了一天，也累得不得了，眼裡卻閃著亮晶晶的笑意。「爹，您現在還擔心嗎？」屈指算來，今天整整忙了近十桌宴席，比平日裡多了一倍。聽說孫掌櫃還推掉了不少，或是將桌席轉給別的廚子做了。

寧有方得意的咧嘴笑了，用寧汐再熟悉不過的語調吹噓道：「有什麼擔心的，我這樣的手藝，還愁客人不肯來嗎？」

寧汐格格的笑了起來，眉眼彎彎，無比歡快。

這些天她一直暗暗為當時做過的事情內疚自責。不管出於什麼理由，她都破壞了寧有方的夢想。

好在柳暗花明又一村，寧有方現在也算闖出名堂來了，一躍成了洛陽城裡最炙手可熱的大廚。或許，在不久的將來，名氣還會越來越響亮……

寧汐越想越高興，本已疲乏的身子忽然有了力氣。「爹，您肯定餓了吧，我去做點吃的。」

寧有方哪裡捨得寧汐忙碌，忙笑道：「還是我來吧！」

寧汐笑嘻嘻的將正欲起身的寧有方按了回去。「爹，您都忙了一天了，就好好的歇著吧，我去下碗麵給您吃。」

寧有方心裡一暖，果然不再拒絕。

寧汐利索地去了廚房，開始忙活起來。

案板上有擀好的麵條，鍋裡還有溫熱的雞湯，各種食材配料更是應有盡有。不一會兒工夫，一碗熱騰騰的湯麵就做好了。

寧汐想了想，又特地炒了份竹筍肉絲，還有一個青椒茄絲，再涼拌了一盤黃瓜一盤蘿蔔絲，放在托盤上一起端了過去。

「爹，麵條來啦！」寧汐笑嘻嘻的進了飯廳，意外的看見張展瑜竟然也在。

也不知他和寧有方在說些什麼，兩人的臉色都有些怪怪的。

寧汐也沒時間細想，笑咪咪地招呼道：「張大哥吃過了嗎？和我們一起吃吧！」

張展瑜僵硬的笑了笑。「不、不用了，你們吃吧，我先回去歇著了。」說著，匆匆的走了出去。

「張大哥這是怎麼了，怎麼怪裡怪氣的？」寧汐咕噥了一句，忙碌著將托盤放到了桌子上，然後又將麵條和幾樣小菜一一放了下來。

寧有方神色自若的笑了笑。「別管他了，我肚子餓得要命，至少能吃兩大碗。」

寧汐樂呵呵地應道：「鍋裡還有好多呢！吃三碗也有。」說著，坐到了寧有方的身邊，津津有味的吃了起來。

麵條是寧有方親手擀的，筋道又有嚼勁。雞湯香濃美味，喝一口心裡熱呼呼的。再吃著爽口的小菜，別提多滋潤了。

寧有方邊吃邊讚道：「汐兒，妳這道竹筍肉絲炒得很夠火候，酸辣微甜，用來配麵條吃再好不過了。」以一個學徒的水準來說，寧汐的進步只能用神速來形容了。

寧汐被誇得美滋滋的，一臉期待地追問道：「那這道青椒炒茄子呢？」

寧有方嚐了一口，暗暗一驚。茄子是最常見的家常菜，要想做得美味又美觀，卻是很考究廚子手藝的。眼前這一盤青椒炒茄絲，色澤鮮亮，香氣誘人，吃到嘴裡一點都不油膩，簡直可以和太白樓裡普通廚子的手藝媲美了。

寧有方忍不住問了句傻話。「汐兒，這是妳親手做的吧？沒請別的廚子幫忙吧？」

這句話可比任何讚美都來得有力度。寧汐頓時眉開眼笑，得意極了，殷勤地又挾了涼拌黃瓜送到了寧有方的嘴邊。

寧有方樂滋滋的張口吃了，又挾了一筷子蘿蔔絲送入口中，那酸甜的味道立刻在舌尖瀰漫開來，令人食慾大增。

寧有方果然吃了滿滿兩大碗，和寧汐一起將幾盤小菜一掃而空，吃得飽飽的，全身的疲乏似乎也散去了不少。

「汐兒，從明兒個開始，妳做我的二廚吧！」寧有方忽地笑著說道：「妳的刀功做二廚已經沒問題了。」

寧汐心裡一動，反射性的問道：「那張大哥呢？」

寧有方笑了笑，眼底閃過了一絲冷意。「憑他的手藝，早就能做廚子了，總跟著我切菜配菜做冷盤，實在是屈才了。明天開始，我就讓他到大廚房做事去。」

做二廚自然沒有做大廚的工錢高，張展瑜卻一直跟著他做二廚，那點子小心思誰能猜不出來？

寧汐總覺得有哪裡不對勁，忍不住追問道：「剛才張大哥來找您，就是為了這事嗎？」也不知張展瑜這兩年到底從寧有方這兒學了多少東西，以他的性子，怎麼肯輕易的就離開寧有方身邊？

寧有方避重就輕地應道：「他雖然沒直說，可大概就是這個意思，我也不好一直留他在身邊，免得耽誤了他。」

寧汐皺起了眉頭。「可是，現在這麼多客人指名要你做菜。說不定以後還會越來越忙，要是再少了張大哥，人手可就更不夠用了。」

寧有方笑道：「這妳就不用擔心了，我明天就跟孫掌櫃說一聲，再調一個人到我身邊來就是了。」

寧汐也不好再說什麼，點點頭應了。說實話，張展瑜平日裡做的那些事情，她早就學得差不多了。讓她頂替張展瑜的位置，根本不在話下。

寧有方見寧汐不再追問，也悄悄鬆了口氣，忙笑著說道：「都這麼晚了，快些回屋好好休息，明天還得早起呢！」

寧汐乖巧地應了。

這麼晚了，也不方便再回去，寧汐也在太白樓後面的屋子裡歇了下來。這間屋子早上便被打掃過了，還算乾淨。

寧汐匆匆的漱洗了一番，就睡下了。累了一天，幾乎一沾上枕頭就睡著了。

一夜無夢。第二天一大早，寧汐便早早起床了。收拾整齊之後，便笑咪咪地去敲了寧有方的屋門。「爹，快點起床啦！」

門應聲開了，寧有方早已穿戴整齊，一臉的神清氣爽。

寧汐淘氣之心大起，一本正經的打量寧有方兩眼，煞有介事地說道：「久聞寧大廚大名，今日一見，果然風度不凡啊！」

寧有方被逗得哈哈大笑，忍不住拍了拍寧汐的頭。「妳這丫頭，整天拿我開心。好了，快些到廚房那邊吃早飯去，今天肯定會很忙，妳又得接收展瑜所有的事，也夠妳忙的了。」

寧汐自信滿滿地挺起胸膛。「爹，您只管放心好了，我一定會好好做事，不會讓您失望的。」

寧有方滿意的點點頭，親暱的扯著寧汐的袖子去了廚房。

其他的廚子大多還沒起來，廚房裡倒是頗為清靜。寧有方利索地生了火，做了一大鍋的疙瘩湯。

寧汐忙著醃製了兩樣小菜，待大廚們來了之後，早飯也就好了。圍坐在一起，有說有笑的吃著，倒也頗為熱鬧。

張展瑜來得遲了些，臉色有些憔悴，眼裡還隱隱的有些血絲，顯然昨夜沒睡好。

寧汐笑著和張展瑜打了個招呼。「張大哥，今兒個怎麼來得這麼遲啊？快些坐下吃早飯吧！」

張展瑜匆匆地擠了個笑容，卻沒搭茬兒，反而坐到了另外一桌去。

寧汐的笑容一僵。雖然張展瑜不愛說話，可卻從沒像現在這般撂過臉色。再聯想到昨天晚上寧有方說過的那些話，寧汐心裡越發覺得不對勁了。

到底出了什麼事情了？為什麼張展瑜忽然要到大廚房去做事？如果他是心甘情願要走，見了她不該是這個反應吧……

第六十七章　你就這麼討厭我嗎？

小四兒見寧汐僵直的站著，笑著喊道：「汐妹子，妳一直這麼站著做什麼？快些坐下吃飯吧！」

寧汐回過神來，笑著點點頭，也坐了下來，目光卻不自覺的連連朝張展瑜瞟了過去。張展瑜似是察覺到了寧汐的目光，索性側過了身子，直接給寧汐一個背影。

寧汐蹙起了眉頭，心裡掠過一絲淡淡的酸澀。

到太白樓這幾個月來，她和眾人都相處得不錯。尤其是小四兒他們幾個，幾乎眾星捧月一般的圍在她的身邊，一個個爭著搶著和她說話。

可張展瑜呢，明明相處的時間最多，卻極少主動和她說話，甚至連笑容也很吝嗇，今天更是前所未有的冷淡。

難道重生之後，她沒有前世可愛討人喜歡了嗎？寧汐努力的思索著這個問題，目光時不時的落在張展瑜的背上。

王喜在一旁看著，心裡酸溜溜的，咳嗽一聲說道：「汐妹子，妳今天梳的髮辮挺好看。」

寧汐啞然失笑，為了方便做事，她每天都梳一條油光水滑的辮子，連絹花都懶得戴，哪裡談得上好看不好看。不過，出於禮貌，她還是笑著道了謝。

那張秀氣的小臉在晨曦中就如同枝頭含苞待放的花朵一般惹人憐愛，看得幾個少年心底癢癢的。

胡青眼珠轉了轉，忽地湊近問道：「汐妹子，聽說張大哥從今天起就要到大廚房裡做事了，是不是真的？」

寧汐點了點頭。「昨天晚上爹是這麼說的，不過，具體怎麼樣，我也不知道。」

小四兒好奇地插嘴。「張大哥跟寧大廚做了兩年的二廚，怎麼一下子又要到大廚房去了？」

此言一出，各人都看了過來，顯然對此事都很好奇。

寧汐揮開那絲奇怪的感覺，笑著應道：「張大哥總不能一直做二廚吧！他的手藝這麼好，早就能上鍋做菜了。」

這話也有道理！幾個少年一起點頭。

胡青忽地想起了一個問題。「汐妹子，如果張大哥這麼走了，寧大廚身邊不就缺少人手了嗎？」以寧有方現在的名氣聲勢，每天得應付好多慕名而來的客人。

寧汐笑吟吟地說道：「是啊，所以爹打算讓我接替張大哥呢！」

小四兒驚嘆出聲。「汐妹子，妳都能做二廚了嗎？真是太厲害了！」短短幾個月，竟然就能做二廚了，實在讓他這個做了一年多學徒的人羞愧啊！

王喜等人也都流露出了羨慕的神情來。

寧汐隨意地一笑。「爹這麼忙，我一個人肯定不行的，到時候，只怕還得再調一個人過來。」

胡青聽了心裡一動，眼眸亮了起來，腦子裡飛快地打起了小算盤。

王喜卻直接多了，覥著臉央求道：「汐妹子，要不，妳和寧大廚說一聲，讓我跟著他做事吧！」偷師不偷師的，他倒無所謂，關鍵是天天能和寧汐待在一起做事……

胡青嘲弄地一笑。「王喜，你把這話學給你爹聽聽，等他同意了再說吧！」誰不知道王麻子和寧有方的關係最差，王麻子肯同意才是怪事。

王喜被戳中了痛處，臉色難看起來，瞪了胡青一眼。「得了，別在這兒說風涼話了。我去不了，你就去得成嗎？」胡老大也是響噹噹的大廚，肯定不樂意讓自己的學徒跟著寧有方做二廚的。

胡青卻不動怒，只笑了笑就住了嘴。王喜想找茬也沒法子，輕哼了一聲將頭扭了過去。一場小小的風波就此消弭無形。

寧汐滿腹心事，也沒了心情說笑，匆匆吃了早飯之後，就進了小廚房裡做事。

寧有方找孫掌櫃說話去了，小廚房裡只有她一個，耳邊只有叮叮咚咚的切菜聲，安靜得讓人有些心慌。

寧汐不自覺的停下了手中的動作，怔怔地看著另一邊的案板。那是張展瑜平日裡所站的位置，現在卻空無一人。到底是為了什麼？明明昨天還好好的……

不行，她要去問個清楚！

寧汐放下手中的刀，一路小跑到了大廚房。周大廚正在給張展瑜安排事情，見寧汐來了，不由得一愣，笑著打趣道：「汐丫頭，妳現在榮升寧大廚身邊的二廚了，恭喜啊！」

寧汐甜甜地笑道：「周伯伯別抬舉我了，我哪能做得了二廚，我爹就是想讓我多鍛鍊鍛鍊。」

張展瑜一直沒有吭聲，緊緊的抿著嘴唇，聽到寧有方的名字之後，眼裡飛快的閃過一絲黯然。

寧汐一直在悄悄地留意著他的神情變化，此時忽地笑道：「張大哥，借一步說話好嗎？我有些話想和你說。」

張展瑜出乎意料的拒絕了，面無表情地應道：「廚房裡還有很多事要做，有什麼改天再說吧！」說著，竟然就這麼走開了。

寧汐愣住了，壓根兒沒想到張展瑜如此拒人於千里。不過，她現在終於可以確定，張展瑜絕不是自願離開的。這其中定然有些她不知道的內情！

周大廚咳嗽一聲，笑著打圓場。「汐丫頭，展瑜剛到大廚房來，得先適應適應，今天肯定很忙，妳有什麼事以後再找他說吧！」

寧汐只得點了點頭，正待說什麼，就見寧有方笑著走了進來。

寧有方見寧汐也在，略有些意外。「汐兒，妳怎麼過來了？」悄悄瞄了張展瑜一眼，見張展瑜沈默的站在一旁做事，才稍稍放了心。

寧汐不動聲色地將這一切盡收眼底，笑著說道：「爹，您和孫掌櫃說過了嗎？」

寧有方點點頭。「說過了，孫掌櫃怕我忙不過來，所以特地調兩個廚子給我。」說著，便點了兩個廚子的名字。

這兩人都是大廚房裡的二廚，被點了名都是一喜。寧有方如今可是太白樓的頂樑柱，能在他身邊做二廚，可是求都求不來的好事啊！

也沒什麼可收拾的，兩個廚子將自己慣用的刀具帶上，到寧有方的小廚房裡聽吩咐就行了。

寧汐和他們也都是熟悉的，很快就有說有笑起來，倒是比原來還要熱鬧些。

寧有方顯然是想好好的磨練寧汐一番，竟然把最重要的配菜任務都給了她，而且故意只說個菜名，便冷眼旁觀著寧汐忙活。

寧汐很快地明白了寧有方的用意，一聲不吭地端了大大的空盤子，將一應食材配料都放在了盤子上，然後送到了寧有方的手邊。

寧有方瞄了一眼，心頭暗暗點頭。

寧汐不僅將所有的配料都拿齊了，而且分量也恰到好處，剛好夠一盤的，比起做事細心的張展瑜來，也是不遑多讓。

短短幾個月，寧汐就有如此進步，簡直可以用神速來形容了！或許，真的能在短短的兩年內出師也說不定……

想到這兒，寧有方咧嘴笑了，忽然覺得渾身都是勁頭，做菜都比平日裡更有精神。

這一天，寧有方又忙了十桌宴席，寧汐跑來跑去地忙活，腿都跑得發軟了。

寧有方忙裡偷閒瞄寧汐一眼，見她小臉紅通通的額上滿是汗珠，心疼地說道：「汐兒，妳先去歇會兒吧！我這兒也就剩幾道菜了，有他們兩個在這兒幫忙就行了。」

寧汐想了想便點頭應了，順理成章的出了小廚房。

此時大廚房裡基本上都歇了下來，廚子們三三兩兩的湊在一起休息說話。張展瑜默默地坐在一邊，顯得有幾分落寞。

寧汐直直的走到張展瑜面前，低低地喊了聲。「張大哥，現在方便嗎？」

張展瑜抬起頭來，直直的看入那雙似水般靈動的雙眸，心裡一顫，不知想到了什麼，臉色越發黯淡。

寧汐卻很堅持地看著他。「就說幾句話，不會耽誤你很久的。」

過了片刻，張展瑜終於點了點頭，起身往外走去。寧汐默默的跟了上去。其他的廚子們都顧著說話聊天，倒沒留意他們倆的動靜。

張展瑜一直走到了後排的屋子前，才停住了腳步。頭也沒回，淡淡的說道：「妳想說什麼就說吧！」

寧汐反而沈默了，良久，才輕輕地問道：「張大哥，你昨天晚上對我爹說了什麼？」

張展瑜忽地笑了，那笑聲有些難言的苦澀。「寧汐，妳這麼聰明，早該猜到一切了，為什麼還要逼著我把實話說出來？」

寧汐的心慢悠悠的沈了下去，聲音有些顫抖。「你為什麼要這麼做？為什麼要向我爹告密？你就這麼討厭我嗎？」

張展瑜緩緩地轉過身來，定定地看著寧汐。銀白的月光下，那張小臉驚人的秀氣，烏黑的眸子如一汪清泉，澄澈美麗得不可思議。他怎麼可能討厭這樣聰慧美麗又可愛的女孩子？

張展瑜暗暗握緊了拳頭，一字一頓的說道：「是，我討厭妳！」

寧汐身子顫了一顫，不自覺地退後了半步，愣愣地看著面容有些扭曲、眼裡滿是痛苦的張展瑜。

「我討厭妳的聰慧伶俐，不費多少力氣就博得了所有人的另眼相看；我討厭妳的天資聰穎，別人要花許久才能學會的東西，妳卻是一看就會一學就懂。」

張展瑜定定地看著寧汐，不假思索地說了下去。「妳知不知道，有妳這樣的人在，會讓我更恨自己的平庸無能。我明明這麼努力，可不管怎麼樣也得不到寧大廚的歡心，他不肯收我為徒，只讓我跟在他身邊做二廚。我怕犯了他的忌諱，從不敢偷看偷學，就這麼老老實實的做了兩年的二廚。本來他已經有點動搖想收我為徒了，可妳又來了……」

寧有方對寧汐的百般疼愛和教導，讓他又羨慕又忿恨。而寧汐的天資聰穎，更是讓他陷入了極為矛盾的心情中。

喜歡她嗎？當然是喜歡的。

那張甜甜的笑顏，如同陽光一般照亮了暗淡的廚房，更是悄然的照進了他的心田。每當聽到她銀鈴般的笑聲，每當她笑嘻嘻的喊著「張大哥」，他的心裡就泛起陌生的甜意。可這份喜歡裡，卻夾雜了太多複雜的情緒。羨慕，嫉妒，不甘，忿恨，這些負面的情緒每天每夜的折磨著他，讓他終於衝動的做出了不該做的事情……

「那一天，我送妳回去，妳在陳記藥鋪裡買了番瀉葉吧！」張展瑜的語氣很肯定。

寧汐既沒點頭也沒搖頭，白皙的臉在月光下隱隱的有些蒼白。

張展瑜自嘲地笑了笑。「那一天寧大廚鬧肚子過後，我怎麼想都覺得不對勁，就偷偷的去陳記藥鋪問了問。雖然隔了兩天，可藥鋪裡的夥計對妳的印象深刻極了，我剛形容幾句，他就記起了妳。」接下來的事不用多說也都明白了。

張展瑜知道了此事之後，暗暗竊喜不已，自以為找到了好機會。所以，才會迫不及待的將此事告訴了身體剛痊癒的寧有方。

只是，他怎麼也沒料到寧有方竟會是那樣的反應……

第六十八章　枉做小人

「閉嘴！」寧有方狠狠地瞪著他。「不准你胡說！」

張展瑜事前猜想過寧有方的種種反應，傷心失望難過憤怒等等，可眼前的這一種，顯然不在他的預料中。「寧大廚，你不相信我嗎？我真的沒說謊……」

寧有方冷冷地看著他，一字一頓地說道：「張展瑜，別在我面前耍小聰明，你心裡在打什麼主意，我很清楚。」

張展瑜啞然，愣愣地看著寧有方。

寧有方嘲弄地笑了笑，眼裡卻全無笑意。「你以為誣陷汐兒幾句，我就會氣得將汐兒攆回家去，然後就會收你為徒嗎？真是可笑！」

張展瑜臉色發白，結結巴巴的為自己辯解。「我、我不是這個意思。寧大廚，你聽我解釋……」

「沒什麼可解釋的。汐兒是我的女兒，她什麼樣我比誰都清楚。你在我面前搬弄是非，我沒揍你，是看在你這兩年做事還算盡心。不然，我早對你不客氣了！」

寧有方頓了頓，繼續說道：「從明天開始，你就別在我身邊做事了。去大廚房吧！還有，在汐兒面前，你不准提及一個字，不然，這太白樓你也別想待了！」

那一番話，在他的耳邊不斷地迴響。

張展瑜臉色慘白，身子微微顫抖著，頭腦一片空白。

再然後，寧汐笑咪咪端著盤子進了飯廳，甜甜的喊了聲「張大哥」。那一刻，他的心像被針戳了一般的疼痛，竟然不敢看那張甜美的笑顏，就這麼落荒而逃。

然後，一夜未眠。

寧有方說一不二的耿直脾氣，張展瑜比誰都清楚，可還是抱了一絲僥倖之心，暗暗期盼著寧有方能手下留情，別真的趕他走。

可今天早上剛到廚房，各人就知道了他要到大廚房做事的消息，紛紛恭喜了幾句。顯然，寧有方是下定了決心，不會再讓他進小廚房了。

兩年的心血、兩年的期盼，就這麼成了泡影……

張展瑜僵直地站著，定定地看著寧汐。「妳要知道的事，現在全都知道了。還有什麼要問的嗎？」旋即自嘲地笑了。「估計我在太白樓也不會待多久了，妳要是想罵我，可得抓緊機會。」

寧汐用力地咬著嘴唇，半晌，終於顫抖著問道：「張大哥，你真的這麼討厭我嗎？」討厭到要用這樣卑劣的手段來傷害她嗎？

張展瑜不敢再看那雙盈盈的泛著霧氣的眸子，狠狠心扭過了頭去。「現在問這個還有必要嗎？」

事情已經到了這分上，他已經沒有資格再吐露心底那一絲喜歡了，就讓她徹底厭惡他吧！因為現在，就連他都在厭惡自己了……

寧汐眨巴眨巴眼睛，將到了眼角邊的淚水抑了回去，輕輕地說道：「張大哥，我知道你一直很努力想做個好廚子，其實，我爹一直很看重你，不然也不會讓你在他身邊待了這麼久，而且他已經把你當徒弟來看了。不然，那一天他做乾燒魚翅的時候，絕不會讓你站在鍋邊打下手的。」

張展瑜心裡一緊，霍然抬起頭來。「妳、妳說的是真的嗎？」

寧汐長嘆一聲，靜靜地凝視著張展瑜。「如果你能按捺住性子，不出半年，我爹就會正式收你為徒了。」雖然寧有方沒有直接說過這些，可從平日無意中流露的隻字片語來看，確實有這個心意。

張展瑜緊緊的抿著嘴唇，眼底流露出幾絲悔意，臉上勉強維持著鎮靜，可握起的拳頭卻是青筋畢露。

寧汐似還想說什麼，最終還是忍了下來，低低的嘆道：「張大哥，你這麼做，我真的很失望很難過……」

那迅速閃過的一絲水光刺痛了張展瑜的眼，他不敢再看寧汐，很快地將頭扭到了一邊去。

寧汐沒有再說話，默默地轉身離開了。

直到那個小小的身影走遠了，張展瑜才緩緩的轉過了頭，眼角邊一片潮濕。從今以後，他再也沒資格喊她一聲「汐妹子」了吧……

寧汐悶悶地回了小廚房。

寧有方總算忙得告一段落，正喝著茶水休息。見寧汐回來了，挑眉笑道：「妳剛才跑哪兒去了？」

寧汐怔怔地看了寧有方一眼，不知怎麼的，到了嘴邊的問話愣是說不出口。

爹，所有的一切你都知道了吧！處心積慮讓你鬧肚子的是我，在蟹粉裡動手腳的也是我。

非親非故的張展瑜背後告密，她尚且如此難過，那麼寧有方呢？在知道這一切都是最疼愛的寶貝閨女做的手腳之後，心裡會是何等的難受？

可是，他非但隻字未提，還逼著張展瑜離開。這一切都是為了保護她免得她尷尬難堪啊！

寧汐的手微微顫抖著，心裡又酸又澀，又夾雜著絲絲感動和暖意，一時之間，五味雜陳。

寧有方見她沒說話，關切地追問道：「怎麼不說話了？是不是太累了？」

寧汐定定神，扯出一絲笑容。「爹，您別擔心，我不累。」既然寧有方不肯說破，她也只能默默的領受他的體貼了。

寧有方笑了笑，親暱地拍拍寧汐的頭。「要是累了，就早點去歇著吧！以後天天都像現在這麼忙，妳要做的事情也不少呢！」

寧汐打起精神笑道：「您就放心吧！我能應付的，保准在最短的時間裡把您的手藝都學到手。」

寧有方樂呵呵地笑了。「好好好，我倒要看看，妳到底是有自信，還是在吹牛！」

寧汐調皮地扮了個鬼臉。「爹，您該不是在擔心我會搶了您的飯碗吧！教會徒弟餓死師傅，這樣的事情也是有可能的喔！」

父女兩個對視一笑，很有默契的沒有提起張展瑜這個名字。

接下來的半個多月，正如寧有方所預料的，太白樓的生意越來越好，慕名而來的客人也越來越多。孫掌櫃天天算帳的時候都樂得合不攏嘴，恨不得寧有方每天多接下幾桌客人才好。

雖然寧有方正值壯年做事利索，又有寧汐等人做幫手，可還是忙不過來，每天十桌已經是極限了，再多只能推掉，或者讓客人另外挑個廚子做菜。

眼看著白花花的銀子就這麼在眼前溜走，孫掌櫃實在肉痛，想來想去，終於想出了一個餿主意，悄悄的找了寧有方到一旁商量。「寧老弟，要不這樣，以後只要有客人點名讓你做宴席，我就先答應了，然後讓別的大廚做菜送上去……」

話音未落，寧有方就皺起了眉頭，不假思索地拒絕。「這可不行。每個廚子手藝不一樣，就算做同一道菜，味道也不可能相同。要是被客人察覺出來不對勁，我們太白樓的招牌可就被砸了。」

若真的出現那樣的情況，他寧有方的名氣豈不是也被毀了？賺錢固然重要，可誠信更加重要。他可不做這種弄虛作假的事情！

孫掌櫃訕訕地一笑。「你別急嘛，我就是隨口這麼一說，要是你不同意，就算了。」

寧有方正色說道：「孫掌櫃，我這個人說話直率，你千萬別往心裡去，不過，這種事情還是不做為好。不管做什麼生意，都得講究誠信，時間長了，才會有更多的客人願意來。你說是不是？」

孫掌櫃難得的老臉一紅，連連點頭稱是。

從孫掌櫃那裡回來之後，寧有方很自然的將此事說給寧汐聽了，還感嘆道：「好在我及時拒絕了，不然，孫掌櫃只怕真的會這麼做了。」

寧汐想了想，笑著說道：「爹，其實孫掌櫃會這麼想，也在情理之中。我們太白樓畢竟是開門做生意的，當然希望銀子賺得越多越好。您現在名頭越來越響，好多客人寧願多花點銀子，也願意吃您做的菜。一部分是因為您做菜好吃，更重要的也是客人們的虛榮心在作怪。其實，只要打著您的名頭，就算是別的廚子做菜端上去，保准也沒人吃得出來。」

寧有方啞然失笑，忍不住點點頭。「妳說的也有些道理。」大部分客人就是吃個熱鬧開心，真正懂得吃又會吃的少之又少。

做廚子這麼多年，遇到最挑剔的食客莫過於容瑾了。當時雖然被氣得不輕，可現在回想起來，又覺得遇到這麼一個懂得吃的客人也是很有挑戰的事。

寧汐嘻嘻一笑，俏皮地眨眨眼。「這樣吧，爹，我給您出個主意，又能多應付些客人，又不會砸了太白樓和寧大廚的招牌。」

寧有方興致勃勃的「哦」了一聲。「快些說來聽聽！」

第六十九章　釋懷

寧汐故作漫不經心地笑道：「我學徒的時間還短，只能做些打下手的活兒，想幫忙也幫不上。要是爹再收一個手藝不錯的廚子做徒弟，稍微調教幾個月，就能派上用場了。」

寧有方笑容一頓，若有所思地看了寧汐一眼。

寧汐心裡一咯噔，硬著頭皮說了下去。「到時候就算被客人發現不對勁了，也能圓過去。爹，您說呢？」

寧有方挑眉，淡淡的「嗯」了一聲，不置可否。

寧汐等了一會兒，見寧有方還是沒吱聲，索性覥著臉笑道：「爹，您說我這主意好不好？」

寧有方瞄了寧汐一眼，似笑非笑的說道：「妳這丫頭，跟我說話還這麼拐彎抹角的。想說什麼直說就是了。」

寧汐陪笑道：「我說的已經很明顯了嘛！爹，您廚藝這麼好，就收我這麼一個徒弟，實在太可惜了。還是再多收個徒弟吧！也能將我們寧家的廚藝發揚光大是不是？」

寧有方從善如流地說道：「妳的主意倒是不錯。不過，太白樓裡的大廚不算在內的話，一共十幾個廚子。我該收誰做徒弟好呢？」

寧有方顯然已經明白了她的意思，偏偏在這兒裝傻充愣。

寧汐繼續陪笑，含糊其辭的說道：「當然是要挑聰明又勤奮的，年齡不要太大，最好是和爹比較熟悉，又有上進心的……」

說到後來，寧有方眼中的笑意已經越來越明顯。

寧汐終於紅了臉，噘著嘴巴撒嬌。「爹，您明明知道我說的是誰。」

寧有方忍不住嘆道：「妳這丫頭，心腸也太好了。妳對人家掏心掏肺的好，人家可未必領情啊！」那一晚的事情，她肯定還不知道吧！

寧汐抿唇笑了笑，自然猜到了寧有方此時在唏噓什麼，卻也不便說破，想了想說道：「爹，張大哥跟著您做了兩年的二廚，他的一切您最清楚。他既有天分又很勤奮，稍加調教，肯定是個好廚子。」

寧有方不自覺的點了點頭。是啊，張展瑜雖然不如寧汐天資聰穎，可也是個難得的好苗子。如果不是有寧汐在，只怕他早就收了張展瑜為徒了。只是，那件事始終讓他耿耿於懷……

寧汐見寧有方已經開始動搖了，便笑著住了嘴。

寧有方一時發怒，才會將張展瑜攆走。現在過了大半個月，氣也該消得差不多了吧！或許，再過一陣子，寧有方就能徹底想開，收張展瑜為徒了。

正想著，周大廚忽然急匆匆的走了過來，一臉的凝重。

寧汐笑著打趣道：「周伯伯，出了什麼事情了？你的臉色好難看！」

一向愛說愛笑的周大廚卻沒了說笑的心情，皺著眉頭沈聲說道：「展瑜剛才昏倒了！」

什麼？寧汐和寧有方驀地動容，霍然起身，異口同聲地問道：「他怎麼了？怎麼會昏倒？」

周大廚嘆口氣說道：「這小子自從到了大廚房以後，每天都低頭做事，連話也不肯說，每天吃得很少，聽說睡覺也不踏實。我看著他臉色不太好，想讓他休息兩天，他又不肯。今天做完事之後，他忽然昏了過去，把我們都嚇了一大跳。我已經讓胡青他們幾個把他扶到屋子裡休息去了，又讓小四兒去請郎中了。」

寧有方不假思索地說道：「我現在就去看看他。」說著，抬腳就走。

寧汐連忙小跑跟了上去。「爹，我也去！」

此時正值下午，正是太白樓裡最清閒的時候。廚子們可以閒聊休息或者睡會兒，今天卻一窩蜂的都擠在張展瑜的屋子裡。

寧汐進了屋子，一眼便看到了躺在床上的張展瑜。短短的半個多月，他消瘦了許多，面色很是憔悴。此刻閉著眼睛躺在那兒，看起來很是可憐。

寧汐悄然嘆口氣。這些天，他一定很愧疚自責吧！所以才會這樣的折騰自己。

雖然不在一起做事了，可她和張展瑜每天都有碰面的機會。不過，每次遇見，他都會遠遠的就避開。如果沒法子避開，他也會悶不吭聲地低下頭，或是直接一個人坐到最角落的位置裡。

不管誰和他說話，他都那副死氣沈沈愛理不理的樣子。時間一長，別的廚子都覺得他不合群，自然而然的疏遠了他。這半個多月來，張展瑜根本沒有真正的笑過吧！

寧有方複雜的眼神落在張展瑜消瘦憔悴的臉上，也嘆了口氣。早知如此，何必當初！

就在此時，張展瑜悠悠地醒轉過來，他費力地睜開眼，愣愣地看著屋子裡的人，費力的吐出幾個字。「我、我怎麼在這兒？」

周大廚嘆道：「你剛才忽然昏倒了，把我們都嚇了一大跳，只好先送你回來躺著休息會兒。小四兒去請郎中了，估計一會兒就來了。」

張展瑜擠出一絲難看的笑容。「讓大夥兒跟著擔心了。不用請郎中了，我休息會兒就行了。」

胡青插嘴道：「張大哥，你就別逞強了，你剛才昏倒的時候，臉色太難看了，肯定得請郎中看看，抓些藥才能好得快些。」

眾人也都七嘴八舌的附和了幾句。

張展瑜勉強打起精神謝了眾人幾句，不過，從頭至尾，他都沒敢正眼看寧有方，更不敢看寧汐一眼。

寧有方沒有吱聲，寧汐卻忍不住了，關切地湊上前去。「張大哥，你近來瘦了好多呢，得好好保重身體啊！」

張展瑜終於看向寧汐。那雙黑白分明的眸子裡，沒有一絲怨懟嫌惡，反而滿滿的都是關懷。

「謝謝汐妹子……」張展瑜的心裡酸酸澀澀的，眼眶裡似有什麼蠢蠢欲動，聲音都有些沙啞了。

小四兒急促的聲音在門口響了起來。「大夥兒讓一讓，郎中來啦！」

眾廚子忙讓了過來，那個四十多歲的郎中立刻上前來問診，又是搭脈又是看舌苔，好一會兒才說道：「這位小哥兒也沒什麼大毛病，就是寢食不安又思慮過多，再加上勞累過度才忽然昏倒過去，好好歇兩天就沒事了。」說著，又開了一副清火去熱的藥方。

寧有方二話不說掏了出診費給那個郎中，那郎中攥著兩錢銀子，臉上立刻笑開了。「多謝寧大廚！」果然不愧是太白樓的主廚，出手真是大方啊！

寧有方笑著說了幾句客套話，將那郎中送了出去，又讓小四兒去藥鋪抓藥。然後吩咐道：「展瑜需要好好休息，這兩天就別做事了，你們也都回去休息會兒，晚上還有得忙。」

屋子裡的人都散得差不多了，寧有方才瞄了臉有愧色的張展瑜一眼，淡淡地說道：「你別想太多了，好好休息。」

張展瑜低低地應了聲。「是，謝謝寧大廚。」

寧有方輕描淡寫地說道：「等過兩天，就別這麼叫我了。」

張展瑜一愣，疑惑的看了過來，想及一個可能性，忽地變了臉色，結結巴巴地說道：「寧、寧大廚，我會好好做事的，您就讓我留在太白樓吧！」

寧有方又是好氣又是好笑，白了他一眼，也不多解釋，就這麼出了屋子。

張展瑜面如土色，怔怔地躺在床上。完了，一切都完了……

寧汐看著張展瑜一臉絕望的表情，噗哧一聲笑了起來。「張大哥，你平日裡也算機靈，怎麼今天這麼蠢鈍，我爹什麼時候說要把你攆出太白樓了？」

張展瑜苦笑一聲，嘆道：「寧大廚剛才那麼說，意思已經很清楚了。」

寧汐再也忍不住了，格格笑了起來，那笑聲如銀鈴一般，無比的清脆悅耳。

張展瑜總算反應過來了，遲疑的問道：「是我誤會了嗎？」

寧汐俏皮地應道：「當然誤會了。爹剛才的意思是，再過兩天，你就該換個稱呼了。」

張展瑜心裡猛然一動，眼眸忽地亮了起來，不敢置信的看著寧汐。「妳……妳的意思是……」

寧汐也不捉弄他了，正色說道：「張大哥，我爹一直很看重你。之前一怒之下攆你去了大廚房，這些天他雖然嘴上不說，可心裡還是惦記你的。今後你一定要好好跟著他學廚，才對得起我爹的信任和寬厚。」

張展瑜顧不得身體虛弱，掙扎著坐了起來，顫抖著問道：「汐妹子，寧大廚真的不生我的氣了嗎？還肯、肯收我為徒嗎？」

他朝思暮想了兩年，為此甚至做出那樣卑鄙的事情來，可到了最後，卻成了一場空。這些天來，他時不時的精神恍惚，吃也吃不下，一躺下閉上眼睛，寧有方充滿怒意的面孔和寧汐失望傷心的眼神就在他的眼前晃動……

沒想到，就在他最低落最虛弱的這一刻，竟然又出現了一絲曙光。

第七十章 收徒

寧汐微微一笑。「我騙你做什麼，等你休息兩天身體好了，我爹自然會正式的收你為徒……」

張展瑜不知哪來的力氣，竟然下了床，眼裡滿是興奮激動的光芒。「汐妹子，這是真的嗎？我不是在作夢吧！」

寧汐促狹地笑了笑。「你狠狠地掐自己一下，就知道是不是作夢了。」

她隨口開著玩笑，沒想到張展瑜竟然真的用力的掐了自己一下，然後疼得「哎喲」一聲叫了起來。

寧汐樂不可支地笑個不停。「張大哥，你還是快些到床上去躺著吧！身子還沒好，別再折騰了。」

張展瑜異常的聽話，立刻點頭，乖乖的躺了回去，腦子裡依舊暈暈乎乎的，看樣子，一時半會兒是沒法子清醒了。寧汐沒有說話，靜靜的坐在一旁陪了會兒。

良久，張展瑜才輕輕的說道：「汐妹子，謝謝妳！」

雖然她沒有邀功，可他對這一切卻是心知肚明，如果沒有寧汐從中出力，寧有方一定不會這麼快就原諒他，甚至還肯收他為徒……

「過去的事就別再提了。」寧汐淡淡地一笑。

張展瑜默然了片刻，羞愧地道歉。「對不起，我真是個卑鄙小人，竟然那樣對妳……」

寧汐快速地接道：「張大哥，誰能保證自己沒個犯糊塗的時候，只要你真心悔過了就好。」頓了頓，又嘆道：「說起來，我才是最可恨的那一個，如果不是我做了對不起我爹的事情，你也不會一時衝動犯糊塗了。」

想到寧有方待她的好，她就越發的愧疚，只是，這種晦暗的心情卻不能訴之於口，只能默默地放在心底，任由那份愧疚自責一點點的折磨自己。

張展瑜的心情，也只有她最能體會了。

張展瑜感動的抬起頭，眼眶有些濕潤了。「汐妹子，妳和寧大廚對我如此寬厚，我真是……」不知該用什麼言語才能表達心中的那份感激才好。

「張大哥，你什麼也不用說。」寧汐打起精神笑道：「我爹既然肯點頭同意這件事，說明他已經不怪你了。不過，今後你可得有些心理準備才是。我爹可是很嚴格的，你今後肯定會過得很辛苦的。」

張展瑜的注意力果然轉移到了這個話題上，認真地說道：「妳放心吧，我絕不會讓寧大廚失望的。」也絕不會再讓妳失望了。

張展瑜默默地在心底補充了一句，目光靜靜的落在那張溫柔的笑顏上。她的美麗聰慧人人皆知，可這份善良體貼，卻更令人心折。從今以後，他一定會盡全力守護眼前的可愛少女，絕不會再做出傷害她一絲一毫的事情來！

「汐妹子，妳真的不怪我嗎？」張展瑜始終不能釋懷，忐忑地又問了一次。

寧汐想了想，很認真地答道：「我當時很生氣，也很失望難過，甚至想過再也不理你了。不過，這麼多天下來，我也想了很多。你那天說的對，我有這樣一個全心全意愛我的爹，是我的福氣。你這麼努力，卻一直沒得到我爹的青睞，也難怪你心裡耿耿於懷了。不瞞你說，確實是我勸爹收你為徒的，我希望你能把握這樣的好機會，做一個真正的好廚子。」

張展瑜的眼裡泛著水光，低低地問道：「妳為什麼要對我這麼好？」這輩子，還從沒人對他這麼好……

寧汐被這個問題問住了，愣了許久，也沒說話。

為什麼要對他這麼好？

或許，是因為她在他的眼中看到了那種求而不得的痛苦；或許，是因為在對峙的那一刻，他流露出不自覺的痛苦和自責，讓她生出了同病相憐的唏噓。

細細想來，其實他和她身上有許多共同之處。一樣的倔強，一樣的執著，一樣的不服輸不肯向命運低頭。為了達成自己的目的，狠心傷害了自己最親近的人。

只是，她比他幸運得多，因為她有一個世上最好、最寬容、最疼愛她的爹。而他，卻什麼也沒有……

張展瑜見寧汐不肯正面回答這個問題，心裡忽地泛起一絲微妙的甜意，不知想到了什麼，黝黑的臉龐浮起一抹淺淺的紅暈。「汐妹子，不管為了什麼，我都很感激妳。一輩子都忘不了妳的這份恩情！」

寧汐回過神來，失笑道：「我要你一輩子感激我做什麼，只要你能認真的跟著我爹學廚藝，將來能繼承他的手藝，做個真正的好廚子，我就很高興了。」

張展瑜定定地看著寧汐，認真的許諾。「我一定會做到的，妳等著看我的表現吧！」

奇怪，這對話怎麼有點不對勁？

寧汐揮去那絲怪異的感覺，笑著點頭。「好，一言為定！我也會努力的，一年之後，我們再來比比誰的廚藝更好。」

張展瑜的眼眸亮了起來，清瘦的臉龐竟是異常的俊朗。「我可不會讓著妳的，妳輸了可別哭鼻子。」

兩人對視一笑，之前的心結在這一刻悄然散去。

寧汐惦記著廚房還有事要做，笑著起身告辭。

張展瑜默然的看著她轉身離開，就在她的手碰觸到門閂的那一刻，忽地張口問道：「汐妹子，這兒就我們兩個，我想問妳一句話，如果妳不肯說，我以後絕不會再問了。」

寧汐身子一顫，卻沒回頭。「你想問什麼？」

張展瑜緩緩地說道：「寧大廚這麼疼妳，幾乎將妳捧在了手心裡，妳為什麼還要那樣對他？」將前後的事情連起來想一想，寧汐的目的是什麼其實顯而易見，這也讓張展瑜困惑不已。

為什麼寧汐要千方百計的阻撓寧有方和四皇子接觸？這對寧有方來說，分明是個大好機會，可寧汐卻一次又一次的從中做手腳。到最後，寧有方婉拒了四皇子的邀請，肯定也和寧汐不無關係吧！

寧汐沈默了片刻，淡淡地說道：「我這麼做，自然有我的道理。張大哥，從今以後你把這件事徹底忘了吧！」

說著，便頭也不回的走開了。

張展瑜愣愣的看著寧汐的背影消失在眼前，心裡忽地升起一絲無法言喻的落寞。旋即搖搖頭，將那絲不該有的低落甩開。

不要再想這些了，現在最重要的，是要養好身體。然後，等著拜寧有方為師就好了。

想到這些，張展瑜的臉上露出一抹歡喜的笑容。

日夜期盼的好事，竟然就這麼來到了眼前。真像作夢一樣啊！

之後的兩天裡，張展瑜果然老老實實的喝藥休息，到了第三天的時候，活蹦亂跳渾身都是力氣。神清氣爽的去小廚房裡報到，恭恭敬敬的喊了聲。「寧大廚！」

寧有方停下手中的活兒，上下打量幾眼，笑著問道：「身體好些了嗎？」

張展瑜羞赧的笑了笑。「已經好了。」

寧有方點點頭，數落了幾句。「你也不是小孩子了，怎麼能把自己糟踐成那樣，不管遇到什麼事，總該愛惜自己的身體……」

張展瑜聽著這番看似嚴厲實則親暱的話語，心裡別提多溫暖了，唯唯諾諾的點頭應了。

寧汐在一旁看著早已忍不住笑了起來，打趣道：「爹，您就別再說了好不好？簡直比老太婆還要囉嗦。張大哥生病剛好，您就少嘮叨一點吧！」

寧有方哭笑不得地瞪了寧汐一眼。「妳這丫頭，沒大沒小的。」

寧汐淘氣地扮了個鬼臉，笑嘻嘻地問道：「爹，您還是快點安排張大哥做事吧！您讓他一直站在那兒，他渾身都不自在呢！」

說得可不是嘛？張展瑜雖然努力的擠出笑容，可分明還是一臉的忐忑不安。

收徒這件事，寧有方只含糊地暗示過一回。這兩天裡，寧有方卻沒去看過他，也沒跟任何人提起這個。張展瑜心裡要能踏實才是怪事！

寧有方瞄了張展瑜一眼，卻笑著對寧汐說道：「我就算想安排，也得看人家願不願意吧！」

這次不用寧汐提醒，張展瑜也立刻領會了過來，撲通一聲跪到了地上。「寧大廚，我一直仰慕您的手藝。若您肯收我為徒，我一定好好學手藝，今後一輩子都孝敬您！」

正所謂師徒如父子，一日為師，終身為父，名分一定下，今後關係就完全不同了。

寧有方眼裡露出滿意的笑容，語氣卻很淡然。「展瑜，我從不肯收徒，其中緣由你也該知道的。今日你拜我做了師傅，以後就得把所有的小心思都收起來，想學好手藝，得先學會做人。那些不仁義的事情，絕不能做。知道嗎？」

最後一句話意味深長，若有所指，張展瑜豈能聽不出來？

他二話不說點頭應了，利索的磕了三個響頭。再起身的時候，自然就改口了。「師傅，我先去和周大廚說一聲吧！」以後就得來小廚房做事了。

寧有方笑了笑。「還是我去說吧，順便也向各人宣佈一聲。」

張展瑜抑制不住激動的心情，連連點頭。

寧有方收了徒弟，心情也頗為高昂，笑咪咪的領著張展瑜去了大廚房。至於寧汐，當然迫不及待地跟著去湊了熱鬧。

手藝人收徒是很常見的事，只要磕頭改了稱呼，就算是正式的有了名分。只不過，寧有方以前從來不肯收徒，如今忽然來了這麼一齣，頓時惹來眾人的譁然。胡青幾人，更是羨慕得不得了，眼裡都快冒出火星子來了。

周大廚上下打量張展瑜兩眼，笑著調侃道：「展瑜，你這一病，倒是因禍得福了。」

張展瑜得償所願，別提多高興了，連連笑道：「是啊，能得到師傅的垂青，真是我幾輩子修來的福氣。」

這馬屁拍得，實在太肉麻了！不過，寧有方顯然很吃這一套，早樂得眉開眼笑了。

寧汐忍俊不禁地笑了。張展瑜平日裡看著沈默少言，原來拍馬屁的功夫一點都不比她差。

胡老大也打趣道：「寧老弟收了這麼個好徒弟，今兒個可得好好請我們喝一頓。」張展瑜本就底子不錯，稍微調教調教，就是個好廚子了。

寧有方答應得爽快極了。「好好好，今天晚上不醉不歸！」

眾廚子都起鬨地應了。在眾人的笑鬧聲中，張展瑜分外的神采飛揚，不自覺地看向寧汐，恰好和寧汐含笑的目光在空中相接。

寧汐朝他甜甜的一笑，他鎮靜的回以笑容，心卻漏跳了一拍。

第七十一章　一年之後

日子在忙碌又充實中悄然滑過了一年。

這一年裡，發生的事情實在不少。

寧暉在鴻儒學堂裡用功苦讀，常常受到夫子的稱讚。前幾天剛考完童生試，看那副信心滿滿的樣子，看來很有希望考中了。

而寧有財也在寧有方的資助下租了間鋪子，開起了一家包子鋪。

寧皓本就對讀書不感興趣，索性退了學，幫著做起了生意。他長得俊俏，嘴又甜，賣起包子來頭頭是道，包子鋪多了他之後，生意倒是越發好了起來。

前世的寧皓一直遊手好閒一事無成，現在卻變得踏實沈穩多了，讓寧汐暗暗高興不已。

很多事情都在默默改變著，這些變化看似不明顯，卻在悄然地影響著寧家所有人的命運。

李家老太太果然沒熬過去年冬天，李家辦了喪事之後，至少在一年之內不能辦喜事，寧雅的婚事自然拖延了下來。

寧汐對此由衷地感到慶幸，背地裡悄悄遊說著寧雅也到包子鋪裡做事幫忙。說了幾次之後，寧雅果然也動了心，每天也跟著去包子鋪做事。經常接觸外面的人和事，寧雅果然比原來開朗活潑了一些，眉宇間漸漸少了怯弱多了幾分堅定。

至於寧汐嘛，變化就更大了。

十三歲的寧汐，身子開始發育，個頭長高了一些，胸前微微隆起，腰肢纖細。秀氣的小臉漸漸長開，眉目如畫秀美無倫，散發著少女特有的風姿。

只是，寧汐依舊穿得極為樸素，那灰色的衣衫和長長的髮辮，幾乎從未變過。

阮氏看著便有些心疼，絮絮叨叨地說道：「人家小姑娘都穿紅戴綠漂漂亮亮的，妳倒好，給妳做新衣服也不肯穿。整天穿這些衣服，灰撲撲的……」

寧汐笑咪咪地安撫阮氏。「娘，我天天在廚房裡做事，哪裡適合穿新衣服？我身上這個就挺好的呢！」

阮氏看了寧汐身上的衣服一眼，嘆口氣，又改而嘮叨著。「不肯穿新衣服也就罷了，至少頭髮也該梳得漂亮些，再戴些鮮亮的絹花什麼的。瞧瞧敏丫頭，每天打扮得多標緻……」寧敏皮膚微黑，偏又愛穿鮮亮的衣服，頭上戴的絹花更是每天不重樣。

寧汐聽得頭痛，忙笑道：「娘，時候不早了，我得去太白樓做事了，有什麼話晚上回來再說！」然後便扯著寧有方往外跑。

阮氏又是好氣又是好笑，眼睜睜的看著寧汐腳底抹油跑得沒了蹤影。

寧有方笑著瞄了寧汐一眼。「汐兒，妳娘說的也有些道理，她給妳做了那麼多新衣服，又買了好多漂亮的絹花，妳怎的也不肯穿戴？」

寧汐笑了笑，露出細細的貝齒。「爹，我天天都待在廚房裡做事，穿戴得太漂亮了，做事不方便。」女為悅己者容！又有誰還值得她那樣細心的妝扮自己？

寧有方想了想，也笑了。是啊，爐灶邊油膩膩的，溫度又高，要做事必然要穿得利索簡單些。如果穿得花枝招展又塗脂抹粉的，還怎麼做事？

父女兩個一路有說有笑的到了太白樓。

張展瑜起得更早，早已經將爐火都生好了，又忙著將案板砧板都細細的擦了一遍。

寧汐笑著打趣道：「張大哥，你怎麼每天都來得這麼早？我今天可特地早起了，還是沒你來得早呢！」

這一年來，張展瑜幾乎日日如此，每天悶不吭聲地將一切瑣事都提前做完。寧汐名義上是學徒，卻再也沒做過這類雜事了。

張展瑜早已習慣了寧汐的調侃，不以為意地笑了笑。「師傅、汐妹子，你們還沒吃早飯吧，我給你們做個炒飯。」

寧有方剛要點頭，就聽寧汐嚷道：「不行不行，每天都你做早飯，今天也該輪到我了吧！」說著迫不及待地搶上前去，準備起了食材配料。

張展瑜啞然失笑，也不和寧汐爭搶，在旁邊看了幾眼問道：「不是要做炒飯嗎？為什麼妳要準備這麼多的素菜配料？」

炒飯只要準備兩個雞蛋和一些蔥花就可以了，可寧汐卻在砧板上叮叮咚咚的切個不停，胡蘿蔔丁、洋蔥丁、黃瓜丁，還有香菇切成丁，堆在盤子裡，紅白綠各種顏色相間，看著都誘人。

寧汐頭也不抬的笑道：「總吃蛋炒飯，也太單調了，今天我來做個素菜炒飯，你們就等著大飽口福好了。」

寧有方也覺得新鮮，笑著說道：「炒飯還能變出什麼花樣？我今天倒要開開眼界了。」

做學徒的大都是一板一眼的，師傅怎麼教就怎麼做。張展瑜便是其中翹楚。

這一年來，張展瑜不斷地揣摩練習，竟然能將他做的菜餚原封不動的做出來，味道相差無幾。到後來，等他忙不過來的時候，張展瑜經常幫著他做菜送上去，竟然沒客人察覺出來，足可見張展瑜的進步之大了。

寧汐卻是奇思妙想層出不窮，經常搗鼓些新鮮花樣，同樣的菜式到了她的手中，做出來的絕對和張展瑜不一樣，甚至連寧有方也常有驚豔的感覺。

寧汐俏皮地眨眨眼。「我也是前兩天剛琢磨出來的，今天是第一次動手，不知道這樣做出來的炒飯會是什麼樣子。你們待會兒嚐嚐看，不准說不好吃哦！」

寧有方和張展瑜一起笑了，不約而同的點點頭。

寧汐熟稔地將自己專用的小號鐵鍋放到了爐灶上，舀了一勺豬油，然後放了一把細細的香蔥末，那香蔥末在滾熱的豬油中歡快的跳躍，頓時飄出一陣香氣。

然後放入胡蘿蔔丁，再依次放入香菇、洋蔥和黃瓜，最後，才放入昨天剩餘的冷米飯進去。翻炒片刻，再加些鹽，然後出鍋裝盤。

米飯一粒一粒晶瑩剔透，配著暗紅的香菇、翠綠的黃瓜、白色的洋蔥和紅色的胡蘿蔔丁，散發出陣陣熱騰騰的香氣，簡直無比的誘人。

寧有方迫不及待地嚐了一口，眼睛頓時亮了起來。「好好好，味道果然不錯。」比起普通的蛋炒飯，眼前這盤炒飯賣相美觀，入口的時候更多了香菇和洋蔥的香氣。

寧汐用勺子舀了一些送入口中，吃得津津有味。

張展瑜忍不住也嚐了一口，然後驚嘆不已讚不絕口。「汐妹子，這樣的炒飯妳是怎麼想出來的？」

寧汐得意地笑了笑。「前些天總吃蛋炒飯，實在有些單調乏味，我就想著，能不能加點蔬菜放進去，既能增加炒飯的美味，又能在賣相上做點功夫，讓人看著也有食慾，沒想到效果居然真的不錯！」

張展瑜凝視著寧汐的俏臉。寧汐確實天賦出眾，別的不說，單是這份想像力就讓他望塵莫及了。奇怪的是，想到這些的時候，他心裡沒有一絲嫉妒，反而有種隱隱的驕傲。

寧有方邊吃邊說道：「汐兒這個想法確實不錯，這幾天就好好的研究研究，看看還有什麼蔬菜可以用來做炒飯。今後宴席的主食，炒飯也能算一樣了。」不愧是太白樓的主廚，時時刻刻想著的是如何把宴席做得更豐富更好。

寧汐一聽這個，立刻來了興致，笑著說道：「我也是這麼想的呢！宴席的主食總是麵條、米飯這些，實在有些單調。要是做些美味又別致的炒飯做主食，客人肯定會覺得很新鮮。如果覺得加蔬菜太過單調了，還可以放點肉類，比如雞肉、豬肉什麼的。」

張展瑜也被觸發了靈感，忙笑道：「對對對，還可以加點蝦仁之類的河鮮。」

三人在一起邊吃邊討論，越想越覺得這個主意可行。

「寧老弟！」孫掌櫃老遠的就揚聲喊了起來，臉上滿是興奮的笑容。

寧有方忙迎了過去，笑著打趣道：「孫掌櫃今天心情這麼好，是不是又接到大宗的宴席了？」

孫掌櫃哈哈一笑。「你就別拿我開心了，我來找你可是有正事的。東家少爺正在前樓等你，說是有要事商量。」

寧有方微微一愣，旋即笑著點了頭，扭頭看了寧汐一眼。「汐兒，妳也一起去吧！」這一年多來，寧有方已經習慣了寧汐跟在他身邊，遇到什麼事情，也會聽取寧汐的意見。

寧汐本想答應，不知想到了什麼，忽地笑著說道：「爹，您一個人去吧！我留在這兒做點準備，不然，待會兒只怕又忙不過來了。」

寧有方不疑有他，笑著應了，興沖沖地跟著孫掌櫃走了。

寧汐這才鬆了口氣，忙碌著收拾了案板。

張展瑜連忙過來把事情搶了過去，故作不經意地隨口問道：「汐妹子，妳怎麼不跟寧大廚一起過去？」

寧汐淡淡地笑了笑，漫不經心的應道：「東家少爺找爹商量事情，我跟著去做什麼？」

張展瑜手中的動作頓了一頓，然後笑著試探道：「妳不去，只怕東家少爺會很失望吧！」

寧汐若無其事地笑道：「張大哥別開玩笑了，我和東家少爺根本不熟，他見不到我有什麼可失望的？」

張展瑜意味深長地看了寧汐一眼，沒有再說什麼。

寧汐也低頭做起事來，腦子裡卻閃過陸子言清俊斯文的面孔。

第七十二章　突如其來的消息

這一年來，陸子言到太白樓的次數著實不少。

一開始是十天半個月來一次，到後來，變成了七、八天來一次。最近更是來得勤快，幾乎隔兩天就過來轉轉。而且，每次都找各種各樣的藉口喊寧有方過去說話。

寧有方去了，寧汐自然也會跟著。這麼一來，見面的機會立刻多了起來。

陸子言臉皮薄，不好意思直接和寧汐搭話，每次都和寧有方閒扯個沒完，目光卻時不時的落在寧汐的身上。

孫掌櫃一開始不明所以，待後來漸漸咂摸出點味道來了，心裡暗暗好笑。

陸子言也到了情竇初開的年齡。這麼多的千金閨秀沒看上，沒想到竟對寧汐上了心……

寧汐確實是個討人喜歡的小姑娘，長得水靈秀氣，又聰慧可愛，也難怪陸子言會生出愛慕之心。不過，寧汐對陸子言卻很疏遠客氣，從不主動和陸子言搭話，最近幾次更是避而不見。

這讓自認老於世故的孫掌櫃暗暗有些詫異，卻也不好多問什麼。

這一次也是如此，陸子言滿心期待的眼神，在見到只有寧有方一個人來的時候，頓時黯淡了不少。

孫掌櫃咳嗽一聲，笑著說道：「東家少爺，寧大廚已經來了。您有什麼重要事情，就和寧大廚說了吧！廚房那邊事情多，寧大廚還得早些回去。」

陸子言打起精神來，笑著點了點頭，一臉正色的和寧有方談起了正事。

寧汐在廚房裡等了許久，也不見寧有方回來，心裡暗暗覺得奇怪。

陸子言每次來找寧有方，說是有「要事」商量，其實都是些雞毛蒜皮的小事，根本不值得堂堂陸家大少爺親自跑一趟。

陸子言的別有用心，寧汐早已察覺出了端倪，卻也不好明著拒絕，只好避而不見，希望陸子言早日歇了那份心思。所以，今天一聽說是陸子言來了，她故意找了藉口避開，怎麼也沒料到寧有方去了這麼久都沒回來。難道，這次是真的有什麼要緊事嗎？

張展瑜在一旁自言自語。「師傅去了這麼久，該不是真的有什麼大事吧？」

被他這麼一說，寧汐的心裡也忐忑不安了，想了想，便說道：「張大哥，我現在就到前面去看看，這兒的事就都交給你了。」小廚房裡還有兩個二廚在，也能勉強應付兩、三桌宴席了。

張展瑜二話不說點頭應了，目送著寧汐出了小廚房，眼底飛快的閃過一絲落寞。

寧汐一路小跑到了前樓，不假思索的上了二樓，依著陸子言的習慣，應該還在荷花廳裡才是。

寧汐毫不遲疑地去敲了敲門，果然聽到裡面傳來了孫掌櫃的聲音。「誰在外面？」

寧汐笑著應道：「孫伯伯，是我！」

前來開門的，卻是寧有方。「汐兒，妳來得正好，快些進來。」一臉激動興奮的笑容。

寧汐笑著點點頭，走了進去，心裡卻暗暗奇怪，難道又有什麼好事了嗎？不然，寧有方怎麼會高興成這副樣子？

陸子言的眼眸早已亮了起來，言行舉止卻很含蓄，微笑著和寧汐打了招呼。

寧汐回以更禮貌的淺笑。「見過東家少爺。」

陸子言心裡掠過一絲失落，臉上卻絲毫不露，笑著說道：「寧汐妹妹也太多禮了，我比妳虛長幾歲，妳叫我陸大哥就行了。」

寧汐抿唇一笑，卻並沒改口。「多謝東家少爺的美意。」

陸子言深深的凝視了寧汐一眼，眼底閃過一絲挫敗。她明明是個慧黠可愛的女孩子，口齒伶俐能言善道，可到了他面前，卻總是那麼拘謹，甚至連笑容都很吝嗇……

寧汐卻沒心思去顧慮他的心情，笑咪咪的轉向寧有方。「爹，你們到底在商量什麼要事嘛！我等了半天也不見您回來，只好找過來了。」

寧有方咧嘴一笑。「汐兒，這可是件大大的好事，妳來一起聽聽也好。」

「到底是什麼好事？」寧汐的好奇心被高高的吊了起來。

寧有方正待張口，就聽陸子言笑著接道：「寧汐妹妹，這事說來話長。妳先坐下，我慢慢說給妳聽。」

他這麼熱情，寧汐也不好過分的拒人千里，只得笑著點了點頭，在寧有方的身邊坐了下來。

陸子言精神一振。「事情是這樣的，前幾天，我接到了京城那邊的來信，是我表弟派人送來的……」

京城？表弟？這事怎麼又和容瑾扯上關係了？寧汐不自覺地皺了皺眉頭，心裡忽地生出一絲不妙的預感。果然，在聽到接下來的話之後，寧汐的眉頭皺得越發緊了。

「表弟來信說，京城那邊酒樓的生意大多很好，如果我們太白樓想發展得更好，就該去京城試一試……」

寧汐略有些無禮的打斷陸子言。「東家少爺，京城當然是個好地方。天子腳下，處處繁華，如果能在京城開家酒樓，前景一定很好。不過，這跟我爹又有什麼關係？」

京城……這兩個字早已成了寧汐心裡最大的隱痛。如果可以，她只想一輩子遠遠的避開那個傷心地。

陸子言好脾氣地笑了笑。「當然有很大的關係。如果我們太白樓想在京城打響招牌，寧大廚肯定得去打頭陣的。所以，我今天來找寧大廚，也是為了徵詢他的意見。」

寧汐被噎住了，不由得看了寧有方一眼。

寧有方一臉的興奮，眼裡閃著灼熱的光芒，一副躍躍欲試大展身手的架勢。很顯然，他對去京城開酒樓一事充滿了嚮往。

寧汐到了嘴邊的話，不知怎麼的就都嚥了回去。

寧有方的夢想，寧有方的雄心壯志，在一年前曾因為她的從中阻撓而夭折。那次過後，她就在心底暗暗發誓，要用盡所有的努力幫著寧有方實現理想。

現在，這樣一個大好機會擺在寧有方的面前，他怎麼可能拒絕？她又怎麼忍心讓他改變心意？

陸子言沒留意到寧汐異樣的沈默，兀自笑著說道：「這件事我已經和爹商量過了，他也很贊成。我們陸家在洛陽家大業大，也算是有些名望了，想再進一步發展，只能另尋出路。眼下這就是個好機會，先將太白樓開到京城去，等站穩腳跟了，再慢慢的將我們陸家的其他產業一步步的挪過去。」說到這兒，陸子言的眼中也閃出了激動興奮的光芒。

一旁的孫掌櫃，也聽得熱血沸騰，連連笑著附和。「少爺有這樣的想法，真是再好不過。只是，這事情非同小可，還是得從長計議才好。」

陸子言朗聲一笑。「這是當然。我爹已經點頭同意了，而且派人送信到京城去了，估計再過幾天，表弟就會親自過來和我商議此事。」

想在京城開酒樓做生意，當然得依附容家的聲勢才行，既然容瑾也有這個意思，看來是要合夥開酒樓了。

一提到容瑾，寧有方反射性的嘟囔了句。「容少爺又要來洛陽了嗎？」看來，容瑾的挑剔和毒舌，已經給寧有方留下心理陰影了。

陸子言啞然失笑，溫和地安撫道：「寧大廚不用擔心，表弟說話雖然難聽些，可心腸其實不壞的。」

寧汐輕輕的哼了一聲，撇了撇嘴，腦子裡忽地閃過一張俊美無比的少年面孔。

明明已經隔了一年沒見，她也很少想起那個可惡的貴族少爺，可每次偶爾想起的時候，容瑾的面容卻又異常的清晰，甚至連那抹輕蔑的笑容都清清楚楚的出現在她的腦海裡。

陸子言一直在留意著寧汐的一舉一動，見寧汐聽到容瑾之後是這等反應，心裡只覺得莫名的愉快，繼續笑道：「此事等表弟來了，才能真正商定下來。今天我喊寧大廚過來，就是想先問問你的意思。只要你願意去，我們陸家絕不會虧待你……」

寧有方坐不住了，立刻起身陪笑。「東家少爺可千萬別這麼說，我是太白樓的主廚，這些都是我分內的事情。不過，如果真的去京城發展，我得帶上家人一起去。所以，還請東家少爺給我幾天考慮考慮。」

陸子言不假思索地點了頭。「好，我先給你幾天慢慢考慮，和家裡也商量一下。不過，等表弟來了之後，你得給我個準信兒。」

寧有方笑著應了，然後起身告辭，順手拉著滿腹心事的寧汐一起出了荷花廳。

寧有方絮絮叨叨地在說著什麼，寧汐卻一直沈默著。

多少個夜裡，她都在噩夢中被驚醒。前世裡親人一一慘死，只餘下她孤零零的一個人，跪在陰冷飄雨的刑場上，絕望的用刀戳進自己的心窩。

那份尖銳的痛苦，不能讓任何人知道，只能日復一日的埋在自己的心底。

她不停地安慰自己，今生不會再發生那一幕了。寧有方沒有去四皇子的府裡做廚子，寧暉也沒有退學，寧家所有人的命運都在悄然發生著改變，和前世已經完全不一樣了。

然而，命運兜兜轉轉，自有它的安排。

京城，難道是寧家人躲不開的宿命嗎？

第七十三章　雙喜臨門

寧有方卻極為興奮，躊躇滿志地說道：「汐兒，我一直盼著能有機會，去京城見見世面。現在可好了，簡直是天上掉下來的好事啊！今天晚上我就回去和妳娘商量商量，等事情定下來，我就帶著你們娘兒幾個一起到京城去，讓你們也到天子腳下開開眼界，過些好日子……」說了半天，身後也沒半點反應。

寧有方心裡暗暗奇怪，扭頭看了一眼。只見寧汐咬著嘴唇，小臉繃得緊緊的，毫無笑意。

寧有方愣了一愣，忍不住問道：「汐兒，妳怎麼不說話？是不是不想去？」語氣裡多了一絲不自覺的緊張。

那件事過後，寧有方從沒問過寧汐什麼。不過，他也隱隱的察覺到了寧汐對去京城一事的排斥。所以，一提到這個話題，寧有方很自然的緊張起來。

如果寧汐鬧騰著不肯去，他該怎麼辦才好？

看著寧有方眼底的不安，寧汐的心裡不由得一顫，鼻子酸酸的，不由自主地笑著應道：「爹，您別亂猜嘛！我就是在想，娘和哥哥知道這事，肯定很高興。」

寧有方不自覺地鬆了口氣，咧嘴一笑。「妳想去就好。」

寧汐頓了頓，忽地笑著問道：「爹，如果我說我不想去，也不讓您去，您會怎麼辦？」

寧有方想了想笑道：「說句心裡話，我真的很想去京城見見世面。那兒名廚雲集，能嚐到不同地方的菜系，對廚藝的磨練也大有好處。不過，如果妳實在不想去，我就不去好了，反正我在洛陽也算混出了點名堂……」

寧有方邊說邊笑著瞄了寧汐一眼，在見到寧汐眼角泛著水光時，頓時愣住了，急急的問道：「汐兒，說得好好的，妳怎麼哭起來了？是不是捨不得離開洛陽？要不，爹就不去京城了，現在就去和東家少爺說一聲……」

寧汐將眼眶裡的淚水逼了回去，擠出笑容來。「爹，我沒哭，我心裡高興著呢！」

爹，您對我這麼好，我怎麼能因為前世的陰影就阻撓您的夢想？

所以，這一次我不會再阻止您去京城了。我會跟您一起去，我會盡我所有的努力，幫著您在京城站穩腳跟一展所長，讓您成為京城最有名氣的名廚！

只要有我在，不會再讓任何人傷害到你！

寧有方總算鬆了口氣，憐愛的拍了拍寧汐的頭。「妳這丫頭，都快是大姑娘了，還動不動就哭鼻子。」

寧汐故作嬌嗔的跺跺腳，逗得寧有方哈哈笑了起來。

回了小廚房之後，張展瑜立刻笑著湊了過來，試探著問道：「師傅，東家少爺找您有什麼事情嗎？」

寧有方正得意高興，巴不得有人問這些，立刻笑著將剛才的事情說了一遍。「……我還沒正式答應，今天晚上得回去和家裡商量商量。」

張展瑜何等聰明，早從寧有方雀躍興奮的神情裡看出了他的心意，笑著說道：「這樣的好事真是打著燈籠都難找，師傅，我先恭喜您了。」

寧有方挑眉一笑，神采飛揚。

張展瑜有意無意的看了寧汐一眼。從去年那件事來看，她一定不希望寧有方去京城的吧！這一次，她還會阻止寧有方嗎？

寧汐卻甜甜的笑著，眼神一片平和，讓人窺不出她心裡到底在想些什麼。

張展瑜不動聲色地將心裡那絲疑惑按捺下來，笑著問道：「師傅，如果您打算去京城發展，太白樓這邊該怎麼辦？」寧有方可是太白樓裡的金字招牌，如果沒了他，太白樓的生意肯定會大不如前。

寧有方顯然還沒想到這些，被張展瑜這麼一提醒，眉頭皺了起來，喃喃自語。「是啊，我這一走，太白樓的生意肯定會受影響了……」

寧汐想了想，笑著說道：「爹，您就別想這麼多了，東家既然有這份心思，自然會考慮到這些的。」既然決意要去京城發展，就得有捨得才行。

寧有方被這麼一開解，心情又好了起來，連連點頭笑道：「汐兒說得對，我就不操這份心了。」

張展瑜早已看慣了寧有方對寧汐的疼愛，見狀還是忍不住失笑。不管寧汐說什麼，寧有方都會點頭贊同。這樣的爹簡直天下難找啊！

這一天，寧有方做起事來特別的有精神。精心烹調的菜餚端上去後，客人吃得讚不絕口，幾乎每桌客人都另外給了賞錢。

寧有方懷裡揣著銀子，回家的時候走路都分外的有力氣，寧汐要一路小跑才能跟得上。走到半路，寧汐已經氣喘吁吁額頭都是汗珠了。

寧有方總算從自己的欣喜雀躍中回過神來，歉意地一笑。「我走得太快了，難怪妳跟不上。來，爹揹妳回去！」

寧汐心裡泛起甜意，卻搖頭拒絕了。「不用不用，我有力氣走回去。」她已經開始發育，再讓寧有方揹著自己，實在有些尷尬。

寧有方顯然也想到了這一層，尷尬地笑了笑，並沒堅持己見，卻刻意放慢了腳步。

老遠的，就看到阮氏和寧暉在門口等候的身影。瑩白的月光下，那兩道身影被拉得長長的。寧汐的嘴角微微翹起，心裡暖暖的。

寧暉早跑著迎了過來，一臉的激動興奮。「妹妹，我有好消息要告訴妳！」

「童生試放榜了嗎？」寧汐心裡一動，隱隱地猜到了寧暉要說什麼。

寧暉咧嘴一笑，使勁的點頭。「早上剛放的榜，我考中了，以後我就是有功名的人了。」雖然只是個小小的秀才，可對寧暉來說，卻跨出了人生中最重要的一步！

寧汐已經預料到了這個結果，可在聽到寧暉親口說出來的那一刻，心裡一顫，眼淚頓時湧了出來。

太好了！寧暉真的考中童生了！沒人比她更清楚這對寧暉來說是多麼的重要，更沒人知道她此刻的心情是如何的激動複雜。從今以後，寧暉會走上和前世全然不同的人生路……

「妹妹，這麼好的事，妳別哭啊！」寧暉手忙腳亂地為寧汐擦眼淚。

寧汐哽咽著說道：「哥哥，我好高興，你讓我哭一會兒好不好？」高興到極處，反而不知該怎麼表達那份喜悅，她只想放肆地哭一回……

寧汐靠在寧暉的肩膀上，嗚嗚地哭了好久。

寧暉雖然不知道她的情緒為什麼會這麼激動，卻很自然的哄道：「別哭別哭，都是大姑娘了，不能遇事就這麼哭鼻子。我考中童生了，難道妳不為我高興嗎？」

寧汐拚命點頭，眼淚卻怎麼也止不住。

寧有方心情從未像此刻這麼好過，朗聲笑道：「今天真是個好日子，算得上雙喜臨門了。汐兒，別哭了，我們一起進屋去說話。」

寧汐吸了吸鼻子，用袖子擦去了臉上的淚珠，扯著寧暉的袖子一起進了屋。

寧有方和顏悅色的招手示意寧暉過去，打量幾眼，咧嘴笑道：「我寧有方的兒子真是好樣的！」

寧暉打記事起，從沒被寧有方這麼誇過，激動的說道：「爹，我、我以後還要繼續用功讀書，明年再去參加鄉試，考個舉人回來，讓您做上官老爺。還有娘和妹妹，能做上官太太和千金小姐……」他要讓全家人都跟著過上好日子。

寧有方高興得連連點頭。「好好好！你有這樣的志氣，再好不過了。」說著，扭頭問阮氏。「這好消息告訴爹了嗎？還有二哥二嫂他們，都知道了嗎？」

阮氏笑著應道：「今天放榜的結果一出來，我就讓暉兒回來報喜了。大夥兒都跟著高興，公爹更是高興得不得了，暉兒為我們寧家爭了光呢！」

寧家幾輩人都是做廚子出身，雖然家底也算殷實，可畢竟是普通的百姓。如今寧暉考取了功名，自然為寧家添了光彩。

寧有方笑得合不攏嘴。「我也有件好事要告訴你們呢！」說著，就將今天陸子言來找他商量的事情一五一十的說了一遍。「……如果我答應下來，就得帶著你們一起到京城去。所以，今天特地回來，和你們商量商量，看看到底該怎麼辦。」

阮氏早已聽得愣住了，腦子裡亂哄哄的。「孩子的爹，你慢些說，到底是怎麼回事？」

寧暉笑嘻嘻地插嘴。「娘，爹說的可是大大的一樁好事，我們要跟著爹一起去京城過好日子了。」對年少的寧暉來說，京城自然是個繁華得令人嚮往的地方。

「可是，這事也來得太突然了……」阮氏還是有點暈乎乎的，她一時有些反應不過來。一家子在這兒過得好好的，怎麼突然又要到陌生的京城去了？

寧汐定定神，也笑著說道：「娘，這對爹來說，可是難得的好機會。京城是天子腳下，是我們大燕王朝最繁華的地方。那兒有各地的名廚，也有最好的酒樓。爹如果能在京城紮下腳跟打響名頭，才能成為真正的名廚。我們要做的，就是收拾行李，陪著爹一起到京城去。」

這是寧有方最大的夢想，也將會是她今後為之努力的目標！

第七十四章　各有各的小算盤

寧汐這番話說到了寧有方的心坎裡，就見寧有方不停地點頭，滿臉的興奮激動。

阮氏外柔內剛，一向很有主見。聽了寧汐這番話之後，想了想說道：「這的確是件好事，不過，也有不少的事情需要考慮。別的不說，我們如果一家子都去了，公爹要不要跟著一起去？二哥二嫂他們一家怎麼辦？還有，去了京城以後，我們一家子住哪兒？是不是要置辦個院子？我聽說，京城那邊地價物價都高得很，我們手裡的這些積蓄，不知夠不夠買處宅子安頓下來……」

寧有方咳嗽一聲，打斷阮氏的絮叨。「這些瑣事以後慢慢商量，最要緊的，是先商量一下眼前的事，過兩天東家少爺就要我給他個準信了，你們到底願不願意跟我到京城去？」

寧暉二話不說舉手贊成。「爹，這麼好的機會，不答應實在太可惜了。」

寧汐既然下定了決心，自然也站在了寧有方這一邊。「是啊，還是答應了吧！只要我們一家子能和和美美的在一起，不管在哪裡都是好的。」

一大兩小三雙期待的眼睛一起看了過來，阮氏噗哧一聲笑了。「瞧瞧你們幾個，我什麼時候說不同意了？」

寧有方大大的鬆了口氣，嘴笑得都快咧到耳根了。

這一夜，寧家四口各懷心思，都沒睡好。

第二天一大早，寧有方就興沖沖的去敲了寧大山的屋門，將此事原原本本地說給寧大山聽了一遍。

寧大山自然也跟著高興，不過，他想到的卻比寧有方多得多。思忖了片刻，寧大山才緩緩地說道：「老三，這確實是好事。你能去京城發展，是件大大的好事，不過，有些事你可得想好了。在這邊，你占了太白樓一成乾股。到了京城那邊重開酒樓，還是這樣的待遇嗎？」

寧有方一愣，撓撓頭。「這個暫時還沒提……」他也不好意思主動提這個吧！

「這可不是小事。」寧大山叮囑道：「你別答應得太痛快了，就裝著不太情願的樣子，讓他們主動提這些，到時候你順水推舟點頭就行了。」

薑果然還是老的辣！寧有方也覺得很有道理，連連點頭。

在去太白樓的路上，寧有方就顯得冷靜了不少，不停地盤算著此事的利弊。去當然是要去的，不過，也得好好想一想他該有什麼要求才是，總不能就這麼糊裡糊塗的跟著去做牛做馬……

寧汐瞄了若有所思的寧有方一眼，笑著打趣。「爹，這樣的好事，您怎麼一點笑容都沒有？」以寧有方的性子，現在該笑得合不攏嘴才是吧！

寧有方笑了笑，低聲將心裡的顧慮說了出來。

寧汐想了想，笑道：「祖父說的對，就算您心裡千肯萬肯，當著東家老爺、少爺的面，也得裝得顧慮重重。現在是他們來求著我們，又不是我們主動要去的，總得給點好處吧！」

當然得趁著這個時候開個高價才行。

寧有方露出會心的微笑，點點頭表示知道了。

剛一踏進太白樓的廚房，寧有方就被幾個大廚圍住了。一個個分明想問什麼，卻又吞吞吐吐擠眉弄眼的不肯直接問出口。

胡老大拐彎抹角的笑道：「寧老弟，聽說昨兒個東家少爺來找你了。」

寧有方含糊地笑了笑。「是啊，確實來找我了。」卻並沒往下說。

事情還沒定下，還是低調一點比較好。不然，到時候若是去不成，可就成了眾人眼裡的笑話了。

甄胖子說話直接多了，一臉好奇地問道：「聽說東家少爺打算到京城去開酒樓了？」

眾廚子一起看了過來。寧有方也不好過分隱瞞，只得笑著應道：「聽東家少爺的口氣，似乎確實有這個意思。不過，具體怎麼樣，我也不太清楚。」

周大廚一臉羨慕地說道：「寧老弟，你可真是好運氣，馬上就有機會去京城發展了。到時候成了名震一方的名廚，可別忘了提點提點我們啊！」

此言一出，各人都七嘴八舌的附和起來。「是啊是啊，還請寧老弟替我們幾個也問一聲，要開酒樓，總需要人手的。看看能不能把我也帶上……」

寧有方被吵得頭痛，無奈地笑道：「這事還沒真正定下來，再說了，就算定下來了，也是東家老爺他們說了算，我哪裡插得上嘴……」

「寧老弟這麼說可太謙虛了。」王麻子酸不溜丟的來了幾句。「東家老爺這麼看重你，特地要你跟著到京城去開酒樓，廚房這邊的事情肯定都得靠你。你想帶誰去，還不是一句話的事。」現在這麼說，分明是推脫嘛！

這話顯然說到了諸位大廚的心坎裡，雖然不好意思出聲附和，眼神卻顯然不一樣了。

寧有方心裡暗暗嘆氣，這事情才剛開了個頭，各人就開始動起小心思來了。等事情真正定下來，還不知有多少麻煩。不過，此刻怎麼著也得把這個場子圓過去才行。

寧有方心裡不斷地盤算著這些，臉上擠出了笑容來。「大夥兒先別急，先耐著性子等幾天。如果東家那邊真的定下要去京城，免不了要挑幾個廚子過去，到時候我會儘量替大家說情的。」不過，到底誰有機會跟著去，就不是他能作決定的了。

得了寧有方這個承諾，幾個大廚的臉色陡然好看多了，一個個熱情的拍著寧有方的肩膀套近乎，大有「我就將此事交給你了、你可不能不替我出力」的架勢。

寧有方臉上笑得燦爛，心裡卻在暗暗叫苦。

都是共事了這麼久的，或多或少都有些交情。一個個這麼上趕著套近乎，就算明知各人別有用心，寧有方也沒辦法繃著臉孔拒人於千里，壓根兒想不出什麼好法子推脫這事，只能先硬著頭皮答應再說了。

寧汐在一旁看著，也替寧有方覺得頭疼。

趁著各人熱情高漲，寧有方忙笑道：「好了好了，這事以後慢慢商量，大夥兒這兩天可得打起精神做事，東家老爺和少爺隨時都可能過來的。」

這話一說出口，各人立刻精神抖擻的應了，一個個像打了雞血似的，做事分外的賣力。

寧有方總算鬆了口氣，領著寧汐回了小廚房。

張展瑜正低頭擦案板，見寧有方來了，立刻笑著迎了上來。

寧汐心裡暗暗好笑，張展瑜今天的笑容可真是分外的殷勤啊！該不會也要提起那件事吧……

果然，就聽張展瑜試探著問道：「師傅，您如果去京城的話，能不能把我也帶上？」

寧汐噗哧一聲笑了起來，調侃道：「張大哥，我爹如果走了，這太白樓也需要主廚。你難道不想試一試嗎？」

這一年裡，張展瑜把寧有方的廚藝學了七、八成，應付普通客人一點問題都沒有。寧有方一走，張展瑜必然能得到重用的。

張展瑜笑了笑。「汐妹子，妳就別開我玩笑了，師傅的手藝我才學了個皮毛，哪裡能做主廚？」頓了頓，滿眼祈求的看著寧有方。「師傅，您若是走的話，把我也帶上吧！」

寧有方猶豫了片刻，才嘆道：「展瑜，汐兒剛才說的也有幾分道理，如果真的要去京城開酒樓的話，至少也得去三、四個大廚才行，到時候留下來的人手就不多了。你雖然年輕了些，但是手藝卻是不錯的。如果肯留在這邊，就算做不了主廚，做個大廚獨當一面是沒問題的，可要是跟著我去了京城，你還得在我身邊打下手……」

兩相比較，孰優孰劣，不用想也知道該選哪一樣。張展瑜一直是個聰明又有野心的年輕人，應該抓住這個好機會才是。

「師傅，我真的想跟您一起走。」張展瑜一臉的懇求。「留下來做大廚，可能拿的工錢多一些，日子也安逸，只是，我實在很想再跟著師傅多學兩年再出師。」

頓了頓，又低聲說道：「師傅，我打小就死了爹娘，一直住在二叔的家裡。這幾年在太白樓裡做事，和您最親近。去年得您青睞，收了我這個徒弟，我心裡一直很感激也很敬重您，早把您和汐妹子當成我的親人了。你們若是走了，我待在這兒又有什麼意思？求您了，就帶我一起去吧！」他的語氣十分的真摯，顯然是動了感情，眼裡甚至依稀泛了一絲水光。

寧有方也被感動了，權衡半晌，終於點了點頭。「好，既然你想去，到時候我就帶你一起去吧！」

張展瑜喜出望外，連連道謝。目光有意無意的看了笑咪咪的寧汐一眼。不知想到了什麼，臉上浮起一絲淡淡的紅暈，好在他皮膚黑，一時也沒被察覺。

正說著話，胡老大笑著走了進來，扯著寧有方到一旁說話去了。

寧汐瞄了一眼，對兩人說話的內容心知肚明。

胡老大和寧有方關係最好，也難怪是第一個私下來找寧有方的了。可以想見的是，接下來的幾天，寧有方都別想清靜了。

她心裡盤算的，卻是另有其事……

第七十五章　顧慮

既然決定了要去京城，有些事她不得不顧慮。

前世寧有方去了四皇子的府裡做廚子，磨練了兩年之後，被四皇子舉薦入宮做了御廚。再然後，得到了皇上的歡心，一步一步成了御膳房裡最得寵的御廚，風光一時無二。不管誰見了寧有方，也要客客氣氣的喊一聲「寧御廚」。

寧有方春風得意之餘，益發的感激四皇子的提攜，因此一直和四皇子暗地裡保持來往。至於四皇子到底怎麼利用寧有方在御膳中做手腳，導致高祖皇帝一命嗚呼……寧汐至今仍然猜不透其中的內情。

現在，寧有方又要去京城了，很多事情都要及早預防才行。

最要緊的，當然是要和四皇子那些貴人都離得遠遠的，不要有任何牽扯。

只不過，此事既然有容瑾在裡面摻和，想和所有貴人都避開見面的機會，似乎不太可能。再說了，酒樓都是開門做生意的，一旦有了名氣，生意滾滾來的時候，想避開誰也不是她能說了算的。

想來想去，也只能在寧有方這裡多下功夫了。

寧汐咬著嘴唇，腦子裡不停地琢磨著各種念頭，就連張展瑜喊了她兩聲也沒留意。

張展瑜走了過來，笑著打趣道：「汐妹子，妳在想什麼？我喊妳好幾遍了，妳都沒聽見。」

寧汐回過神來，笑著應道：「沒什麼，就是在想著去京城的事情。張大哥，你真的要跟爹一起去京城嗎？要是留下來，做個大廚可是沒問題的。」錯過這樣的好機會，連她都覺得可惜呢！

「我還是更想去京城見見世面。」張展瑜笑了笑，眼裡不自覺的露出嚮往和期待。

寧汐抿唇一笑。「張大哥，那你可要繼續努力了。」

張展瑜一直很上進很努力，也有野心。此次想跟著寧有方去京城，只怕也是想借著寧有方的這層關係，將來在京城有更好的發展吧！對此，她並沒什麼惡感。

人人都有追求自己夢想的權利，誰也沒資格隨意的批判別人，只要張展瑜不做歪門邪道的事情，想變得更好，又有什麼不對？

張展瑜凝視著寧汐的笑顏，聲音不自覺地放柔了。「嗯，我一定會好好努力做事的。」

寧汐讚許地笑了笑，和張展瑜各自忙碌著做起事情來，邊隨意的聊著天。「張大哥，你要去京城的事，和家裡商量過了嗎？」

張展瑜淡淡地應道：「我打算今天回去再告訴二叔二嬸，他們肯定會贊成的。」語氣很平淡，絲毫聽不出即將離鄉背井的感傷。

寧汐聽出點不對勁來，遲疑地問道：「這一走，可能幾年都不會回來，甚至會在那邊落地生根。就這麼走了，你二叔二嬸不會覺得難過嗎？」看他的口氣，壓根兒沒有再回來的打算啊！

張展瑜自嘲地笑了笑，難得地透露了幾句心聲。「他們早巴不得我走了。我若是留下來，以後少不得娶親成家，他們還得為我張羅聘禮什麼的。現在一走，什麼都不用他們再管了。而且，我爹留給我的地和房子，我也沒辦法帶走，都留給他們了，他們有什麼不高興的？」

相處一年多，寧汐從未聽過張展瑜提起這些，忽然為這個沈默少言的青年難過起來。他都十八、九歲了，卻還遲遲沒有成親，想來他的二叔二嬸根本沒替他操心過這些吧！難怪他總是有些陰鬱，難怪他很少有笑容，難怪他總是這麼迫切的想出人頭地……

寧汐柔聲說道：「張大哥，對不起，我不該提起這些……」

張展瑜停下了手裡的事情，朝一臉歉意的寧汐笑了笑。「這也沒什麼，你們遲早也會知道的。說起來，也不能全怪他們，我已經這麼大了，本就不該仰仗別人為我操持這些。」

寧汐小心翼翼地安慰道：「張大哥，你別擔心，到了京城那邊，等安頓下來，我一定讓我爹為你多留心，一定給你挑一個漂亮溫柔又賢慧的姑娘。」

張展瑜啞然失笑，眉宇間柔和起來。「汐妹子，多謝妳關心這些。不過，妳不用為我擔心，我早就想好了，不混出個人樣來，絕不早早成親。反正也沒人催著我，我再等上三年、五年也行！」

寧汐甜甜地一笑，點頭讚道：「張大哥，你能這麼想再好不過了。不過，也別太遲了，我還想早點有個嫂子呢！」

張展瑜低頭笑了笑，卻沒接茬兒，反而隨口問起了別的。「汐妹子，聽師傅的口氣，這次去京城開酒樓，是那位容家少爺主動提出來的是嗎？」

寧汐點點頭。「昨天聽東家少爺說了，確實是容少爺主動提出的。看這情形，是要和陸家合夥做生意了。」

陸家雖然有錢，可若想在京城立足做生意，肯定得有個依傍才行。容家一門武將，聲名顯赫，上上下下關係都不錯。這樣一棵大樹擺在眼前，不利用簡直就是傻子。

陸老爺當然不傻，所以才會這麼快就點頭同意了這件事，現在就等容瑾親自過來商談此事了。

一提到容瑾，張展瑜很自然地瞄了寧汐一眼，見寧汐神色平靜，心裡稍安，卻又忍不住說道：「那位容少爺真是難得一見的美少年，我去年雖然只遠遠的見過兩次，可一直印象很深刻。」那樣的風姿，實在令人過目難忘。

寧汐嗤笑一聲。「那是你沒聽他說話。人長得倒是不錯，可一張嘴，能把死人都氣活了。」好在她也不賴，時不時的把那個容三少爺氣得暗中吐血，嘿嘿！

不過，被張展瑜這麼一提，寧汐倒是又想起一個令人頭痛的問題來。

如果陸家真的打算和容瑾合夥在京城開酒樓，不知誰占的股份更多些。千萬別是容瑾才好，不然，到時候得伺候這樣毒舌又刻薄的東家，可真夠受的了！

接下來的兩天，太白樓裡暗潮湧動。

眾廚子幾乎都私下裡來找過寧有方了，左一個右一個都是同樣的請求，寧有方推脫不得，頭都大了。

到了背地裡，寧有方忍不住發起了牢騷。「也不知道東家是什麼意思，到底能帶多少廚子過去。現在一個個都來找我，要是去不成，我可就落埋怨了。」

寧汐笑著安撫道：「爹，您也別想得太多了，這事又不是您能作主的，到時候能替說話的，就幫著說幾句。如果和您關係不太好的，您也別做那個老好人了，省得到時候跟著去京城之後，整天給您添堵。」

雖然沒有指名道姓，但是父女兩個都很清楚說的是誰。

寧有方想了想，嘆了口氣。「妳說的也有些道理，王麻子那個人手藝還不錯，就是說話做事不讓人舒心，還是別跟著一起去才好。」

事實上，這兩天人人都來找他，唯獨王麻子沒有動靜，看來也知道寧有方絕不會為他說情的。

寧汐想了想，開起了玩笑。「說不定他本來就沒打算去京城，而是想著別的好事呢！」寧有方走了之後，主廚的位置可就空出來了，王麻子不動這份心思才怪。

寧有方被這麼一提醒，立刻明白了過來，若有所思的點頭。「怪不得這兩天總見他去找孫掌櫃說話，肯定是打著做主廚的心思了。算了，我也管不了這些。」

他這一走，太白樓這邊的乾股自然就不好再要了。以後這邊如何，跟他也沒多少關係了，還是別操這份心為妙。

寧汐笑了笑。「是啊，爹還是想想以後到京城該怎麼做才好。」

寧有方朗聲一笑，眼裡閃過一絲自信。「要想酒樓生意好，地段自然要好，不過，菜餚的好壞更重要。爹的手藝擺在這兒，有什麼可擔心的？」這略有些誇張的言詞，正是寧有方一貫說話的方式。

寧汐忍俊不禁的笑了起來，湊趣的拍手道好。「對對對，爹到時候好好露一手，慕名而來的客人不把門檻都給擠破才是怪事。」

寧有方咧嘴一笑，臉上洋溢著自信和快活，眼看著多年的心願就要達成了，他這兩天心情實在是好極了。當然，若是沒這麼多人來煩著他，就更愉快了。

寧汐趁著寧有方心情好，不著痕跡地說道：「爹，您的手藝我當然最清楚。到京城那邊，肯定很快就會闖出名氣的。到時候若是有貴人看中您的手藝，想聘您到府裡做廚子，您會不會心動？」

這個問題嘛……寧有方摸了摸下巴，認真地想了想。

寧汐看似不動聲色，實則一顆心都提到嗓子眼了，扯著寧有方的袖子搖個不停。「爹，您是怎麼想的嘛，怎麼想這麼久也不告訴我。」

撒嬌這一招，對付寧有方百試不爽。果然，寧有方立刻笑著安撫道：「我這不是還沒想好嘛，對了，如果遇到這樣的事情，妳覺得爹該怎麼辦？」

寧汐不假思索地笑著應道：「當然還是留在酒樓更好些，應付各式各樣的客人，多有意思，總比整天琢磨著伺候哪一個脾氣古怪的主子要強多了。」

她故意在「主子」兩個字上咬了重音。

寧有方果然留意到了，頓時皺起了眉頭。

第七十六章　富貴孔雀

廚子身分本就低微，在酒樓裡得應付三教九流的各式客人。如果能被達官貴人們看中，聘到府中做了廚子，當然是很風光的一件事。

不過，這也意味著做了類似家奴的下人，得全心全意的伺候好「主子」，不然，隨時有被攆出府的隱憂。那樣的生活，其實也沒多少樂趣可言吧……

寧汐瞄了寧有方一眼，繼續加把力氣遊說道：「說起來，還是留在酒樓舒坦自在些。只要把事情做完了，做什麼都沒人管，想去哪兒就去哪兒。爹到京城那邊肯定會繼續做主廚，還管著一幫廚子，多逍遙自在啊！」

寧有方想了想，咧嘴笑了起來。「妳說的對，還是待在酒樓裡更踏實些。」

寧汐聽到這句話，心裡樂滋滋的，立刻笑著道：「爹，這話可是您親口說的，以後可別反悔。」

寧有方被逗笑了，拍了拍寧汐的小臉蛋。「妳這丫頭，繞來繞去，等的就是我這一句吧！妳放心吧，爹說話算話，以後如果真的遇到這樣的事情了，保准不會點頭的。」

寧汐嘻嘻一笑，心裡踏實多了。

寧有方性子耿直，說出口的話，從不會反悔。只要寧有方一直待在酒樓裡做事，自然也不會和前世那些貴人有什麼牽扯了。

一想到這些，寧汐的心情立刻好了起來，笑咪咪的扯著寧有方的袖子問道：「爹，東家少爺說給您幾天考慮考慮，怎麼也不見他來找您？」

寧有方剛要說話，就聽屋子外面響起了孫掌櫃的聲音。「寧老弟，你在裡面嗎？」

寧汐忙跑著去開了門，笑著喊道：「孫伯伯，我爹忙了一個中午，正在屋子裡休息，您快些進來說話。」

孫掌櫃樂呵呵地笑道：「不進去了，我就是來告訴一聲。容少爺已經到洛陽了，東家少爺打算今天晚上在太白樓裡擺一桌接風宴，還請寧老弟多費些心思。」

寧有方精神一振，立刻笑著應了。

孫掌櫃想了想，低聲叮囑道：「寧老弟，東家老爺打算和容少爺合夥開酒樓，不管誰占的股份多，總歸以後都是我們的東家。今天晚上這桌接風宴，您可得好好露一手，不要讓容少爺挑出毛病才是。」雖然，這個難度很高……

寧有方果然苦笑了一聲。「孫掌櫃，容少爺什麼性子，你又不是不知道。想讓他挑不出一句毛病，可不是容易的事情，我盡力而為吧！」雖然寧有方一向很自信，不過，一想到容瑾那張犀利刻薄的口舌，也沒多少底氣了。

寧汐笑著插嘴。「爹，您只管好好做菜，他若是雞蛋裡挑骨頭，您只當沒聽見就是了。」

寧有方笑著點點頭，打起精神笑道：「正好也休息得差不多了，我們這就去廚房準備準備。」

孫掌櫃笑呵呵地直點頭，拍了拍寧有方的肩膀。「只管把你拿手的好菜都端上去，我就不信，容少爺還有什麼可挑剔的。」

寧有方咧嘴一笑，點了點頭。

這一年裡，寧有方至少也創出了幾十道新的菜式，在菜餚的色香味上，也益發的精緻講究。廚藝到了這個層次，想再有寸進其實很難。寧有方的進步，跟當日容瑾的挑剔和毒舌也不無關係。

如今又過了一年，寧有方的信心比去年多了不少。以他現在的手藝，總不可能還被批評得一塌糊塗吧！

寧有方揚聲喊了張展瑜和兩個二廚進來做準備。

寧有方想了想，心裡已經初步列出了菜單，隨口吩咐各人做準備。各人一聽說是容家少爺來了，立刻打起了十二分的精神，絲毫不敢怠慢。

如今冷盤的製作早已都交給了寧汐，她有條不紊地準備起了各式食材。

想製作漂亮的花式冷盤，各類色彩紛呈的食材必不可少。有暗紅色的熟火腿，有色澤鮮豔的胡蘿蔔，有黃色的蛋黃，綠色的則有芹菜、萵筍、黃瓜，還有紫色的茄子，白色的蛋白、年糕等等。再加上褐色的熟牛肉和銀白的熟魚肉等等，有了這一些，再加上巧手妙思，自然能做出漂亮的花式冷盤來。

張展瑜偶爾瞄一眼，笑著打趣道：「汐妹子，看過妳做花式冷盤之後，我可再也沒臉動手了。」

以前跟著寧有方做二廚的時候，花式冷盤都是由他負責，他也曾暗暗自豪過自己的手藝。不過，這一點可憐的自信，在見過寧汐靈巧的雙手之後，早就消失無蹤了。

寧汐正低頭忙活著，聞言抬頭燦然一笑。「張大哥，你就別誇我了，只要今晚別被挑出毛病來，就算不錯了。」以她對容瑾淺薄的瞭解來看，這恐怕很難很難。

張展瑜撓撓頭，也笑了起來。

寧汐不再多說話，專注地做起了冷盤。

先將黃瓜削成一片一片，沿著潔白的盤子擺了一圈。中間則用白嫩的豆腐鋪底，再將胡蘿蔔雕刻成精細的條狀，慢慢地擺了上去。

這一年來，寧有方幾乎將所有的看家本事都傾囊相授。寧汐記性極好，不管什麼都是一聽就會一看就懂。那本神秘的食譜上所記錄的東西，她也早就熟記心中，雖然沒有一一動手實踐過，可眼界卻高了許多。

寧有方創新的菜式裡，有一半倒是她想出來的。雖然沒有正式的上鍋做菜，可她現在的廚藝絕不在張展瑜之下。

當然，這一點，只有寧有方和張展瑜知道而已，其他的廚子們卻是看不透寧汐的廚藝到底如何的。

寧有方過來看了一眼，也有些驚豔了。「汐兒，妳現在做的冷盤是什麼？」雖然還沒完全成形，可一眼看去，就覺得精緻奪目。

寧汐笑咪咪的應道：「這是我剛想出來的拼盤，叫什麼還沒想呢！」說著，低頭看了一眼，不知想到了什麼，忽地笑了起來。「對了，就叫富貴孔雀吧！」
寧有方顯然沒聽出寧汐的深意，連連笑道：「這個名兒取得好，又響亮又好聽。」
寧汐忍住笑意，一本正經地道了謝，又低頭琢磨起了那道富貴孔雀。
為了將孔雀做得逼真，寧汐著實下了不少的功夫，一手拿著細細的雕花刀，另一手不停的拿來各種食材加工，一一的拼擺上去。
拼盤大多是平面的，用各式不同形狀的食材拼擺出有規則的圖案就算花式冷盤了。不過，今天她做的這道富貴孔雀卻多了些立體的效果，下面有白嫩的豆腐鋪底，上面則用各種顏色鮮豔奪目的食材拼擺出了孔雀的身子和尾巴。尾巴五彩斑斕，精緻奪目，頭顱高高的昂起，唯妙唯肖，一眼看去，倒像一隻耀目美麗的孔雀懶洋洋的伏在那兒。
寧汐細細地審視兩眼，滿意地笑了笑。
這道富貴孔雀，堪稱是她這一年多來做的最精緻的花式冷盤，希望能給容瑾留下深刻的印象……
寧汐不知想到了什麼，唇角微微翹起，眼眸裡閃過一絲笑意。
來福在一旁看著，驚嘆不已，誇個不停。「汐妹子，妳這手可真是太巧了。」明明就是幾樣不起眼的食材，可到了她的手裡，卻成了這麼一道耀目精緻的菜餚，只怕誰也不忍心動筷子。
寧汐抿唇一笑，特意提醒道：「來福哥，上菜的時候，這道菜一定要放在容少爺面前。還有，你記得介紹一下菜名。」

來福滿口應了。「好好好，到時候我一定隆重介紹一下。」

寧汐慧黠的一笑，又低頭做起了其他的冷盤來。

寧有方今天也拿出了壓箱底的功夫，特地做了幾道費時費工的菜餚，站在爐火旺盛的爐灶邊，早已熱得滿頭大汗。

寧汐看著心疼不已，忙擰了條溫熱的毛巾，替寧有方拭去額上的汗珠。

寧有方忙裡偷閒，朝寧汐笑了笑。「還是閨女心疼我。」

寧汐甜甜地一笑，卻也知道寧有方做菜時候最專心，不敢多說話打擾他，老實的退到了一邊，幫著打起了下手。

來福來回跑了兩趟過後，口中嚷著：「東家老爺、少爺都來了，容少爺也來了。孫掌櫃吩咐我現在就上菜呢！」邊說邊俐落地拿了個大大的托盤，將六道精緻的冷盤都放了上去。

寧汐忍不住叮囑了一句。「來福哥，你端的時候可得小心點。」稍微一晃悠，這花式冷盤散開或是歪一點點，都會少了幾分美感。最關鍵的是，那道精心製作的富貴孔雀得安然無恙的送上桌才行。

來福被這麼一提醒，立刻笑道：「好好好，我先把這道富貴孔雀端上去，其他五個冷盤過會兒再來端。」

寧汐笑咪咪的點點頭，看著來福小心翼翼地端著富貴孔雀走了，心裡別提多愉快了。

也許是因為她的笑容實在太明亮了，惹得張展瑜連連看了過來，好奇地問道：「汐妹子，妳今天一直笑個不停，因為什麼這麼高興啊？」難道是因為那個容瑾到洛陽來的緣故嗎？

寧汐卻沒留意到張展瑜的些微異樣，歡快地笑道：「待會兒你就知道了。」

第七十七章　誰在生氣誰在得意

來福是幾個跑堂裡最機靈的，做事麻溜，嘴又甜，一直負責招待雅間裡的貴客。今天晚上，容瑾的接風宴又放在了荷花廳，自然也是由他負責上菜。

他端著那道富貴孔雀，小心翼翼地進了荷花廳。

偌大的桌子邊，陸老爺坐在中間，左側坐著陸子言，容瑾則懶洋洋的坐在了右手邊。

陸子言打量容瑾兩眼，笑著調侃道：「表弟，一年沒見，你的個頭長高了不少嘛！」

容瑾斜睨了他一眼，笑著呸了一口。「去你的，哪壺不開提哪壺！」他已經十五了，雖然不算矮，可比起同齡的少年來卻稍稍矮了一點。

這對生性高傲事事要求完美的他來說，實在不算令人愉快。

陸子言正待再說什麼，目光忽地被來福手中的菜餚吸引住了，看一眼，忍不住又看一眼，滿臉的驚嘆。「來福，這道是什麼菜？」他還從沒見過這麼華麗精緻的拼盤呢！

來福殷勤的將大大的盤子放到了容瑾的面前，一臉陪笑。「回稟東家少爺，這道花式冷盤叫『富貴孔雀』。」

陸子言連連點頭，讚個不停。就連陸老爺也覺得面上有光，笑著說道：「寧大廚的手藝可真是越來越好了。」

容瑾漫不經心的目光落在了盤子上，微不可見地點了點頭，正想說什麼，忽然聽來福帶笑的聲音響了起來——

「東家老爺，這回您可猜錯了，這道富貴孔雀可不是寧大廚做的。」

陸老爺一愣。「什麼？不是寧大廚做的？那我們太白樓還有誰有這樣的好手藝？」

陸子言心裡一動，搶著問道：「是寧汐妹妹做的吧？」

來福笑嘻嘻的直點頭。這一年裡，東家少爺出現在太白樓的次數著實不算少，對寧汐又格外的關注，能猜到這道菜是出自寧汐的手筆也算正常。

那個熟悉的名字忽然這麼鑽進了耳中，容瑾不由得挑了挑眉，嘴角扯出一絲莫名的微笑，意味深長的瞄了陸子言一眼。寧汐妹妹？這稱呼可真是親熱啊……

陸子言一時激動之下，喊出了這麼親暱的稱呼，俊臉也有些熱熱的。再被容瑾這麼一看，越發不自在，此地無銀三百兩地解釋道：「我常過來看看太白樓營運的情況，和寧姑娘也算熟絡。」

容瑾似笑非笑地調侃道：「表哥這麼緊張幹麼？我又沒說什麼。」

陸子言困窘地微紅了臉，自知論口舌遠遠不是容瑾的對手，索性閉了嘴，任由容瑾挑眉取笑。

陸老爺卻微微皺了眉，不著痕跡的提醒道：「子言，以後說話得注意些分寸。這兒沒外人，你偶爾失言也就罷了。要是有外人在，你這麼亂喊一氣，豈不被人取笑？」他是很欣賞寧有方的手藝和性情，也很喜歡聰慧伶俐又漂亮的寧汐。不過，這可不代表他會樂見唯一的兒子對寧汐心生愛慕。

陸子言可是堂堂陸家大少爺，將來要繼承陸家所有的家業。怎麼也得娶個門當戶對的女子為妻吧！

陸老爺話雖然說得不甚明朗，可話裡話外的意思卻很清楚。陸子言的笑容頓時僵住了。

容瑾瞄了陸子言一眼，心情莫名地好了起來，忍不住又瞄了那盤精緻奪目的富貴孔雀一眼。這是那個牙尖嘴利的小丫頭做出來的嗎？一年不見，她的廚藝倒是長進了不少……

咦？不對！這盤子裡花枝招展的孔雀怎麼看起來有點怪怪的……

容瑾細細地打量兩眼，心裡忽地有所領悟，眼眸微眯，薄薄的嘴唇不自覺的抿了起來。

就在此時，來福又端了其他幾道冷盤上來，一一的放好之後，又殷勤的替各人倒茶斟酒。

到了容瑾面前，忽地聽到一個慵懶的聲音淡淡的問道：「寧姑娘有沒有特別的叮囑過你，這道富貴孔雀一定要放在我面前？」

來福一愣，很自然地點了點頭。「汐妹子確實是這麼叮囑的。容少爺是怎麼知道的？」

他剛才明明什麼也沒說吧！

容瑾忽地笑了起來，那張俊美的臉龐頓時綻放出令人屏息的光芒。「很好！好極了！你再去廚房的時候，記得告訴她一聲，這道富貴孔雀做得好極了，我很喜歡！」

來福看得愣了一愣，忙笑著應道：「是是是，多謝容少爺誇讚，小的這就回去告訴汐妹子一聲。」心裡卻在暗暗感嘆。

禍水啊禍水！這位容少爺簡直就是活生生的紅顏……喔不，是藍顏禍水啊！哪有男子長得這麼美的，笑起來簡直比所有女子都漂亮。

來福捂著怦怦亂跳的心，又是搖頭又是嘆息又是回味不已的傻笑著回了廚房。

寧汐早就等候多時了，見來福這副樣子，忍不住笑著打趣道：「來福哥，你這是怎麼了？」簡直像發了花癡似的。

來福重重的嘆了口氣，唏噓的感嘆。「汐妹子，我這輩子還從沒見過長得這麼美的男子，就朝我這麼一笑，我的心怦怦跳到現在……」

話音未落，寧汐已經樂不可支地笑了起來，不用多問也知道是怎麼回事了。

雖然容瑾性子彆扭一點都不可愛，可那張臉實在長得無可挑剔。就算是最嫵媚最妖嬈的少女，在他的面前也不敢有絲毫的自信。他一貫是漫不經心的樣子，已經讓人驚豔了，難得笑一回，難怪來福這副癡癡迷迷的樣子了。

來福羞赧的撓撓頭，定定神笑道：「汐妹子，我照妳的吩咐把那道富貴孔雀放在容少爺面前了。容少爺很喜歡，還特地讓我回來告訴妳一聲。」

說著，將容瑾的話原原本本的學了一遍。大概是因為容瑾剛才那抹笑容給來福的印象太深刻了，來福在學話的時候，竟然將容瑾的神態表情也學足了八分。

「多謝來福哥。」寧汐露齒一笑，別提多愉快了。

容瑾果然是個聰明人，這麼短的時間裡竟然就看出了那道富貴孔雀的意思。現在心情一定很「不錯」吧！

一想到容瑾氣得半死還要故作愉快的樣子，寧汐的心情好極了。

來福憨厚地笑了笑，不敢再閒扯了，忙端著剛出鍋的菜出去了。

寧有方瞄了眉眼彎彎一臉笑意的寧汐一眼，忍不住也跟著笑了。「汐兒，容少爺可是不輕易誇讚別人的，妳做的花式冷盤能入他的眼，真是好事一樁。」一股自豪感頓時油然而生。

寧汐忍住笑意，一本正經地應道：「爹說得是，我以後一定繼續努力。」

寧有方樂呵呵地笑了笑，又轉過頭忙碌起來。

張展瑜卻察覺出一絲不對勁了。寧汐的笑容實在太過愉快了，眼裡閃著促狹的得意，不像是被誇讚後的高興，倒有點捉弄人的開心。

再想想那道異常奪目豔麗的富貴孔雀，張展瑜心裡忽地一動，該不會是……

寧汐的目光和張展瑜疑惑的目光對了個正著，咳嗽一聲，俏皮的眨眨眼。

張展瑜立刻會意過來，啼笑皆非的搖搖頭。這個寧汐，膽子也實在太大了，就不怕容瑾小心眼的記仇嗎？

張展瑜尋了個空，湊到寧汐身邊，壓低了聲音說道：「汐妹子，待會兒若是容少爺喊妳過去問話，妳可得留點神……」可千萬別當面惹惱了他。身分雲泥有別，容瑾要真想刁難，不過是一句話的事。

「你放心好了，我能應付得來的。」寧汐滿不在乎地笑了笑。

去年那一個月裡，她天天和容瑾鬥嘴，雖然常把容瑾氣得半死，不過，容瑾最多也就是第二天繼續來反擊，從來沒有真的做出什麼仗勢欺人的事情。所以，寧汐心裡有了層篤定，才敢這麼捉弄容瑾一把。

張展瑜看著寧汐俏皮爽朗的笑容，不知怎麼的，心裡有些酸溜溜的。

這樣聰慧又機靈可愛的女孩子，哪個少年能忍心真的板起臉孔責怪？再說了，有東家少爺在，肯定會在一旁幫腔袒護她的。他在這兒擔心這擔心那的，真是多此一舉。

寧汐哼著小曲兒，站在寧有方的身邊打起了下手。

來福來來回回地跑著端菜，不時的帶兩句話過來。「寧大廚，東家老爺說那道炒螺片味道很好……」

「寧大廚，東家少爺說了，剛才上的那道清蒸鮭魚很鮮美……」

寧有方聽著聽著有點不對勁了，疑惑的問道：「容少爺呢？就沒說什麼嗎？」聽慣了容瑾尖酸刻薄的批評了，忽然這麼悄無聲息的，還真是不習慣呢！

來福撓撓頭。「容少爺一直吃菜喝酒，什麼也沒說。不過，他時不時的就看那道富貴孔雀一眼，像是在笑。不過，笑容有點怪怪的……」到底怪在哪裡，他也說不來。

寧汐聽得噗哧一聲笑了起來。容瑾啊容瑾，今天這頓接風宴一定讓你印象很深刻吧！

寧有方和來福都是一愣，疑惑的看了過來。寧汐今天是怎麼了，有點高興得過頭了吧！

寧汐卻是越想越得意，清脆的笑聲在廚房裡迴蕩了許久。

當然，這樣一頓接風宴過後，喊寧有方過去說話簡直是必然的事情，不出意料的，寧汐也被點了名。

第七十八章　好久不見

寧汐笑咪咪的跟在寧有方的身後，進了荷花廳。

容瑾雖然不是坐在最顯眼的位置，可任何人進了荷花廳裡，第一眼見到的必然是他。

那身奪目鮮亮的絳色衣衫，映襯得容瑾皮膚白皙風采卓然，明亮的鳳眸慵懶的半瞇著，嘴角似笑非笑。他就這麼漫不經心地坐在那兒，卻像一顆璀璨的夜明珠，散發出不容忽視的光芒。

寧汐雖然對容瑾沒什麼多餘的好感，可在這一刻不得不承認，這個少年確實有驕傲的資格。

早在寧汐進來的那一刻，容瑾的目光就飄了過來。

一年沒見了，印象中那個嬌弱的小丫頭長高了一些，身子也隱隱有了窈窕的曲線，秀氣的小臉稍稍長開了些，益發的精緻。忙碌了一天，她的髮辮有些凌亂，一縷髮絲俏皮的貼在耳際，俏臉卻異常的紅潤，明亮的雙眸閃爍著笑意。

兩人目光在空中交接，俱都不動聲色的一笑。

好久不見了，容少爺！

好久不見了，小丫頭！

陸老爺對寧有方很是客氣，打個招呼之後，便笑道：「這兒也沒外人，就別太拘束了，坐下說話吧！」

寧有方有些受寵若驚了，連連笑著擺手。「不用不用，站著就行了。」

陸子言笑著插嘴道：「寧大廚忙了一整天，站著說話也太累了，還是坐下吧！」目光早已忍不住向寧汐飄了過去。

寧汐只當作沒留意陸子言的頻頻注目，低聲說道：「爹，既然東家老爺發話了，您就坐下說話吧！」一來是心疼寧有方的身體，另一方面，寧汐卻想得更加深遠。

如果真的要去京城開酒樓，陸家自然要借重寧有方的廚藝和名氣。趁著對方有所求的時候，還是早些抬高價碼才好。最好是以合作人的姿態面對面的說話，將來才有可能真的成為合夥人，而不是陸家雇傭的廚子。

寧有方微微一愣，也領會了寧汐的意思，躊躇片刻，終於點了點頭，狠狠心坐了下來。寧汐很自然的站到了寧有方的身側，正好和容瑾面對面。

容瑾挑眉一笑，意味深長地讚道：「寧姑娘，妳今天這道富貴孔雀做得很好。」最後兩個字慢悠悠地擠了出來，也不知有沒有暗暗咬牙切齒。

寧汐壞心地想著，臉上卻浮起了甜甜的笑容。「多謝容少爺誇獎，這道菜耗費了小女子不少的心思呢！能入您的眼，真是小女子的榮幸了。不過，既然容少爺覺得這道菜不錯，為什麼一筷子都沒動過？」

桌子上的菜餚多多少少都吃了些，可唯有這道精緻的拼盤絲毫未動，那隻驕傲的孔雀依舊維持著懶洋洋的姿勢趴在盤子裡，頭顱卻高高的昂起。

容瑾挑了挑眉，淡淡的說道：「這麼『費盡心思』的菜餚，我還真捨不得動筷子。」他要肯吃才是怪事！

一年不見，這個丫頭的膽子倒是越來越大了，竟然敢藉著做菜譏諷他……

陸子言笑著插嘴道：「是啊，別說表弟了，就連我也捨不得動筷子了。」

對著陸子言，寧汐的笑容立刻變得有禮貌多了。「多謝東家少爺誇讚。」

還是那麼的客套疏遠……陸子言的笑容頓了一頓，旋即笑著點了點頭，可眼裡的那抹黯然，卻瞞不過容瑾犀利敏銳的眼神。

原來是落花有意流水無情啊……

不知怎麼的，容瑾沈悶了一個晚上的心情竟然好了不少，嘴角泛起了一絲笑意。不過，這可不代表他會忘了寧汐捉弄他的事。

「我想問問妳，怎麼會想起做孔雀拼盤？」容瑾笑著問道，眼裡分明閃著一絲挑釁。

寧汐笑了笑，應對得異常得體。「容少爺這樣的貴客來了，小女子當然想盡心做好每一道菜式。這道富貴孔雀，豔麗奪目，造型別致，我想容少爺肯定會喜歡，所以就大著膽子做了出來。好在入了容少爺的眼，真是小女子的福氣。」

句句都客氣有禮，簡直讓人挑不出任何毛病來。

容瑾心裡暗暗哼了一聲。怎麼會忘了這個丫頭是多麼的伶牙俐齒？這點級別的挑釁實在沒什麼力度。

正想再說什麼，陸子言忽地笑了一聲。「不說我還沒注意。這道富貴孔雀，異常的華麗耀眼，周身都是紅色，倒有點眼熟的感覺。」那顏色簡直就和容瑾慣愛穿的衣衫如出一轍嘛！再看那慵懶的姿態、高高昂起的頭顱，簡直越看越有容瑾的神韻……

容瑾的笑容再也掛不住了，臉都黑了一半，狠狠地瞪了陸子言一眼。

陸子言沒察覺自己無意中戳中了容瑾的痛處，兀自笑道：「表弟，你快些看看，這孔雀像不像你？」

容瑾的臉終於徹底黑了，咬牙切齒的擠出幾個字。「一點都不像！」他是堂堂七尺男兒，怎麼可能和盤子裡這隻花枝招展眼高於頂的孔雀有相似的地方?!

寧汐忍笑簡直快忍出內傷了，故作無辜地睜大了眼睛。「東家少爺，真的很像嗎？我動手做這道菜的時候，可沒想過這些呢！」

那盈盈含笑的眸子一看過來，陸子言頓時覺得全身都輕飄飄的，連連笑著附和。「寧汐妹妹當然不是故意的，只是個巧合罷了。」

見色忘表弟的傢伙！容瑾暗暗咬牙，恨不得將陸子言瞪到一邊去。

只可惜陸子言正陶醉在寧汐罕見的和顏悅色裡，壓根兒沒留意到容瑾難看的臉色。一個勁兒的笑著說道：「寧汐妹妹，妳這手藝這麼好，很快就能出師了吧！看來到京城之後，妳也能做大廚了。」

一提到正事，寧汐立刻收起了玩鬧之心，一本正經的應道：「東家少爺抬愛了，我才做了一年多學徒，哪裡有資格做大廚，至少也得再練個一年半載再說。」

寧有方忙笑著介面。「是啊，汐兒還小，等過兩年再正式做廚子也不遲。」

陸子言正待繼續說什麼，就聽陸老爺咳嗽一聲，笑著接過了話茬兒。「說到這個，我也想問問，不知這幾天，寧大廚考慮得怎麼樣了？」

寧有方這幾天裡早已想過了無數次的答案，聞言毫不猶豫地點了點頭。「能去京城發展，我當然很高興……」忽然感到一隻小手抵了抵自己的後背，寧有方立刻放緩了語氣。「不過，一旦過去，就得把家裡的所有人都帶上，得在京城安家立戶，我也在為這個暗暗發愁呢！」

陸老爺顯然早有準備，笑著說道：「這個寧大廚不用擔心，到了那邊，肯定會有落腳的地方的。」

寧有方故作遲疑地說道：「多謝東家老爺考慮周全，只是，我在太白樓裡待了這麼多年，實在捨不得這裡……」

陸老爺何等精明，立刻聞弦歌而知雅意，眸光一閃，沈吟了起來。

容瑾輕笑一聲，故作不經意的打趣道：「寧大廚果然是『故土難離』啊！難怪當日四皇子殿下的聘請都沒能令你動心。」

這句輕飄飄的話，卻令寧有方和寧汐一起變了臉色。

寧汐咬著嘴唇垂下頭，努力地維持著平靜。

寧有方的眼底迅速的閃過了一絲戒備，口中卻笑著自嘲。「容少爺說的沒錯，我這個人確實沒什麼出息，一心念著故鄉，總狠不下心出去闖蕩。不然，說不定早就離開洛陽了。」

陸老爺卻被容瑾這一句話給提醒了。

是啊，若不是寧有方拒絕了四皇子殿下的提議，只怕早就到了京城的皇子府裡做廚子了。這是多大的榮耀和體面啊，寧有方竟然就這麼拒絕了。這一次若是他不多給點好處，只怕寧有方也不肯跟著去了……

陸老爺想了想，又看了容瑾一眼，顯然是在徵詢容瑾的意見了。

容瑾挑眉一笑，徐徐地說道：「開酒樓的地點由我來挑，一切官面上的手續，都不用姨夫操心，今後遇到任何來鬧事挑釁的，都由我出面周旋。至於所有的投資花銷，當然都是姨夫來出。這樣吧，酒樓的盈利我占個三成就行了，剩下的都由姨夫作主。」

陸家出錢，容瑾搬出來的，卻是整個容府的關係網和人情網，三成股份實在不算過分了。

陸老爺自然也清楚這個價碼很合理，笑著點了點頭。容瑾占去了三成股份，剩下的還有七成。

陸老爺權衡片刻，然後狠狠心說道：「寧大廚，只要你跟著到京城去，我也不會虧待了你，工錢還照舊，到了京城那邊，再給你們一家幾口安排好落腳的地方，還有，分給你一成的乾股。你看怎麼樣？」

京城可是寸土寸金的地方，只要酒樓開好了，財源滾滾來也是指日可待的事情。那一成的利潤，肯定會比太白樓的這一成要高得多了。

陸老爺雖然暗暗肉痛那一成的股份，可也知道一個頂級名廚對一家酒樓的重要。

如果沒有真正的名廚坐鎮，酒樓還怎麼開得起來？寧有方手藝好不說，人品更是沒話說。想留住這樣的人才，多下點本錢也是必要的。

眾人唰地一起看了過來，現在就看寧有方會怎麼回應了……

第七十九章 試探

寧有方又驚又喜，本來打算著有個半成乾股就很好了，沒想到陸老爺竟然如此慷慨大方，再不點頭可就是不識好歹了。

「多謝東家老爺的厚愛，」寧有方二話不說站了起來，一臉感激的說道：「我一定會盡心地打理好廚房，不會讓東家老爺和容少爺失望的。」

陸老爺鬆了口氣，朗聲笑道：「好好好，這事就這麼定了。等那邊打理好了，少說也得一、兩個月，到時候我們再簽正式的文書。」

寧有方咧嘴一笑，連連點頭。

寧汐也暗暗鬆了口氣，嘴角露出了一抹歡快的笑容。雖然心裡還有陰影，不過，卻並不妨礙她為寧有方感到慶幸。這樣的好機會，可不是時時刻刻都有的。既然有了，當然要好好把握才行。

容瑾也在笑，眼角餘光一直落在寧汐的臉上，露出一抹意味深長的笑容。以後見面的機會多得是，小丫頭，等著接招吧！

寧有方竭力按捺住激動興奮的心情，笑著問道：「到時候去京城，不知東家老爺打算帶幾個大廚過去？」

陸老爺顯然還沒開始考慮這等瑣事，想了想才說道：「太白樓這邊生意還得繼續做下去，至少也得留三個大廚。趁著這段時間，還得再聘請一些廚子進來，省得到時候人手不夠用。這事就交給孫掌櫃和寧大廚了。」

孫掌櫃和寧有方一起笑著應了，又和陸老爺商議起了具體事宜。

說到這些事，寧汐自然是插不上嘴的，笑吟吟的在一旁聽著，只當作沒留意陸子言頻頻注視的目光。

至於容瑾，倒是深沈得多，偶爾瞄過來一眼，玩味的眸子裡不知在算計什麼，讓寧汐悄然起了警惕之心。

等了片刻，正事總算商量得差不多了，寧有方領著寧汐一起告退。

容瑾忽地笑著說道：「寧大廚，我這次要在洛陽待五、六天再回去，接下來幾天就要麻煩你了。」言下之意很清楚，顯然又打算天天到太白樓來吃喝兼挑刺了。

寧有方朗聲一笑，應對得很是得體。「只要容少爺不嫌棄我的手藝就好。」

寧汐撇撇嘴，容瑾不挑刺，太陽都能打西邊出來！

容瑾瞄了寧汐一眼，嘴角微微翹起，慢條斯理的說道：「寧大廚這麼忙，再特地抽出時間來做菜給我吃，只怕太勞累了。這樣吧，這幾天就請寧姑娘辛苦點，做些飯菜吧！」

這提議來得實在有些突然，寧有方頓時愣住了。

「這……」寧有方忍不住看了寧汐一眼。容瑾這麼提議，也不知到底是什麼用心。寧汐能應付得來嗎？

寧汐自然不想接這個茬兒，正待搖頭拒絕，就見容瑾徐徐的一笑，像孔雀開屏一般綻放令人炫目的光芒。「寧姑娘該不會拒絕吧？」

眼神裡若有若無的挑釁是什麼意思？以為她會怕他嗎？哼！

寧汐回以更加燦爛的微笑。「承蒙容少爺看重，那我可要獻醜了。如果做的飯菜不合容少爺的口味，還請容少爺多多包涵。」

容瑾挑眉笑了，不疾不徐地應了句。「沒關係，就算妳手藝再差悟性再低，只要有我指點，也會進步飛快的。」

大言不慚！厚顏無恥！呸呸呸！寧汐心裡腹誹不已，臉上卻硬是擠出了甜笑。「那就多謝容少爺了。」

兩人的目光在空中交接，各自瞇縫了眼眸，猶如高手過招一般，一股暗流悄然滋生。

陸子言在一旁看著，心底忽然冒出了一絲酸意。

明明是他認識寧汐在先，接觸的時間也比容瑾多得多。可寧汐對他卻冷淡又客氣，對著容瑾的時候反而隨意得多。

那張秀美的小臉生氣勃勃分外的有精神，似能散發出晶瑩的光芒。他就這麼安靜的看著她，心裡自然地浮起一絲絲的甜意和歡喜……

「表弟，」陸子言忽地笑著插嘴。「我明天陪你一起過來。」

容瑾挑了挑眉。「姨夫剛才不是說過要你去打理玉器鋪子那邊的事情嗎？你能忙得過來嗎？」

寧汐黑白分明的眸子看了過來。

陸子言略有些狼狽地應道：「再忙也得吃飯吧！你大老遠的來一回，我哪放心讓你一個人過來。」本來還有心虛，說到後來，反而理直氣壯起來。

容瑾不厚道地笑了，瞟了陸子言一眼，總算沒當著眾人的面戳穿陸子言的那點小心思。

陸老爺卻微微沈了臉，咳嗽一聲說道：「好了，時候也不早了，讓寧大廚他們先回去吧！」

寧有方立刻笑著再次告退，俐落地領著寧汐走了。

廚房裡也忙得差不多了，寧有方急著回家，便叮囑了張展瑜幾句。「展瑜，我要領著汐兒回家去，這兒就交給你了。」

張展瑜笑著點頭應了，看寧有方一臉神采飛揚的樣子，不用問也知道事情已經談妥了。

寧汐不知從哪兒摸了幾個熱呼呼的白麵饅頭過來，笑嘻嘻的塞到寧有方的手裡。「爹，我們兩個邊走邊吃。」

雖然剛才站在爐灶邊做了這麼多的美味佳餚，可寧有方卻是粒米未進，肯定早就餓壞了。

寧有方笑著點點頭，又隨手抓了些切成薄片的熟牛肉，用乾淨的紙包好，然後一起出了太白樓。

街道上的行人比起白天少了許多，陣陣涼風吹過，分外的愜意。再吃著熱呼呼的饅頭夾牛肉，別提有多香了。

寧有方忙了一天，著實餓得很了，一連吃了三個才停手。一扭頭，卻見寧汐笑盈盈的拿著最後半個饅頭，殷勤地問道：「爹，我吃了一個半，已經飽了，剩下這半個，您替我吃了吧！」

寧有方爽快地點了點頭，接過寧汐手中的半個饅頭，把剩餘的牛肉全都塞了進去，三口併作兩口就吃下了肚。這樣的吃相當然不能算文雅，可卻別有一番酣暢淋漓的痛快。

肚子填飽了之後，父女兩個有心情閒扯了。

「爹，東家老爺對您真是不錯。」寧汐笑著嘆道：「竟然開出了這樣優渥的條件。」

工錢和住處倒也罷了，關鍵是那一成的盈利，實在太過誘人了。如果酒樓生意很好的話，光是這一成盈利，已經足夠寧有方在京城置辦房產田產了。

寧有方朗聲笑了，由衷地嘆道：「是啊，真沒想到我寧有方還有這樣的一天。」顯然心情十分的愉快。

寧汐卻被勾起了心事，眼中飛快的掠過一絲歉疚。如果不是有她從中阻撓，寧有方本可以走上更風光的那條路……

寧有方瞄了寧汐一眼，像是猜到寧汐為什麼沈默似的，有意無意地笑道：「幸好去年沒應了四皇子的聘請，不然哪來現在這般光景。」

竟然安慰起她來了……

寧汐鼻子一酸，心裡暖暖的，努力的揮開心底的陰霾，笑著應道：「爹廚藝這麼好，遲早會有出人頭地的一天的。」

寧有方笑著點點頭，豪邁的揮揮手。「好閨女，妳就等著吧，爹遲早會讓妳過上好日子的。」

別人家的女兒嬌養在閨中，每天繡花撲蝶讀書撫琴，過著風雅悠閒的生活。可寧汐小小年紀，卻每天跟在他的身後奔波忙碌。寧有方口中不說，心裡卻很心疼，暗暗想著總有一天，他也要讓寧汐過上那樣的生活。

寧汐心裡滿是被寵溺的溫暖，笑著連連點頭。

說笑了幾句之後，寧有方忽地問道：「汐兒，妳覺得東家少爺怎麼樣？」

陸子言？好端端地怎麼問起他來了？寧汐心裡微微一動，面上卻是一片坦然。「說得好好的，怎麼忽然提起他來了？」

寧有方瞄了寧汐一眼，試探著問道：「妳不覺得東家少爺長得很俊嗎？」

寧汐立刻會意過來，看來寧有方也察覺到了陸子言對她的分外留心和關注了，所以才會趁著獨處的時候試探她的心意。

心念電轉間，寧汐已噗哧一聲笑了起來。「爹，您今晚說話真是越來越怪了，東家少爺長得俊不俊，跟我有什麼關係。」寧汐的語氣實在太過輕鬆歡快，那份坦蕩和自如，絕不是一個少女提起心上人的口吻。

寧有方打量幾眼，實在看不出一絲異常，只得笑著說道：「我隨口說說罷了。」心裡不由得暗暗惋惜起來。

陸子言年紀雖輕，處事卻很穩重，長得清俊，性子又溫和。這樣優秀出色的少年郎，也算勉強能配得上他的寶貝閨女了。只是沒想到，寧汐壓根兒沒有這份心意。

或許，是因為寧汐還小，還沒到情竇初開的年齡？

寧有方不停地轉著各種心思，忍不住又試探了一句。「東家少爺對妳倒是挺上心的。」

寧汐稍稍收斂了笑容，雲淡風輕的撇清。「爹，您別胡思亂想了。人家可是陸家大少爺，偶爾和我說幾句話，也是因為我老跟在你身邊。還有，我們私底下說說無所謂，在別人面前可千萬別提起這個，若是傳到陸老爺的耳中，可就不好了。」

陸老爺今天的反應擺在那兒呢，說不定今天回去之後，就會數落陸子言一通。堂堂陸家大少爺，怎麼可能娶一個廚子的女兒為妻？

聽了這番話，寧有方心裡很不是滋味，忽地頓住了腳步。「汐兒，都是爹沒用，如果我混出名堂來，誰也不敢小瞧妳了。」

他只是個身分低微的廚子，雖然家底還算殷實，可比起這些大富之家來，簡直相差十萬八千里。雖然不想承認，可他心裡也很清楚，陸老爺肯定不樂意自己的兒子娶一個廚子的女兒。

事實上，如果一直這樣下去，寧汐將來想嫁個好人家是不太容易了……

第八十章　一個夢

寧汐見寧有方一臉的愧疚自責，眼眶一熱。「爹，您千萬別這麼說，能做您的女兒，才是我這輩子最大的幸運。我不想嫁人，我只想陪在您和娘身邊……」

前世的她，曾那樣不顧一切的愛著一個男子，為所謂的愛情受盡了一切委屈。可到頭來，卻落得那樣一個淒涼的下場。她的心早已一片蒼涼，再也沒有愛一個人的勇氣了。陸子言是很好，可是，跟她又有什麼關係？她不想早早的嫁人，更不打算高攀任何人。

寧有方略有些笨拙地拭去寧汐眼角的淚珠，愛憐地打趣道：「妳這丫頭，說幾句就抹眼淚。好好好，都依著妳，妳想什麼時候嫁人就什麼時候嫁人。要是捨不得出嫁，以後就招贅一個上門，反正爹養得起妳。」

寧汐被逗得破涕為笑，隨口笑道：「爹這個主意倒是好，我真捨不得離開你們呢！等我到二十歲的時候，就招贅一個入我們寧家的門好了。」

寧有方被嚇了一跳，連連擺手。「二十歲可不行，那可就成老姑娘了，十八歲之前一定得成親。」這論調倒是和阮氏一模一樣。

寧汐調皮地扮了個鬼臉。「好好好，都聽爹的。」

父女兩個相視一笑，有默契地不再提起這個話題。

回家之後，寧有方立刻喊了全家人聚到一起，將陸老爺承諾的事情一一說了一遍。寧大山第一個激動起來，猛地一拍腿。「好好好，實在是太好了。」

寧有財由衷地感到高興，笑著拍了拍寧有方的肩膀。「三弟，你以後可是要有大出息了。」

寧有方咧嘴一笑，興奮激動之情溢於言表。

王氏關心的卻是另有其事。「三弟，你們大概什麼時候走？公爹也跟著一起去嗎？」還沒等寧有方說話，就聽寧大山瞪起了眼。「我一把年紀了，跟著去幹什麼？」

王氏訕訕地笑了笑，不敢再多嘴了。

阮氏對王氏那點小心眼心知肚明，忙笑著打圓場。「公爹還是跟著我們一起去京城吧！大哥大嫂也在那邊，到時候也能相互照應些。」

寧有方也笑著點頭。「是啊，爹，您就跟我們一起去吧！二哥二嫂這麼忙，只怕也沒時間照顧您……」

寧大山卻很是固執。「我這把老骨頭還是別折騰了。在這兒生活了一輩子，我可不想再去別的地方。我留下守著這點家業，你們不用管我了，有老二一家子照應我就行。」哪怕是大燕王朝最繁華的京城，他也沒那個興趣。

寧大山的脾氣誰都清楚，見他這麼說，各人也不敢再多勸，忙將話題扯了開去。

寧汐和寧雅、寧敏坐在一邊閒聊，寧雅有了些歷練之後，越發沈穩起來，含笑聽著寧汐和寧敏說話。

寧敏對寧汐即將要去京城一事羨慕不已。「七妹，到了那邊，妳就可以去找大哥和五姊了。」

寧汐笑著點點頭。大伯一家已經兩年沒回來了，這次去，肯定會有一番熱鬧了。

寧汐瞄了寧雅一眼，笑道：「二姊，以後我們見面的機會可就少了。」

寧雅嘆口氣，眼裡流露出依依不捨之情。「七妹，我真捨不得妳走。京城這麼遠，妳去了之後，以後想回來一趟都不容易。」

寧汐促狹地一笑，打趣道：「妳放心，等妳出嫁的時候，我肯定會回來的。」

一提到出嫁，寧雅頓時忸怩起來，俏臉嫣紅。「妳又來取笑我。」李家老太太去世未足一年，親事肯定要往後延遲，只怕要等明年才能出嫁了。

寧汐嘻嘻一笑，湊到寧雅的耳邊低聲說了幾句悄悄話。寧雅聽得大窘，軟綿綿的捶了寧汐幾下。

寧敏好奇地湊過頭來，睜著圓溜溜的眼睛問道：「妳們在說什麼？」

寧汐咳嗽一聲，一本正經地說道：「說的是出嫁以後怎麼伺候夫君公婆的事，怎麼，六姊也想聽聽嗎？」

寧敏正值窈窕之齡，聞言羞紅了臉，狠狠地擰了寧汐一下。寧汐「哎喲」一聲叫了起來，頓時把寧暉給驚動了。

寧暉皺著眉頭瞪了寧敏一眼。「妳下手不能輕點嗎？汐兒嫩皮嫩肉的，稍微碰一下就會有瘀青的。」別看寧暉平時笑咪咪的，一板起臉孔來，還真有幾分威嚴。

寧敏訕訕地笑了笑，果然老實多了。

等寧有方他們商量得差不多了，各人便各自回屋休息。

寧汐稍微梳洗一番過後，便去了寧暉的屋子裡，不出所料，寧暉果然還沒睡，正在燈下看書呢！

寧汐輕手輕腳地湊上前去，淘氣的用手捂著寧暉的眼。「快些猜猜我是誰？」

這可是兄妹兩個自小玩到大的把戲了，寧暉很是配合地猜道：「天上的小仙女！」身後頓時響起了銀鈴般清脆的笑聲，手也跟著鬆開了。

笑鬧了一會兒過後，寧汐才正色問道：「哥哥，我們就要去京城了，鴻儒學堂那邊就退了吧！到京城那邊，就別去學堂了。最好是拜一個有學問的儒生為師，好好的準備明年的鄉試。」

鄉試比童生試可要難得多了，大部分秀才終其一生也沒能踏進這道門檻。寧暉雖然很認真努力，可一直缺乏真正的名師指點。如果就憑著自己這樣苦讀，參加鄉試也沒多少把握，拜個好師傅可是當務之急的事。

寧暉嘆了口氣說道：「妹妹，我知道妳是為了我好。不過，越是有學問的儒生，越是不肯輕易收學生……」花費錢財還在其次，關鍵是，有點名氣的儒生都被達官貴人們請到府裡做西席了。寧家無權無勢，又到哪裡去找這樣的人物？

寧汐秀眉微蹙，想了想才緩緩的說道：「哥哥，這些你就別操心了，到時候總能想出法子來的，你只要想著用功讀書就行了。」

寧暉打起精神笑了笑，用力的點了點頭，眼裡閃過一絲堅定。為了出人頭地，為了改變命運，為了讓身邊的親人都過上更好的生活。他一定要努力讀書才行！

寧汐不用問也能猜到寧暉心裡在想什麼，柔聲鼓勵道：「哥哥，你以後一定會有出息的。我相信你！」

寧暉心裡感動，有些慚愧地說道：「妹妹，妳做學徒這麼辛苦，我什麼忙也幫不了……」

「你說這話我可不愛聽。」寧汐故意綳起了臉。「我做學徒辛苦，你每天苦讀不是更辛苦嗎？我也什麼都幫不了你，你心裡是不是在怪我？」

論口舌，寧暉哪裡是寧汐的對手，連連笑著告饒。「我的好妹妹，剛才是哥哥我不對，不該這麼說，妳可千萬別生氣。」

寧汐這才嫣然一笑轉嗔為喜。「就是嘛，我們是一家人，說那些客套見外的話幹什麼。」

兄妹兩個對視一笑，有默契地扯開了話題。

「對了，妳做了一年多學徒，到底學得怎麼樣了？」寧暉好奇地問了句。

寧汐裝模作樣的想了一會兒，故作謙虛地說道：「一般一般，比爹還差得遠呢！」比起那些普通的廚子，卻是強許多了。

寧暉顯然聽出了這層意思，眼眸頓時亮了起來，調侃道：「改天讓我見識一下吧！我還沒吃過妳做的菜呢！」

寧汐笑咪咪地點點頭。「好，你有空就去太白樓，我保證好好露一手，讓你大飽口福。」

寧暉想了想，笑道：「我明天上午去學堂那邊和夫子們說一聲，到中午就有空了，到時候去太白樓找妳。」

寧汐脆生生地應了。「好，到時候你記得到太白樓的廚房來找我。」

說笑幾句之後，寧汐便回去睡下了。

每天都忙忙碌碌的，每天都睡得特別香甜。今夜也不例外，剛一沾上枕頭，寧汐就迷迷糊糊地睡了過去，然後作了一個很奇怪的夢。

一片白霧茫茫，什麼都看不清楚。她慢悠悠的飄蕩在其中，似乎能看見什麼，又似乎什麼都看不見。一張狠戾的面孔忽地一閃而過，她的心一陣狂跳，那分明是四皇子的臉。

還沒等她恢復平靜，一個白衣少年又翩然而至，微笑著俯下身來，溫柔的喊著。「汐兒！」

她的心像被撕裂一般的疼痛，不假思索地閉上眼睛捂著耳朵。「快些走開！我不想見你……」哪怕是夢裡，她也永遠不想再見到這個人。

可那聲溫柔的「汐兒」卻如同嘆息一般，在她的耳邊迴響不絕。

再然後，一隻趾高氣揚卻又漂亮得驚人的孔雀忽然冒了出來，斜睨著她，竟然還說話了。「小丫頭，快點給我做飯去！」

呸，自大的臭孔雀！她忽然有了精神，氣勢洶洶地插腰罵了回去。

醒了之後，寧汐瞪著圓圓的帳頂發起呆來。

夢到邵晏早已是習以為常的事情了，白天堅強樂觀開朗的她，夜晚不知受了多少噩夢的折磨。這份痛苦，讓她越發清醒的告誡自己，今生今世，永遠不要再和邵晏有任何的牽扯。可夢到那隻會說人話的孔雀又是怎麼回事？而且她居然還精神抖擻的和那隻孔雀吵鬧了半天……

寧汐呻吟一聲，將頭埋進薄薄的被褥裡。都是昨天做的那道富貴孔雀惹的禍，害得她竟然作了這種稀奇古怪的夢！

算了算了，別胡思亂想了。不過是個荒謬的夢罷了！

寧汐打起精神來，飛速地下床穿衣梳洗。忙碌的一天又開始啦！

第八十一章 清湯白菜

寧有方一大早就去和孫掌櫃商議起了招聘廚子的事，所以小廚房裡只剩下寧汐和張展瑜兩人忙活，另外兩個廚子只負責做些切菜之類的瑣事。

寧汐正在聚精會神地熬製高湯。

只要是廚子都會熬製高湯，不過，手藝有高低，熬製出來的高湯自然也有很大的區別。

一般來說，高湯可以分為毛湯、奶湯和清湯幾種。其中，毛湯最簡單省事，只要放些雞骨豬骨小火慢慢熬煮就行，可以不斷的添水補用。大廚房裡的廚子們用的大多是這種毛湯。

而奶湯選用的原料就要講究多了，得選豬肘、豬蹄子這類容易讓湯色泛白的原料。這樣的高湯色澤濃白，極為香濃。

熬製清湯卻是最費功夫的。寧有方平日習慣用清湯，對清湯的要求也比一般廚子高得多。就連張展瑜熬製的清湯，都被他挑剔過幾次，到後來，這個活兒就落到了心靈手巧的寧汐身上。

老母雞和精瘦肉用滾水燙過之後，放入鍋中大火煮開，然後放入蔥薑料酒，改用小火熬煮半個時辰左右，普通的清湯就熬好了。

趁著這個工夫，寧汐眼明手快地將雞脯肉切成肉茸，用蔥薑料酒和清水浸泡片刻後用乾淨的紗布包起來，放入熬好的清湯裡，然後旺火攪拌，清湯裡的肉末之類的懸浮物就被雞肉茸吸附住了。等把雞肉茸取出之後，湯色清澈香氣四溢。
張展瑜在一旁笑著嘆道：「汐妹子，妳這一手吊湯實在漂亮。」
寧汐抿唇一笑。「我今兒個打算熬製雙吊湯呢！」說著，又將剛才步驟重複了一次。只是這一次，她的動作更加輕柔和緩，直到那鍋清湯清澈如水，才算大功告成。那股鮮香早已在廚房裡瀰漫開來，引得人垂涎三尺。
那兩個二廚忍不住讚了幾句，張展瑜更是讚不絕口。「有這樣的高湯，就算煮白菜也一定好吃。」
寧汐心裡一動，忽地有了靈感，俏皮地笑道：「多謝張大哥提醒，中午要做什麼菜我有主意啦！保准讓那個容少爺大吃一驚。」
張展瑜一愣。「容少爺今天要來太白樓吃飯嗎？」
寧汐聳聳肩，漫不經心地說道：「何止是今天，人家容三少爺可說了，接下來幾天都要過來，而且還點名讓我做菜……」
什麼？張展瑜也不知那股煩躁從何而來，俊臉一沈。「妳才做了一年多學徒，還沒出師，他讓妳做菜幹什麼？」
寧汐反而笑吟吟地安慰了他幾句。「不用擔心，我能應付的。」
張展瑜輕哼一聲，語氣實在不算好。「去年這時候，那個容少爺幾乎天天都來，師傅不知花費多少心思，可從來沒落過好。由此可見，這種人根本不懂得什麼叫美食，就是成心來挑刺的。」

寧汐頗有同感的點頭。「是啊，我也從沒見過這麼挑剔的。」最可氣的是，很多時候容瑾挑剔得還正對地方，讓人氣得跳腳又無從辯駁起。

張展瑜略有些急切地說道：「汐妹子，妳還從來沒正式上鍋做過菜。要不，待會兒我替妳做吧！」

這一年多來，寧汐處處展露出過人的天分，可畢竟沒有正式的上鍋，對方又是那個對吃挑剔刻薄得不像話的容瑾。實在讓人放心不下啊！

寧汐倒是信心滿滿的，笑嘻嘻地應道：「不用不用，就我自己親自動手。我學了這麼久，早就想試試自己的手藝了。今天拿容少爺練練手也不錯。」

「別胡說！」寧有方正好走了進來，聽到最後一句話立刻繃起了面孔，用前所未有的嚴肅口氣說道：「來者是客，我們做廚子的，怎麼可以有這樣的想法？」他生平最不喜歡做事不盡心隨意敷衍的廚子了。

寧汐吐吐舌頭，嬌嗔地應道：「爹，我剛才就是隨口說說嘛！做菜的時候肯定會很用心的，您就別生氣了嘛！」

寧有方語氣稍稍和緩了一些。「汐兒，我不是在生妳的氣，不過，以後不要說這種話了。既然要做個好廚子，就不能對任何客人生出怠慢之心，這是我們做廚子的本分，也是做人的本分。知道了嗎？」

這一番話語重心長，寧汐也收斂了嬉鬧的笑容，認真地點點頭應了。

事實上，這也是寧有方最令人佩服和欣賞的地方。他的耿直和忠厚，絲毫不比他的高超廚藝遜色。陸老爺一直這麼器重他，也是看中了他的人品啊！

張展瑜見氣氛有些凝滯，忙笑著打圓場。「師傅，您就別再數落汐妹子了。她剛才不過是說笑而已，熬高湯的時候，可是非常盡心的。」

寧有方的注意力被吸引了過來，瞄了那鍋冒著熱氣的清湯一眼，立刻有了笑容。「嗯，今天的清湯熬製得果然不錯。」

寧汐被誇得美滋滋的，笑著說道：「爹，我今天要用這鍋清湯，做一道特別的菜送上去，保准讓你們都大開眼界。」

寧有方挑眉一笑。「妳要做什麼菜？說來讓我聽聽。」

寧汐淘氣地眨眨眼，嘻嘻一笑。「我現在不告訴你們，等到時候做出來你們就知道了。」竟然賣起關子來了。

寧有方啞然失笑，也不多追問，笑著點了點頭，便開始安排起了今天的菜單來。

寧汐也沒閒著，特地到外面挑了幾顆鮮嫩的大白菜，將外面的葉子全都剝去，只留下拳頭大小最鮮嫩的菜心。洗乾淨之後，輕輕的一層一層的剝開，然後用雕花刀細細的劃上幾刀，卻又不完全劃開，只剩一點點相連，乍看依舊是一片完整的菜葉。

幾顆白菜心耗費了不少的時間總算處理得差不多了，寧汐端詳一會兒，滿意地點了點頭。

寧有方看似忙碌，其實一直在留意著寧汐的動作，見她喜孜孜的端著一盆白菜心進來，笑著打趣道：「原來是要做燒白菜。這主意倒是不錯，現在白菜最鮮嫩，用清湯燒出來，最是清淡美味。對了，妳還可以加點蝦仁提鮮……」

寧汐呵呵一笑。「爹，這次您可猜錯了，我要做的這道菜，是我剛想出來的，保證沒人見過。反正時間多得是，我先試著做一道看看，讓您先嚐嚐。要是覺得好了，再端到桌上去。」

寧有方的好奇心早被吊了起來，聞言立刻點了點頭。

廚子創些新菜式也是常有的事情，不過，寧汐從沒正式上鍋做過菜，她今天的一舉一動又透著三分神秘，簡直讓人好奇心大起。

張展瑜雖然還在做事，可早已忍不住頻頻看了過來。

寧汐將那鍋清湯放在火勢最小的爐灶上，保持著熱度，另一口鐵鍋則放在火勢稍大一些的爐灶上，上面放一個大大的網漏。

然後從盆裡挑出一個最小的菜心，將葉子均勻整齊的放在網漏上。

寧有方忍不住提醒道：「汐兒，鍋已經熱了……」她這既不放油又不放湯的，到底要做什麼？

寧汐笑了笑，也不多解釋，專注地用勺子舀了一旁的清湯，緩慢又均勻地澆在白菜上，滾熱的清湯迅速的滲入白菜裡，然後又從網漏上滴入鍋中。

一勺清湯用完之後，就是第二勺、第三勺……

等所有的白菜心都被清湯澆上兩、三遍之後，寧汐小心翼翼地將網漏上的菜心挾起一一放入盤中，至於鍋裡的清湯，卻去之不要了。

那一盤乾淨鮮嫩如同剛從菜園裡摘來的白菜心端到寧有方面前時，寧有方已經張口結舌說不出話來了，做了這麼多年廚子，他還從未見過這麼做菜的……

張展瑜也早看得愣住了，忍不住問道：「汐妹子，這樣就可以了嗎？要不要再放點清湯煮一下？」

寧汐笑咪咪地應道：「不用了，這樣就行了。」又拿起兩雙筷子，分別塞到兩人手中。「好了，你們嚐嚐味道怎麼樣。」

寧有方小心地挾起一口菜葉送入口中，那清鮮淡雅的味道立刻從舌尖瀰漫開來，繞舌不絕。清湯的鮮美襯托出白菜本身的清甜，那份綿軟的口感，更是令人絕倒。

原來，白菜還可以這樣入菜！

原來，白菜還可以這麼好吃！

寧汐迫不及待地追問道：「爹，怎麼樣？好吃嗎？」雖然寧有方的表情足以說明了一切，可她還是想親耳聽寧有方點評幾句。

寧有方終於在寧汐脆生生的聲音中回過神來。

「好吃！太好吃了！」寧有方激動得兩眼放光。「汐兒，爹真為妳驕傲！」這份天馬行空的想像力和不拘一格的創造力，才是一個廚子最可貴的地方啊！

張展瑜吃了一口，更是震驚得連話都說不出來了。

每當他暗暗為自己的進步感到歡欣鼓舞的時候，總會因為寧汐出乎意料的精彩表現而隱隱的感到挫敗……

或許寧汐還有些稚嫩，做菜的手法也不夠熟練。可她卻具備了成為一個絕頂名廚的最重要條件，那就是對菜餚的獨到理解和創新。

假以時日，她會成為怎樣一顆耀眼的明珠？

另外兩個二廚在一旁看著，早就饞得快流口水了。其中一個膽子大些的，笑著說道：「寧大廚，讓我們也跟著沾沾光嚐一口吧！」

寧有方笑呵呵地直點頭，顯然心情好極了。

果然，吃了一口之後，那兩個廚子都被白菜的美味征服了，紛紛嚷著。「這可是我生平吃過最好吃的白菜了。」

寧汐被誇得飄飄然，再一看盤子裡已經所剩無幾了，連忙拿起筷子，搶了一口過來送入口中，細細品味幾口，卻稍稍皺起了秀眉。

寧有方眼尖的瞄到寧汐的神色不對勁，關切地問道：「怎麼了？」

寧汐想了想，說道：「白菜的鮮美清甜倒是有了，可是清湯的香濃卻有些浮在表面……」該怎麼樣才能讓這份香氣徹底融到白菜裡呢？

寧有方被這麼一提醒，也覺得這是一個小小的缺憾，卻笑著安撫道：「如果是放入清湯裡熬製，味道就會濃得多，不過，就沒了這份鮮嫩的口感了，這道菜已經做得很好了。」

寧汐笑了笑，心裡卻微微有些遺憾。用熱湯澆淋過的白菜保持了原有的鮮嫩和美味，清湯的鮮美卻沒徹底的融入，未免有些美中不足。

還沒等想出解決的方法來，就見來福急匆匆地跑了過來。

第八十二章　少爺您吃得慣嗎？

來福傳話道：「汐妹子，容少爺已經來了，吩咐妳早些做菜送上去。」

寧汐訝然地挑眉。「這還沒到吃午飯的時辰吧！」也太早了吧！

來福笑道：「聽容少爺身邊的小安子說，容少爺吃不慣陸家廚子做的飯菜，早飯根本沒吃，所以來得就早了。」

好個挑剔成性的傢伙！陸家聘用的廚子能差到哪兒去，怎麼也不至於吃都吃不下吧！

寧汐撇撇嘴。「知道了，你去回稟一聲，我這就動手做菜。對了，東家少爺來了嗎？」

來福搖搖頭。「這倒沒有，今天就容少爺一個人。」

寧汐笑著點點頭。一個人倒是很好打發，做兩道菜就夠他吃的了。這清湯白菜就算一道了，另外一道嘛，就做個炒飯好了。

若是容瑾敢嫌棄她做的飯菜太簡單了，就直接告訴他，本姑娘還是小學徒一個，很多菜都不會做呢！

遙想著容瑾被氣得俊臉發黑咬牙切齒的樣子，寧汐的心情立刻好了許多，又忙碌著做起了清湯白菜。

有了前一次的經驗，這一次做得快了一些。等裝盤的時候，寧汐施展巧手，將剝開的菜心一片一片細心地放好，竟然又還原成了一顆白嫩的菜心。

乍一看去，倒像是隨手放了一顆白菜心在盤子上，壓根兒看不出已經經過了妙手烹製。

寧有方對寧汐的妙手巧思欣賞極了，連連笑著讚了幾句。這道清湯白菜單是從外型上，已經讓人印象深刻先聲奪人了。

寧汐得意地笑了笑，又利索地炒了一份什錦炒飯，再配上一碗只放了鹽調味、清澈如水、其他什麼都不見的清湯。這樣的搭配簡直妙極了！

寧汐端詳片刻，嘴角微微翹起，眼裡閃過一絲促狹的笑意。

來福匆匆的跑進來，看了托盤一眼，立刻目瞪口呆。「汐妹子，妳……妳就做這些讓我端上去？」

炒飯倒還熱騰騰香噴噴的樣子，可那顆白菜心是怎麼回事？還有那一碗乾淨得能看到碗底的清湯……老天，寧汐不是在開玩笑吧！這樣的菜餚端上去，容少爺不發脾氣才是怪事。

寧汐忍住笑意，一本正經地說道：「來福哥，你別擔心，就這麼端上去。要是容少爺問起來，你就說我只會做這些。」

來福撓撓頭，苦笑一聲，嘆口氣端著盤子走了。

他一路忐忑不安，待將盤子端到容瑾面前，更是連頭都不敢抬了。「容、容少爺，飯菜做好了……」

意料中的怒氣卻遲遲沒來，反而響起了一聲嗤笑，懶洋洋的聲音說不出的迷人。「這就是寧姑娘做的飯菜嗎？」就知道那個丫頭不會安安分分的做菜給他吃。

來福的臉脹得通紅，支支吾吾地說不出話來。

一旁的小安子倒是義憤填膺的插嘴了。「少爺，這位寧姑娘是成心想羞辱您的吧！這顆白菜連切都沒切居然就端上來了，還有這碗清湯，連個蔥花都沒有。哼！太過分了！我這就去找她算帳！」小安子越說越生氣，清秀的臉上一片憤怒的潮紅。

來福羞愧得簡直想找個洞鑽進去，結結巴巴地解釋道：「汐妹子只做了一年多學徒，還沒正式上鍋做過菜，說是只會做這些，還請容少爺多多包涵。要不，我這就去跟寧大廚說一聲，讓他做些別的菜式……」

容瑾倒是沒動怒，輕笑著挑眉。「好了好了，既然端來了，我就嚐一口好了。」說著，拿起勺子舀了勺炒飯送入口中。

嗯，米飯香濃有嚼勁，配著各式蔬菜，吃起來倒別有一番清爽。容瑾沒吱聲，又舀了一勺炒飯吃了起來。

還好還好，總算炒飯還能入口。來福緊張地擦了擦汗，心裡稍稍放了心。

小安子伺候容瑾多年，自然清楚他對吃是多麼的挑剔，見狀一愣，忍不住問道：「少爺，這炒飯您能吃得慣嗎？」錦衣玉食的少爺何曾吃過這等簡陋的食物？

容瑾斜睨了小安子一眼，眼裡分明傳遞著──「廢話，吃不慣本少爺還會吃嗎？」

小安子訕訕地一笑，立刻閉了嘴。

炒飯吃了一小半之後，容瑾有些口渴了，順手舀了一口清湯喝進口中，頓時「咦」了一聲，停下了手中的動作。

來福的一顆心都提到嗓子眼了，連連陪笑。「容少爺，小的這就給您倒杯茶去。」說著，忙不迭的倒了一杯茶送到了容瑾的手邊。

容瑾卻又舀了一口湯，不緊不慢地送入口中。

來福長長的鬆了口氣，一顆心安穩地落了回去。

小安子忍了半天終於沒忍住，好奇的問道：「少爺，這碗清湯味道很好嗎？」

容瑾「嗯」了一聲，筷子已經伸到了白菜上。

筷子剛一碰到白菜，原本完整的白菜頓時散了開來，竟然成了條狀整整齊齊的堆在盤子裡。那份巧思，簡直令人嘆為觀止！

小安子和來福都看得傻了眼，齊齊驚嘆了一聲。

容瑾的嘴角微微翹起，眼裡掠過一絲笑意，挾了一筷子送入口中，然後，笑意更濃了，深幽的眸子裡閃動著莫名的光芒。

接下來的一幕，更是令小安子和來福都看得呆住了。

挑剔成性的容少爺，一道菜只吃一、兩口的容少爺，竟然將那一大盤炒飯吃得乾乾淨淨，湯也喝了個見底，至於那份清湯白菜，更是被吃得光光。

老天，這到底是怎麼回事？今兒個太陽是打西邊出來了嗎？

「少、少爺，您吃飽了嗎？」小安子結結巴巴地問道。

容瑾扯了扯唇角。「小安子，你越來越會說笑了。」這麼多東西吃下去，他怎麼可能沒飽？

小安子訕訕地陪笑，眼睛依舊在光溜溜的盤子上打轉。真是太不可思議了，什麼時候見少爺吃飯這麼麻溜過？

來福雖然不懂其中的奧妙，可容瑾確確實實將所有的飯菜都吃光了卻是事實，笑得合不攏嘴的收拾起了碗筷，對寧汐簡直佩服得五體投地。

容瑾吃飽了之後，心情顯然不錯，微笑著說道：「來福，去把寧姑娘喊過來，我有話和她說。」

來福心裡咯噔一下，忙陪笑道：「容少爺，現在正是廚房最忙的時候，汐妹子得幫著寧大廚打下手，只怕不一定有空。要不，您稍微等會兒？」

容瑾瞄了來福一眼，然後站了起來。

小安子笑嘻嘻地湊了過來，殷勤的問道：「少爺，您打算去哪兒轉轉？」

容瑾慢悠悠的扔下兩個字。「廚房。」

小安子和來福一起愣住了，然後不約而同的一起跟了上去，心裡各自嘀咕不已。

這又是唱的哪一齣啊！若說對飯菜不滿意吧，明明吃了個精光；若說滿意吧，為什麼還要到廚房去找寧汐？真是讓人捉摸不透……

容瑾卻像不知道身後兩人的心思似的，泰然自若地下了樓梯。那道絳色的身影剛出現在樓梯口，原本熙熙攘攘的大堂頓時靜了一靜。

這個如同天人一般的俊美少年是從哪兒冒出來的？那耀目的俊美容顏，還有出眾的風姿，簡直令人移不開視線……

容瑾早已習慣了這等驚豔的目光，視若無睹地下了樓梯，優雅地向廚房走去。

第八十三章　又被逮個正著

容瑾生性愛潔，對油膩膩又人聲鼎沸的廚房自然沒什麼好感，平時在府裡，幾乎從不踏足廚房一步。可此刻，他慢悠悠地走進來，竟是分外的自如。

要到小廚房，得先經過大廚房。眾廚子被他的出現都嚇了一跳，幾乎不約而同的停下了手中的動作，一起看了過來。

容瑾淡淡地瞄了眾廚子一眼，狹長的鳳眸裡光華難掩。眾廚子驚豔之餘，竟是無人敢再多看一眼，各自低下頭做起事來。

容瑾扯了扯唇角，毫不遲疑地走向寧有方的小廚房。

這個地方他只在去年來過一次，隔了這麼久，方位卻記得絲毫不差。剛一走近門邊，就聽到一個清脆如銀鈴般歡快的少女笑聲——

「……爹，您放心好了，容少爺若是吃不慣，早就會讓來福哥來傳話了，怎麼可能等到現在……」

站在這個角度，他只能看到她嬌俏的背影，那條梳得整齊光滑的髮辮在背後晃悠個不停，他的手忽然有點癢癢的……

廚房裡炒菜燒菜的動靜實在不小，寧汐壓根兒沒留意到門邊多了一個人，兀自笑嘻嘻地說道：「今天上的那道清湯白菜，不知道容少爺敢不敢伸筷子……」

「為什麼不敢？」

熟悉的聲音忽地從身後響了起來。那聲音慢悠悠的，絲毫聽不出有什麼不快。

寧汐心裡一跳，霍然轉過身來，待看清門口那個絳衣少年的面孔後，笑容已經僵住了。

「容少爺……」她剛才說的那些話，他該不會全都聽到了吧！真是的，不在前樓好好待著，跑到廚房來做什麼……

容瑾瞄了俏臉微紅略顯尷尬的寧汐一眼，心情越發好了，慢條斯理地說道：「原來寧姑娘很喜歡在背地裡說別人的不是，今天我算再次領教了。」

寧汐小巧的臉蛋頓時一片嫣紅，羞惱不已，咬牙切齒的擠出幾個字來。「廚房這兒油膩膩熱呼呼的，容少爺怎麼總是往這兒跑？」

容瑾挑眉一笑。「好在我今天來了，不然，還真不知道寧姑娘背地裡這麼喜歡編排客人。」

寧汐水靈靈的大眼快要噴出火星來了。

「怎麼？我說得不對嗎？」容瑾欣賞著寧汐的表情，昨天晚上因為那道富貴孔雀而來的鬱悶頓時一掃而空，俊美的臉上難得有了真正的笑意。

寧有方忙陪笑著打圓場。「容少爺別見怪，我這閨女打小就被我慣壞了，說話沒個分寸。您大人有大量，就別和她斤斤計較了。」說著，連連朝寧汐使眼色。「汐兒，快些向容少爺陪個不是。」

寧汐自知理虧，只好不情願地低聲說了句。「對不起。」

容瑾彈了彈修長的手指，漫不經心地說道：「寧姑娘在說什麼？恕我耳背，沒聽清楚。」

寧汐不怒反笑，恭恭敬敬地走上前來，甜甜地說道：「容少爺，您大人不計小人過，就別把我剛才一時失言放在心上了。」

能屈能伸，才是大丈夫……呃，小女子本色！哼，今天就讓他得意一回好了！

只可惜，容瑾從來不懂得饒人處且饒人是怎麼回事，挑眉笑道：「寧姑娘只是一時失言嗎？」分明是變著花樣的捉弄他吧！從昨天的富貴孔雀，再到今天的清湯白菜，她的花樣倒是多得很。

寧汐心裡氣得牙癢癢，臉上卻擠出了笑臉來。「是是是，都是我不好，不該胡言亂語，以後一定不會亂說了。還請容少爺不要放在心上。」眼前這個傲氣又刻薄的壞脾氣少年，以後也是寧有方的東家。還是別為寧有方惹麻煩了。

容瑾略有些訝然地瞄了寧汐一眼。印象中，這個小丫頭牙尖嘴利，可從來沒有服軟的時候，今天這是怎麼了？而他明明占了上風，為什麼沒有想像中的愉快？

容瑾的眸光一閃，不動聲色的笑道：「算了。我來是想看看妳那道清湯白菜怎麼做出來的。」

一說到這個，寧汐果然輕鬆多了，眼裡閃出俏皮的笑意。「容少爺吃得可還滿意嗎？」

容瑾笑了笑，薄薄的嘴唇吐出幾個字。「差強人意。」

哼，就知道他的嘴裡說不出人話來。

寧汐心裡翻了個白眼，看了來福一眼。

來福笑嘻嘻地點點頭，插嘴道：「汐妹子，妳今天做的飯菜容少爺都吃光了。」

寧汐嘴角剛泛起笑意，就聽容瑾不緊不慢地說道：「妳的手藝雖然有待改進，不過，比起那些頭腦死板的廚子，還算有些靈氣。」

這算是誇獎嗎？

寧汐皮笑肉不笑地應了句。「多謝容少爺誇獎。」

一直悶不吭聲的張展瑜，忽地插嘴說道：「汐妹子做的那道清湯白菜，味道鮮美，入口綿軟，實在是難得的美味。不知有什麼地方還需要改進，還請容少爺多多指點。」語氣看似平和，可眼眸裡卻暗含一絲隱隱的挑釁。

容瑾頗有些意外地瞄了張展瑜一眼，腦中飛快地閃過一幅畫面。

那一天他坐在茶樓裡，遠遠見到一個俊朗的青年男子和寧汐親暱的並肩而行，應該就是眼前這人吧……

「白菜的鮮甜倒是有了，不過，澆淋的熱湯滋味，並沒真正融入白菜裡。」容瑾笑著挑眉，看都沒看張展瑜一眼。「寧姑娘，我說的是也不是？」

寧汐一愣，眼眸裡閃過一絲複雜，點了點頭。「是，上菜之前我做了一道樣品嚐過了，確實有些小瑕疵，只不過一時想不到什麼好法子改進。」

容瑾嗤笑一聲。「這有什麼難的，用針在白菜上面刺一些細細的孔，再用溫熱的清湯慢慢地澆淋，自然就入味了。」

用針刺出細孔？對啊，這可不正是個好法子嗎？既不會影響了白菜的外型美觀，又能使白菜更好的入味。實在是令人絕倒！

寧汐的眼眸亮了起來，連連點頭。「對對對，這確實是個好法子。」看來，這個容瑾也不是一無是處，雖然說話尖酸刻薄了一點，可句句都說到了點子上。

張展瑜也啞口無言了，目光落在寧汐放光的俏臉上，心裡流過一絲淡淡的苦澀。

寧有方也興奮地笑了起來。「多謝容少爺指點。汐兒，快些過來，把這道清湯白菜重新做一次。」

寧汐歡快地應了一聲，利索地跑到了寧有方身邊。廚房裡一應用具都有，父女頭靠頭研究起哪種細針更合適，很自然地把所有人都晾到了一旁。

對這樣的情景，張展瑜早已習慣了，笑著向容瑾解釋道：「還請容少爺不要見怪，每次師傅和汐妹子研究新菜式的時候，都很專心，別人連話都插不上。」

別人？容瑾挑了挑眉，忽地笑了。「既然如此，我就在這兒等等好了，看看用新法子做出來的清湯白菜有沒有改進。」

張展瑜愣了一愣，旋即扯出一絲笑容。「難得容少爺不嫌棄我們這油膩膩的廚房，那就稍微等一會兒好了。」

容瑾微微一笑，朝小安子使了個眼色。

小安子立刻領會過來，左右張望，從廚房的角落裡端了個凳子過來。一時找不到東西擦，用袖子使勁地抹了幾把，才殷勤地笑道：「少爺，您委屈點，將就著坐會兒。」

容瑾淡淡地「嗯」了一聲，悠閒自得地坐了下來。

張展瑜扯了扯嘴角，不再說什麼，反而湊到了寧汐身邊幫著打起了下手。

張展瑜和寧汐朝夕相處一年多，彼此很是熟悉，不需說話，一個眼神也能知道對方是什麼意思。寧汐的目光往案板上一瞟，他立刻就端了乾淨光潔的盤子過去。

寧汐笑著道謝，張展瑜微微一笑。「跟我還這麼客氣做什麼。」

寧汐抿唇輕笑，專注地低頭忙活起來。她用的是最細的針，在嫩生生的白菜幫子上扎滿了細細密密的針孔，這活兒沒什麼難度，只要細心就行。

張展瑜看了幾眼，便明白過來，笑著說道：「我也來幫忙好了。」說著，也跟著低頭忙活起來。兩人靠得很近，各自低頭忙碌，偶爾互相看一眼對方，交換個會心的笑容。

容瑾看著這一幕，眸光微微閃動，嘴角的笑意漸漸淡了下來。

寧汐壓根兒沒留意沒回頭看過一眼，興致勃勃地又動手做起了清湯白菜。有了之前的經驗，這一次從容多了。她小心的控制著清湯的溫度，澆淋的動作緩慢又仔細。

寧有方興致勃勃地看了片刻，笑著說道：「汐兒，我有預感，這次做出來的清湯白菜，味道一定更好。」

寧汐忙裡偷閒地朝寧有方甜甜的一笑。「爹，我也這麼覺得呢！要是味道真的不錯的話，以後這可就是我的拿手好菜了。」

寧有方被逗得哈哈大笑。「好好好，妳放心，這道菜是妳想出來的，以後只要有客人點了，就由妳來做。」

張展瑜也湊趣地笑道：「就是就是，我保證不會偷學的。」

寧汐俏皮地吐吐舌頭，一臉燦爛甜蜜的笑容別提多可愛了，三人有說有笑的，「別人」果然插不上嘴。

坐在一旁的容瑾第一次覺得自己的存在感是這麼的微弱……

第八十四章　露一手

小安子站了半天，也覺得有些無趣，壓低了聲音說道：「少爺，這兒又悶又熱，要不，還是出去待會兒吧！」

容瑾淡淡地看了小安子一眼，明明什麼都沒說，可小安子立刻識趣的閉了嘴，心裡暗暗嘀咕不已。

少爺對這位小姑娘可真是上心啊！

自家少爺俊美不凡風度翩翩氣質出眾……可這個寧姑娘，愣是看都沒多看一眼。反倒是和那個其貌不揚的青年男子挺親暱的，難怪少爺的臉色越來越難看了……

忙了半天，清湯白菜總算又做好了。寧汐笑咪咪地捧著盤子，殷勤地說道：「爹，快些來嚐嚐，味道有沒有更好一點？」

容瑾的臉頓時黑了，他坐在這兒等半天了好吧，要不要這麼目中無人！

寧有方眼角餘光瞄到容瑾的臉色不太對勁，忙笑道：「妳這丫頭，真是不懂禮貌，怎麼著也該請容少爺來嚐嚐才對。」

說著，接過盤子笑著走了過來，殷勤地邀請道：「容少爺，還請您賞臉嚐一口，看看這次做得怎麼樣。」

容瑾的臉色總算好了點，故作漫不經心地應道：「也好，希望寧姑娘手藝能有點長進。」口中雖然說得淡然，可動作倒是很麻溜，挾了一筷子白菜送入口中，緩緩地咀嚼品味，眼眸微微瞇了起來。

寧汐不自覺的緊張起來，緊緊的盯著容瑾的嘴唇。

容瑾被那滿含期待的眼眸看著，心裡掠過一絲異樣的衝動，喉嚨不自覺的有些發乾，連嚼在口中的白菜是什麼滋味都品不出來了……

「怎麼樣？好吃嗎？」寧汐迫不及待地追問，眼眸亮晶晶的。

容瑾生平第一次腦子一片空白，平日裡說慣的刻薄言詞通通不翼而飛，竟然點了點頭。

寧汐得意地笑了起來，眉眼彎彎，說不出的俏皮可愛，歡快地扯著寧有方的袖子。「爹，您也快些嚐嚐。」

寧有方寵溺地笑了笑，摸了摸寧汐的頭。「好好好，我也來嚐嚐。」說著，挾起了一筷送入口中，津津有味的吃下肚，使勁地誇個不停。「我閨女真是太聰明太厲害了，再多兩年就比爹強了。」

寧汐甜甜地笑了起來。

張展瑜含笑的眸子靜靜地落在寧汐晶瑩的小臉上，眼底的那一絲柔情，或許連他自己都沒察覺。

容瑾瞄了張展瑜一眼，忽地笑著說道：「寧姑娘，明天我再來，記得再做這道清湯白菜。」

寧汐心情大好，爽快地點頭應了。

容瑾起身離開，剛走到門邊，就差點被衝進來的少年撞上。容瑾反應極快，身子敏捷的扭動兩下，竟是巧妙地避開了。

可那個急匆匆跑進來的少年就沒那麼好的運氣，被眼前迅速閃過的身影嚇了一跳，踉蹌了一下，差點摔了一跤。

「哥哥……」寧汐驚呼一聲。

容瑾心念電閃，不假思索地扯了那個少年一把。那個少年狼狽地晃了一晃，總算沒有跌倒。

寧汐早已朝這兒走了過來，急急地扶住了驚魂未定的寧暉。「哥哥，你怎麼樣？」

寧暉拍拍胸口，努力平復呼吸。「還好還好。」然後朝著容瑾感激的一笑。「剛才是我冒失了，幸虧你及時的拉了我一把，不然，我今天可就要摔一跤了。」

容瑾早已鬆了手，聞言淡淡地笑了笑，並未說什麼，領著小安子就這麼走了。

寧暉從沒遇過這麼冷淡又傲氣的人，略有些尷尬地看了寧汐一眼。「妹妹，這人是誰？」

寧汐迅速地使了個眼色回去。沒關係，就是個無關緊要的人而已。

寧暉這才鬆了口氣，見那道身影走遠了，才笑道：「這人是誰啊？明明是個男的，長得比女子還要漂亮。」

寧汐忍俊不禁地笑了起來，調侃道：「哥哥也長得很俊，一點不比容少爺差。」

寧暉被取笑得紅了臉，連忙顧左右而言他。「有什麼吃的沒有，我早就餓了。」

寧汐連連點頭，扯著寧暉到案板邊，將剛做好的熱騰騰的清湯白菜推到寧暉眼前。「哥哥，快些嚐嚐。」

寧暉悶笑起來，打趣道：「妹妹，妳昨天晚上說要露一手給我看看，該不會就是一盤洗過的白菜吧！」白菜葉子都還鮮嫩得很。

寧汐俏皮地笑了笑，正待說話，就聽寧有方笑罵道：「吃都沒吃一口就胡說八道。快些吃吧，這可是你妹妹絞盡腦汁想出來的最新菜式，你今天算是有口福了。」

被寧有方這麼一說，寧暉頓時被勾起了好奇心，挾起一筷子送入口中，然後頓時被那美妙絕倫的滋味和口感征服了，不敢置信地看著寧汐。「妹妹，這真是妳做的嗎？」

太太太好吃了！明明看起來就是普通的白菜心，可入口卻綿軟清甜，咬一口，鮮美的滋味就溢滿了口中。簡直是無比的享受啊！

寧汐笑著點點頭。在寧暉驚嘆的目光裡，她忽然體會到了一種無法用言語描述的自豪和滿足。這一刻，她終於知道為什麼寧有方會如此熱衷做一個廚子了。

當自己精心烹製的菜餚得到他人的欣賞和讚美時，那種滿足感實在太美妙了。比起在鏡子前消磨時光的無聊日子，這樣的生活更踏實更愉快。

寧有方得忙著做宴席，便隨口吩咐寧汐今天休息一下，陪陪寧暉就行了，張展瑜和另外兩個廚子也跟著忙活了起來。

寧汐笑咪咪地問道：「哥哥，你還想吃什麼？點什麼我就給你做什麼。」

寧暉還是第一次到太白樓的廚房裡來，看什麼都覺得新鮮好奇。再看平日裡嬌憨可愛的妹妹一本正經的樣子，忍不住笑了起來。「妳做什麼我就吃什麼。」

寧汐噗哧一聲笑了起來，也不再多話，瞄了案板上的各類食材一眼，頓時有了主意。隨手拿了個土豆過來，手起刀落，三兩下就將那個土豆切成了細細的絲。

寧暉看得咋舌不已。「妹妹，妳的刀功可真是厲害。」平日總聽寧有方誇寧汐，他心裡也沒太大感覺，可今天親眼這麼一看，頓時被震住了。

寧汐抿唇一笑，隨口說道：「這不算什麼，我們這兒所有的廚子學徒都會。」

張展瑜忙裡偷閒插了句嘴。「是啊，汐妹子最擅長的雕花你還沒看到，那才叫厲害！」

寧暉的好奇心立刻上來了，嚷著讓寧汐露一手。

寧汐嫣然一笑，隨手拿個蘿蔔過來，三兩下就雕了朵半開的牡丹，隨意地塞到寧暉手裡。「先吃個蘿蔔解解渴，我來炒菜給你吃。」

寧暉呆呆地看著手裡那朵晶瑩剔透的蘿蔔雕花，嘴巴張得老大猶不自知。

寧汐站在鍋邊，俐落地舀了勺豬油下鍋，然後放入紅紅的辣椒。待那股麻辣的香味飄散開來，立刻將細細的土豆絲倒入。翻炒片刻之後，加入鹽和醋調味。爐火很旺，顛鍋的時候，鐵鍋裡都滿是火苗，讓人看了觸目驚心。

可寧汐卻絲毫沒有慌亂，熟稔的顛了幾下之後，就將酸辣土豆絲裝了盤。然後換了口乾淨的鐵鍋，將之前熬好的清湯舀了一些放入鍋中，再放入薄薄的冬瓜片和木耳、香菇，等起鍋之際，撒些蝦仁在上面。

兩道菜做好了，前後花了不到一炷香的工夫。

那盤酸辣土豆絲裡別無配料，只有幾根紅紅的辣椒，看著就讓人極有食慾。那碗冬瓜蝦仁湯，湯色透亮清澈，黑色的木耳、暗紅色的香菇配著薄薄的略呈透明狀的冬瓜片，更是賞心悅目。

寧暉不自覺地嚥了口口水。老天，妹妹什麼時候變得這麼厲害了！原來，她常掛在嘴邊的那句話是真的，她確實很有天分，簡直天生就該做廚子似的。

寧汐笑嘻嘻的眨眨眼。「哥哥，你別光顧著發呆嘛，你不是餓了嗎？來，快些嚐嚐看。雖然都是素菜，可是味道都很好的喔！」

寧暉習慣性地和寧汐鬥嘴。「妳一口都沒嚐過，怎麼知道就一定好吃？」

寧汐自信地笑了笑，擺出了寧有方平日說話的架勢。「我做菜還用嚐嗎？」頓時把廚房裡的人都逗笑了。

寧有方忙裡偷閒的扭過頭來，笑罵道：「妳這丫頭，妳爹做了十幾年廚子才練出來的。妳才學了一年多，也有這本事嗎？」

寧汐俏皮地眨眨眼。「是騾子是馬拉出來遛遛不就知道了？哥哥，你現在就嚐嚐看，要是不好吃，我就……」

寧暉早吃得津津有味了，卻故意笑著說：「妳就怎麼樣？」

寧汐一本正經地說道：「我就把菜都倒了去餵豬。」

寧暉反射性的點了點頭，待會意過來，才知道自己被捉弄了，寧汐早已樂不可支地笑了起來。

寧暉瞪起了眼睛想要表現一下做哥哥的威嚴，卻見寧汐狗腿地湊了過來，殷勤地舀了勺冬瓜湯送到他嘴邊。

寧暉很自然地張口喝了，然後激動得舌頭都快打結了。「這、這冬瓜湯怎麼這麼好喝？」那股清甜香濃的味道，簡直找不到合適的詞語來形容，好喝得讓人想流淚了。

寧汐被誇得眉開眼笑，再見寧暉狼吞虎嚥的吃相，心裡別提多愉快了。

第八十五章　潛在的對手

有了第一天的經歷，接下來的幾天，容瑾在見到各種稀奇古怪的菜式時，表現得分外淡定。

哪怕來福端上來的盤子裡放的是一盤白生生的大饅頭，他也沒眨過眼，泰然自若地拿起饅頭送入口中。

事實證明，饅頭裡面肯定別有乾坤。不知被寧汐用了什麼法子，巧妙地塞了又鹹又辣的肉末炒筍絲進去，吃到口中竟是出奇的美味。

或許寧汐年齡還小，手藝還沒到爐火純青的境界。可是，她的靈氣和巧思妙手，實在是令人嘆為觀止。以他挑剔成性的舌頭，竟然也挑不出什麼毛病來，甚至隱隱有了期待。只可惜，他這次時間實在不多，只能待上五、六天就得趕回去。

開酒樓的各項事宜已經商談得差不多了，只等回京城之後，將錢款付清，就能將酒樓買下來了。

「……也活該原先那個酒樓開不下去。」容瑾嘲弄地一笑。「那家酒樓開在哪兒不好，偏偏開在京城最有名氣的雲來居旁邊，中間就隔了四、五丈，生意能好才是怪事。」

那個酒樓老闆投資了不少銀兩，才買下那塊地皮又蓋了酒樓，只可惜連兩年都沒撐，就打算轉讓。容瑾上門談了兩次，把價格壓得很低。

陸老爺聽得一愣，笑容有些僵硬。「那個雲來居很有名氣嗎？」這些事情容瑾怎麼不早點說？

容瑾理所當然地點點頭，難得出言讚了幾句。「論規模，京城更大的酒樓也不是沒有，有名氣的更是比比皆是。不過，這個雲來居的主廚江四海實在不錯，以前曾做過十幾年御廚，後來因為年齡大了，才從御膳房裡退了下來，被這個雲來居的老闆重金聘請過來坐鎮。每天只肯做一桌宴席，價格貴得離譜。想訂一桌，必須提前幾天預訂才會有機會。」

人的心理就是這麼奇怪，越是架子擺得大，越是趨之若鶩。雲來居就靠著江四海這棵搖錢樹日進斗金，一躍成為京城最有名氣的酒樓之一。

陸子言也聽出不對勁來了，皺著眉頭問道：「表弟，照你說的，雲來居這麼有名氣，生意又好得不得了，在附近再開酒樓還怎麼開得起來？」

前一家酒樓就是因為生意不好才關了門，他們陸家再去開酒樓豈不是往火坑裡跳嗎？

容瑾傲然地一笑。「這有什麼可擔心的，前面那個老闆不懂行銷策略，才會被雲來居壓得死死的。他是他，我們是我們，沒什麼可忌諱的。」

行銷策略？這是什麼意思？陸子言聽得一愣。

陸老爺也皺起了眉頭。「可是，如果雲來居真有你說的這麼厲害，新開的酒樓根本不占任何優勢吧！」

寧有方的廚藝在洛陽也是名噪一時，可到了京城裡，就和普通廚子也沒什麼兩樣了。要想打出名氣來，至少也得熬上個一年半載的。雲來居占了天時地利人和，想和這樣有名氣的酒樓一別苗頭可不是容易的。萬一門庭冷落生意不好，這麼多的投資可就打水漂了……

容瑾一眼就看出了陸老爺心裡的顧忌，笑著安撫陸老爺。「姨夫，您就放心吧！有我在，這種情況怎麼可能發生。」一副胸有成竹的樣子，顯然早已有了主意。

陸老爺追問幾句，容瑾卻又不肯明說，只笑著說道：「這次回去，先把酒樓買下來再說，還得再重新粉刷佈置，再加上招聘人手之類的，至少也得一、兩個月才能重新開業。姨夫既然打算讓表哥跟我一起去京城打理這些瑣事，就讓表哥和我一起出發吧！」

陸老爺想了想，點頭同意了。不管做什麼生意，總沒有穩賺不賠的，能到京城去拓展陸家的生意，冒點風險也是值得的。

等陸子言和容瑾一起出發之後，陸老爺特地來了趟太白樓，找來寧有方私下裡商議了半天，很委婉的表達出自己的顧慮。

寧有方想了想，才笑著說道：「東家老爺，雲來居有江四海那樣的大廚坐鎮，名氣大生意好也是正常的。不過，您也不用過於擔心。我有信心，我的手藝不比任何人差，只要稍微給我一點時間，遲早能打響名頭。」身為一個頂級大廚，能在洛陽屹立多年不倒，寧有方自然對自己深具信心。

陸老爺笑了笑，順著寧有方的語氣說了幾句，才問起了招募廚子的情況來。

寧有方笑著應道：「這幾天剛放出風聲，就有不少廚子找上門了。孫掌櫃負責登記，我負責考較他們的手藝，能留下來的廚子約莫有七、八個。稍微調教幾天，就能正式做事了。」

陸老爺讚許地點了點頭。「好好好，這些事就交給你拿主意了。」

寧有方打起精神應了，等回了廚房之後，笑容頓時收斂了不少。

寧汐好奇地湊了過來問道：「爹，東家老爺找您過去這麼久，到底和您說什麼了？」寧有方的臉色實在不算好看啊！

寧有方嘆口氣，低聲將陸老爺說過的話重複了一遍。「……也難怪東家老爺擔心。這個江四海確實很有名氣，我雖然沒去過京城，也聽過他的名頭。他在御膳房裡待了十幾年，一直深得聖上青睞。要不是因為御膳房有規定，年滿五十的御廚就得告老還鄉，他絕不可能從御膳房裡退下來。」

這樣的人竟然成了雲來居的主廚，難怪雲來居名頭這麼響，附近的酒樓生意冷清也是理所當然的了。不偏不巧，新酒樓的地點就在雲來居的旁邊。要想生意火爆客似雲來，確實很有難度，也難怪陸老爺顧慮重重了。

如今這份壓力卻又轉嫁到了寧有方的身上，寧有方嘴上說得坦然自信，心裡卻像十五個吊桶打水，七上八下的。

寧汐最是清楚寧有方的性子，見他忐忑不安，也微微一驚。「這個江四海很厲害嗎？」她還從沒見過寧有方這麼沒有自信呢！

寧有方點點頭，面色有些凝重。

寧汐忙笑著安撫道：「爹，您就別擔心了。那個姓江的廚子就算廚藝再好，也不會比您更好的。咱們到了京城以後，第一個就跟他打擂臺，非把他的名氣壓下去不可！」

寧有方被這番略顯稚氣的話逗笑了，愛憐地摸了摸寧汐的頭。「傻丫頭，人外有人天外有天，一味的自高自大可不行，江四海成名多年，自然有他的道理。放心吧，爹不會失去信心的。」頂多就是有點沒底氣罷了。

寧汐笑了笑，並未多說什麼，心裡卻暗暗下了決心。到了京城之後，一定要幫著寧有方打響名頭才行。

父女兩個正說著話，就見胡老大笑著走了過來，用力地拍了拍寧有方的肩膀。「寧老弟，最近新招了這麼多廚子來，看來你就快動身了吧！」

寧有方笑著應道：「哪有這麼快，得等京城那邊安排得差不多了，我才過去，至少還有一、兩個月。」

胡老大搓搓手，壓低了聲音說道：「寧老弟，上次我和你說的事情，你跟東家老爺說了沒有？」

寧有方早猜到了胡老大的來意，笑了笑，正色說道：「胡老大，如果你想去，以你的手藝和資歷，當然沒問題。不過，我倒是想勸你一句，還是留下來更好些。」說著，湊到胡老大耳邊低語了幾句。

胡老大原先還漫不經心的，接著眼裡閃過一絲喜色，迫不及待的追問道：「真的嗎？你跟東家老爺這麼說了嗎？」

寧有方笑著點了點頭，拍了拍胡老大的肩膀。「你好好考慮考慮吧！」

胡老大一臉興奮地去了。

寧汐雖然只聽了個大概，也猜到了寧有方對胡老大說的是什麼，笑著問道：「爹，你想讓胡伯伯留下來做主廚嗎？」

寧有方啞然失笑。「什麼都瞞不過妳這丫頭。是啊，他手藝好，人又穩重，我走了之後，讓他來做太白樓的主廚是最合適的了。」

比起尖酸小氣的王麻子，人緣好的胡老大顯然更適合做主廚。

寧汐笑著點頭附和。「是啊，胡伯伯確實很好呢！對了，爹，你到底打算帶哪幾個大廚到京城？和東家老爺商量過了嗎？」

寧有方笑著點點頭，壓低了聲音說道：「胡老大留下，王麻子和甄胖子也都留下。帶上朱二和周大廚就行了。」總不能把所有大廚都帶走，也得留幾個在太白樓繼續坐鎮。

寧汐好奇地問道：「那別的廚子呢？」總得帶幾個普通廚子過去撐場面吧！

「帶七、八個就行了。」寧有方顯然早有打算，不假思索的應道：「這一去，幾年之內都不會回來了，也得看看人家想不想去才行。」

年齡大一些的，不見得想走；年紀小一點的，手藝不見得好，挑來挑去，也沒幾個真正合適的。

張展瑜一直悶不吭聲的做事，此時忽然笑著湊過來。「師傅，別忘了算上我。」

寧有方被逗笑了。「放心吧，早就把你算上了。」

張展瑜笑了笑，不自覺地瞄了寧汐一眼。

第八十六章　準備出發

接下來的一個月裡，寧有方忙得幾乎腳不沾地。

新聘來的幾個廚子調教了半個多月，總算開始正式做事了。打算帶到京城那邊的人手也定了下來，朱二和周大廚得知自己能跟著到京城去，都很是高興。

胡老大也開始接手寧有方的主廚位置，心裡自然也很高興。

唯一不高興的，大概就是王痳子了，京城沒去成，主廚的位置又被胡老大得去了，他心裡別提多窩火鬱悶了，整天繃著一張臉，動不動就拿王喜撒氣。

王喜天天被罵得灰頭土臉的，吃飯的時候哭喪著個臉，一絲胃口都沒了。

小四兒好心勸道：「王喜，你多吃點，別因為你爹罵你就連飯都不吃了……」

王喜本來就心情不好，被這麼一勸更是火上澆油，立刻翻臉了。「別假惺惺的了，誰要你關心，給我閃一邊去！」哼，憑什麼他得留在洛陽，小四兒卻能跟著朱二一起到京城去？

小四兒一臉茫然，壓根兒不知道自己哪兒說錯了。

胡青因為自己的師傅做了主廚，心情也好得很，笑著安撫王喜。「好了好了，你心情不好，也別拿小四兒撒氣。」

王喜翻了個白眼，不客氣地回了句。「胡大廚做了主廚，你馬上也跟著水漲船高了，當然心情好。」

胡青被說得下不了臺，哼了一聲別過臉去，懶得再理王喜了。

寧汐不喜歡王麻子，對耿直暴躁的王喜也沒多少好感，見他亂發脾氣，不由得皺起了秀眉。「王大哥，你今兒個是怎麼了？大夥兒都好心勸你，你怎麼胡亂發脾氣？」

王喜一愣，怔怔地看著寧汐。那張笑起來讓人看了分外舒心的甜甜小臉，現在卻繃得緊緊的。她就要到京城去了，以後，他想見她也沒機會了……

王喜忽地別過臉去，眼裡閃過一絲水光，緊緊的咬著嘴唇，一句話都沒說。

寧汐心裡暗暗嘆口氣。王喜的那點心思幾乎全擺在了臉上，她豈能看不出來？只不過，感情的事不可以憐憫，更不可以施捨，既然沒那份心思，還是乾脆俐落地走了更好，長痛不如短痛……

寧汐若無其事地笑了笑。「好了，既然王大哥不餓，我們幾個就先吃吧！」

小四兒和胡青一起笑著點點頭。

王喜聽著寧汐歡快的笑聲，一顆敏感脆弱的少年心，簡直快碎成一片一片了。想起身走開，偏又挪不開腳步，就這麼彆扭的坐在那兒，低著頭一聲不吭。

一直到所有人都吃了午飯走了，王喜依舊一個人執拗的坐在那兒，半天都沒動彈。

王麻子見了，心裡的怒火蹭蹭地往上冒，怒氣沖沖地罵道：「人家都散了，你一個人傻坐在這兒幹麼？快些給我回屋休息去。」

王喜霍地站了起來，看都沒看王麻子一眼，就這麼衝了出去。

王麻子一愣，旋即破口大罵。「你這個渾小子，給我回來，老子說你幾句都說不得了……」

王喜卻頭也沒回，就這麼直直地跑了出去。寧汐的屋子在最後一排，王喜走來走去不知瞄過多少回，可卻從來不敢靠近一步，今天不知哪來的勇氣，竟然一步步走了過去。

站在門邊，王喜抬起手想敲門，可就在手要碰到門的那一剎那，硬生生地頓住了，眼前忽地閃過寧汐那張秀美的笑顏。

那個伶俐聰慧的寧汐，那個漂亮可愛的寧汐，那個有著甜甜笑容的寧汐，那個天賦出眾的寧汐……她對任何人都是那麼友善隨和，可對他卻一直很淡漠，就連對小四兒也比對他好得多。

他有什麼資格說喜歡？可是，就這麼眼睜睜的看著她走，他更是憋屈難受……

就在王喜猶豫不決的時候，門忽然開了。寧汐俏生生的立在門邊，輕輕地喊了聲。「王大哥，你怎麼來了？」

王喜鼻子一酸，所有的話忽然都嚥了回去，悶悶地說道：「沒什麼，就是隨便走走，一不小心走到這兒了。」

寧汐只當作沒留意他紅紅的眼圈，輕快地笑道：「京城那邊已經來消息了，再過幾天我們就要出發了，以後見面的機會可就少了。王大哥，你要多保重，別總和你爹嘔氣。」

王喜默默的點了點頭，既捨不得走，又不知該說些什麼。

寧汐見他這副樣子，心裡一軟，卻很清楚不能給他任何希望，狠狠心腸說道：「王大哥，我和爹要回去收拾東西，就不多陪你說話了。」

王喜眼裡飛快地掠過一絲失落，卻強自擠出笑臉。「好，那我就不打擾妳了。」依依不捨一步三回頭的離開了。

寧汐暗暗嘆口氣，旋即打起精神來，去了寧有方的屋子裡。

寧有方早就將衣服收拾好了，拎著包裹神采奕奕地笑道：「汐兒，我們回家。打明兒個開始，我們就不過來了，等著東家老爺帶我們去京城。」

說到京城的時候，寧有方的眼都亮了起來，聲音裡的興奮和激動壓都壓不住。

寧汐的心情豁然開朗，也跟著笑了起來。「好，我等著和爹一起到京城去。」

前世的陰霾依然還在，可她再也不會畏縮退讓，就算有些人命中注定會出現，她也會守護親人避開前世的悲劇命運，活出精彩人生！

父女兩個一路有說有笑地回了家。

阮氏早已開始著手收拾準備行李了，寧暉也在收拾自己的書本。寧汐見包裹放了滿地，噗哧一聲笑了起來。「娘、哥哥，你們這是打算把整個家當都搬過去嗎？」

衣服被褥也就罷了，可有必要把毛巾臉盆之類的東西也帶上嗎？

阮氏不以為然地說道：「到了那邊還不知是個什麼樣子，什麼地方都要花錢，還是得省點才好。」要不是因為不方便帶，她恨不得把家裡的床和家具也搬過去呢！

寧有方也笑了起來。「好了好了，別帶這麼多了，到時候要和其他廚子一起出發，東西帶這麼多，實在不方便，揀重要的帶一些就行了，缺的東西到那邊再買就是了。」

說起來，他這幾年在太白樓裡賺了不少工錢，除去必要的開支之外，也積攢了不少的家私。只是阮氏勤儉慣了，一聽寧有方這麼說，不免有些心疼，挑挑揀揀了半天，地上的一堆包裹也就少了一、兩個。

寧汐忍住笑意，打趣道：「娘，等再過一、兩年，我也能正式出師做廚子了，到時候賺的工錢都交給您，您別愁沒銀子用。」

寧暉也忙跟著湊趣。「妹妹說的對，我也爭取早些考中舉子，謀個一官半職的。如果考不中，就去找個學堂教書，賺的錢都交給您。」

阮氏聽了這些話，又是感動又是好笑，瞪了一雙兒女一眼。「行了行了，別拐彎抹角了，不就是笑我小氣嗎？也不想想我都是為了誰才這樣。到了京城那邊，就算東家提供住處，可這樣那樣的生活用品還是得自己買，再加上日常開銷，都是筆花費。還得給暉兒找個好夫子，也不知要花多少束脩才夠。還有汐兒，也一天天大了，總得攢點嫁妝……」

寧汐本來還笑咪咪的，聽到最後一句，頓時被嗆到了，連連舉手求饒。「娘，您考慮得很周到，確實應該省著點。」

寧暉和寧有方樂得哈哈大笑。一屋子的歡聲笑語，悄然地透過窗櫺飄了出去。

接下來的幾天，寧有方便安閒的待在家裡休息。寧汐自從做了學徒之後，還是第一次紮紮實實地閒了下來，每天早上睡到日上三竿的感覺實在是太好了。

如果沒有寧暉的大呼小叫就更好了……

「懶丫頭，快起床啦！太陽都曬屁股了，妳還睡啊！」咚咚的敲門聲伴隨著寧暉的聲音響了起來。

寧汐翻個身，將頭埋進枕頭裡，只當什麼也沒聽見。

寧暉鍥而不捨地繼續敲門，一直敲到寧汐徹底沒了睡意，無奈的嘆道：「好了好了，我聽見了，現在就起來，你別再敲了。」一邊說便咕噥著起身穿衣去開門。

寧暉笑著揉揉寧汐的頭髮。「妳可真能睡，我都起來練了一個時辰的字了。」

寧汐絲毫不覺羞愧，理直氣壯地應道：「我每天都早起晚睡的，難得有幾天休息，當然要睡個夠本。」

寧暉本來笑嘻嘻的，被這麼一說，頓時心疼起來，嘆道：「妹妹，妳做學徒太辛苦了，等哥哥以後考中舉人有功名了，一定讓妳過上好日子。」

那一天，他在太白樓的廚房裡整整待了大半天，終於知道寧汐每天是如何的忙碌，別說是一個纖纖少女，就算是個男子也不容易撐得住啊！

寧汐抿唇一笑，嬌嗔地扯著寧暉的胳膊來回晃個不停。「哥哥，這可是你親口說的，以後要是敢對我不好，我可饒不了你。」

寧暉剛浮起的傷感，立刻被笑聲趕跑了。「放心，哥哥說話算話，絕不會失言的。」

正說笑之際，忽聽到外面響起了一個熟悉的聲音。「寧老弟在嗎？」

是孫掌櫃的聲音！

寧汐心裡一動，連忙扯著寧暉一起跑了出去。

第八十七章　情竇初開

孫掌櫃笑吟吟地站在門口，身邊竟然還跟著孫冬雪。這一年來，寧汐和孫冬雪也算是熟絡的朋友了，見她也來了，很是高興，忙笑著迎了上去，親熱地喊了聲。「冬雪姊姊，好久沒見妳了。」

孫冬雪笑咪咪的拉著寧汐的手。「是啊，這些天一直忙得很，也沒時間去太白樓找妳玩。今天聽爹說要來找寧大廚，我就厚著臉皮一起跟來了。」

寧汐抿唇笑道：「妳這樣的貴客我可是請都請不來呢！快些進去說話。」兩人這邊喁喁細語，那一邊寧有方早已熱情的迎了孫掌櫃進屋坐下了。

寧暉一直傻愣愣地站在那兒，呆呆地看著孫冬雪。

孫冬雪瞄了寧暉一眼，忽地笑了起來。「寧汐妹妹，這個就是妳哥哥嗎？」看眉眼確實和寧汐有些相似，也算是個俊秀少年。只不過，站在那兒動也不動，有些傻乎乎的……

寧汐笑著點點頭，打趣道：「哥哥，你今兒個是怎麼了？來了客人也不知道過來打招呼，傻站在那兒幹麼？」

寧暉回過神來，面孔紅紅的上前和孫冬雪打了個招呼。

孫冬雪倒是落落大方，笑著說道：「寧大哥，我可聽寧汐提起你不少回了。」俏麗的臉蛋上洋溢著歡快的笑容，散發出少女的風姿。

寧暉按捺住怦怦亂跳的心，笑著應道：「能認識孫姑娘，是我的榮幸。」說話文謅謅的，倒是多了幾分酸秀才的風度。

孫冬雪噗哧一聲笑了起來，連連擺手。「寧大哥，別這麼客氣，就叫我冬雪好了。」

寧暉從善如流地改口。「冬雪妹妹不介意，那我就直呼名字了。」

寧汐笑盈盈地立在一旁，瞄了寧暉一眼，又將目光落在了孫冬雪的臉上。

孫冬雪容貌俏麗，性子又開朗活潑，那一臉燦爛的笑容更是惹人好感。這樣一個活潑可愛的少女站在眼前，也難怪寧暉有點失常……

寧汐忍住笑意，咳嗽一聲。「冬雪姊姊，這次去京城，孫掌櫃也會帶妳去嗎？」

孫冬雪俏皮地笑了笑。「爹本來不打算帶我去，不過，大少爺身邊也缺人伺候，就讓我跟著去了。寧汐妹妹，到了京城那邊，我們見面的機會可就多了，以後有空我就找妳玩。」

寧汐連連點頭，拉著孫冬雪進了屋子，寧暉立刻跟了上來。

孫掌櫃正笑著和寧有方說道：「……寧老弟，馬車都備好了，東家老爺說了，明天一大早就啟程，不知道你這邊準備妥了沒有？」

寧有方忙應道：「早就收拾好了，就等著出發了。對了，到時候是不是在太白樓裡會合？」

孫掌櫃爽朗地一笑。「別的大廚都是在太白樓裡會合。不過，老爺特地叮囑過了，到時候會派一輛馬車過來，寧老弟在家裡等就行。」這顯然是給寧有方的特別待遇了。

陸老爺果然擅長收攏人心，這些細節都考慮得如此周到。

寧有方果然動容了，一迭連聲地道謝。

寧汐笑著插嘴。「爹，陸老爺對咱們可真是好得沒話說，到了京城那邊，我們一定得好好做事才行。」

孫掌櫃聽得會心一笑，讚許地看了寧汐一眼。「汐丫頭說得好，老爺待我們不薄，我們一起合力，將酒樓的生意打理好，這才對得住老爺的信賴。」

寧有方重重地點了點頭。

到了中午，寧有方熱情的挽留孫掌櫃留下來吃飯。孫掌櫃推辭幾句，便欣然留下了。寧有方親自下廚，烹製了幾道家常菜，和孫掌櫃邊喝邊聊，越說越投機。孫冬雪則拉著寧汐嘰嘰喳喳說個不停，顯然對即將到來的京城之行充滿了期待。

寧汐聽著聽著，漸漸地走了神。

京城的繁華富庶，她自然很清楚。前世她隨著寧有方到了京城之後，住進了四皇子府邸裡，雖然是住在普通的下人房，可比起一般的富戶人家還要強些。再後來寧有方做了御廚，在外面置了院子，又買了幾個小丫鬟，她也過起了閨閣小姐的悠閒生活。

那一切恍如隔世，可分明又很清晰地印在她的腦海裡。

不過，這一生她不會再過那樣的生活了。她要憑著自己的雙手，幫著寧有方在京城闖出一番天地。她想看著寧暉出人頭地，她要讓阮氏衣食無憂過上舒心的好日子。她還想做一個出色的廚子，讓客人都以吃到她親手做的菜餚為榮！

至於愛情……這輩子她都不會再奢望了。

若。

那張斯文俊美的面孔在腦海一閃而過，她的心習慣性地隱隱作痛，臉上卻是一片平靜自若。

她不想恨邵晏，因為恨一個人需要太多的心思和力氣，她只想離他遠遠的，此生永遠不再有交集。

她不敢恨四皇子，那個心思深沈的陰騺男人，將來會是大燕王朝皇位爭奪的勝利者。要人生或死，只是一句話的事，她不會狂妄到以為自己有改變這一切的能力。

所以，她要做的，就是守護在寧有方的身邊，不讓任何人傷害他……

寧汐滿腹心事，到後來，壓根兒沒有和孫冬雪聊天的興致，反倒是寧暉聽得很專注，時不時地插嘴幾句。

孫冬雪索性拋開寧汐，和寧暉笑著閒聊起來。待知道寧暉已經考中了童生之後，孫冬雪立刻對寧暉刮目相看，笑著讚道：「寧大哥你真是厲害，年紀輕輕就考中童生了。」

寧暉憨憨地笑了笑。「這也不算什麼，我考了兩次才考中的。」心裡卻是美滋滋的。

孫冬雪好奇地問道：「到了京城那邊，你還打算繼續讀書嗎？」

寧暉不假思索地應道：「這是當然，我打算苦讀兩年，準備參加鄉試。如果有幸考中了舉人，就能謀個一官半職的了。」

孫冬雪眨眨眼，嘆道：「寧大哥真有志氣。」

寧暉被誇得紅了臉，目光卻捨不得從那張巧笑嫣然的俏臉上移開。長這麼大，這還是他第一次和一個漂亮少女坐在一起聊天。

寧汐回過神來，見寧暉那副傻乎乎的樣子，忍不住暗暗好笑。

等孫掌櫃領著孫冬雪告辭之後，寧汐便笑嘻嘻地扯著寧暉到一旁「拷問」。「哥哥，冬雪姊姊怎麼樣？」

「什、什麼怎麼樣？」寧暉明明已經紅了臉，卻故作鎮靜。

寧汐樂不可支，咧嘴笑了。「得了得了，在我面前還裝這副樣子幹麼。我是你親妹子，難道還會取笑你不成？」

兄妹兩個一向親暱，幾乎無話不說。可寧暉情竇初開，很是羞澀，不管寧汐怎麼追問，他愣是不肯承認對孫冬雪有了好感。

寧汐的法子可多得是，故意笑道：「哥哥，冬雪姊姊和我要好得很，見面機會多得是，要是你喜歡她，我就替你說幾句好話。不過，你既然沒這個意思，我也不多這個嘴了。」說著，便作勢走開。

寧暉果然上當了，立刻扯住寧汐的袖子，陪笑道：「好妹妹，要是有機會，妳就替我說幾句好話吧！」

寧汐斜睨了他一眼，懶洋洋的應道：「你既然沒那個意思，我替你說好話幹麼？」

寧暉結結巴巴地說道：「就算我、我沒那個意思，也不希望人家對我印象不好，妳就替我多說些好話嘛！」耳根都開始泛紅了。

寧汐到底忍不住，噗哧一聲笑了起來。

寧暉這才知道自己又被捉弄了，好氣又好笑的扯了扯寧汐的辮子。「好啊妳，竟然敢捉弄我。」

寧汐扯回自己的辮子，格格笑著跑開了，不時回頭扮個鬼臉。

寧暉笑著追了上去，嚇唬著要撓癢癢。

寧汐可不怕這隻紙老虎，別看寧暉裝得凶巴巴的，其實根本捨不得真的動手撓她的。自小到大，寧暉都是被欺負的那一個。

果然，當寧汐笑嘻嘻的撲上去撓寧暉的時候，寧暉嘴上嚷得凶，其實根本沒還手，嘴裡還不停地嚷著。「饒命饒命，小的再也不敢了。」

寧汐被逗得哈哈笑了起來。

兄妹兩個的嬉鬧聲傳進屋裡，寧有方立刻探頭張望，皺眉喊道：「暉兒，別鬧汐兒了。你是哥哥，就不知道讓著她一點嗎？」

他哪裡沒讓著妹妹了？

寧暉無辜地看了寧有方一眼。拜託您了，爹，您看得清楚仔細點好不好？從頭到尾都是她在欺負我啊！

他的眼神實在太哀怨了，寧有方忍不住細看一眼。

呃，果然錯怪了，分明是寧汐眉開眼笑地在撓寧暉的癢，寧暉一味地閃躲，壓根兒沒還手。

寧有方咳嗽一聲，很溫和地說了句。「汐兒，鬧了半天，也累了吧！進屋吃個梨，歇息一會兒。」

聽聽這話，瞧瞧寧有方溫柔的臉色，這差別待遇也太明顯了吧！

寧暉摸摸鼻子，壓根兒不敢出聲抗議，早已習慣了這種不平等待遇。

寧汐笑嘻嘻地扯著寧暉的袖子，一起進了屋子。先削了個梨子送到寧有方眼前，然後又特地削了一個大大的水梨，殷勤地遞給寧暉。「哥哥，快些嚐嚐，這水梨可甜得很呢！」

寧暉心裡一暖，笑咪咪的接過梨咬了一大口。嗯，果然很甜很甜。

第八十八章 離別

這一夜，寧家所有人都沒睡好。

寧有方興奮激動得睡不著，阮氏盤算著到京城以後怎麼安頓，睡得也不踏實。而寧暉，卻在不停的回想著初認識的少女，一顆心怦怦亂跳，臉頰滾燙。

寧汐更是百般滋味在心頭，輾轉難眠。一直到深夜了，才迷迷糊糊地睡了過去。天還沒亮，又從噩夢中驚醒，一身的冷汗！

再想入睡，卻是怎麼也睡不著了。

寧汐索性穿好衣服，站在窗前，靜靜的看著窗外，直到天色漸漸破曉。

「汐兒，時候不早了，快些起床！」是阮氏的聲音。

寧汐回過神來，笑著應了一聲開了門。阮氏見寧汐穿戴整齊，頓時笑了起來。「妳倒是起得比我們還早。」

寧汐俏皮地笑了笑。「一想到要坐幾天的馬車，我就激動得睡不著了。」

阮氏被逗得直樂，憐愛地摸了摸寧汐的頭。「要是待會兒覺得睏，就靠在娘的身上多睡會兒。」

寧汐心裡一暖，用力地點點頭。

寧有財一家今天沒去包子鋪，特地等著一起為寧有方一家四口送行。

早飯是寧大山親自做的，熬得香濃的米粥、煎得金黃的餃子，再配上兩碟又鹹又辣的鹹菜。雖然是最簡單不過的家常飯，可卻說不出的美味。

寧汐吃了滿滿的兩碗才停了手，心裡暗暗唏噓不已，以後想吃寧大山親手做的飯菜，可就不容易了……

寧大山愛憐地看了寧汐一眼，溫和的問道：「汐丫頭，吃飽了嗎？」

寧汐笑著點點頭。「吃飽了，祖父，您也多吃點。」寧大山胃口一直很好，可今天早上幾乎一口都沒吃，就這麼靜靜地看著她和寧暉，眼中那絲不捨清晰可見。

寧大山笑了笑，叮囑道：「京城路途遙遠，坐馬車也得四、五天。你們路途上若是覺得餓了，就吃些東西墊墊。吃的東西我昨天就準備好了，你們走的時候記得帶上。」

寧汐和寧暉一起應了，眼眶都有些濕潤了。

寧大山又看向寧有方，殷切的叮囑道：「老三啊，你手藝不錯，又有上進心，以後必然有所成就，這點我不用為你擔心。不過，你的性子太耿直，又太憨厚。人家對你稍微好一點，你就恨不得掏心掏肺的對人家，你這樣的個性，很容易吃虧，以後可要多留點心……」

寧有方紅了眼圈，連連點頭。

寧汐心裡一片酸澀。寧大山說的這番話，確實太有遠見了。前世裡，寧有方就是因為受了四皇子的恩惠，才會甘心被四皇子利用，闖出那等滔天大禍來。好在今生有她從中阻撓，寧有方和四皇子沒了前世的交集。

寧有財也有些傷感了，紅著眼睛說道：「三弟，到了那邊，你記得和大哥多聯繫。人生地不熟的，至少互相有個照應。家裡不用你操心，我會好好照顧爹的。還有你們的住處，你二嫂會時常幫著收拾打掃。你們想回來了，隨時回來就能住。」

寧有方哽咽著點點頭。「二哥，我這一走，就拜託你好好照顧爹了……」

寧汐第一個忍不住，小聲地哭了起來。故土難離，離開親人的滋味，真是不好受……

她這麼一哭，寧雅和寧敏也都嗚嗚哭了起來。寧暉和寧皓是男孩子，不好意思淚灑當場，眼眶也都濕潤了。

就在此刻，咚咚的敲門聲響了起來。

寧有方吸了吸鼻子，起身走出去開了門，卻是陸家的馬車來了。那車伕熱情客氣的笑道：「寧大廚，麻煩你快些搬行李上馬車吧，老爺還在等呢！」

寧有方打起精神，俐落的應了，轉身招呼眾人搬行李。

阮氏和王氏等人一起應了，忙著把大小包裹一一的搬到馬車上。

寧汐卻沒動彈，被寧雅和寧敏抱得緊緊的，三個女孩子在一起抱頭痛哭，直到行李都搬上車了，還沒消停。

阮氏柔聲哄道：「汐兒，別哭了，該出發了。雅兒、敏兒，妳們也別哭，我們以後還會回來的。」

寧汐哽咽著點點頭，緊緊的攥著寧雅的手，含淚叮囑道：「二姊，妳一定要好好保重，記住我和妳說過的話。」嫁到李家之後，要堅強些，不能受他們的欺負。

寧雅紅著眼睛，點頭應了。「七妹，我會好好的，妳放心吧！」

寧汐又轉向寧敏。「六姊，以後我不在祖父身邊，妳就替我多盡盡孝心，陪他老人家多說說話……」

寧敏吸著鼻子，鄭重的答應了下來。

寧大山在一旁聽著，心裡也酸酸的，忽地走上前來，緊緊地抱了寧汐一下。「汐丫頭，到了京城好好跟著妳爹學手藝，以後做個好廚子，祖父會一直惦記妳的。」

寧汐抱著寧大山，又哭了個唏哩嘩啦。

再難分難捨，分別的時候終究還是到了。寧汐被寧暉抱上了馬車，兀自朝所有的親人不停的招手，眼淚早已模糊了視線，小臉上滿是淚痕。

馬車緩緩的啟動之後，那個熟悉的院子漸漸消失在眼前。

這一年多平靜的生活終於宣告結束，等待她的，會是什麼樣的命運？

寧暉無奈地揉揉寧汐的頭髮，嘆道：「妹妹，妳可真是能哭。好了好了，別再哭了，眼都哭腫了。」說著，笨拙地為她擦去眼淚。

寧汐總算平靜了不少，用袖子將臉細細的擦了一遍，然後抬頭問道：「哥哥，我看起來是不是很狼狽？」

當然很狼狽！小臉哭得紅紅的，眼睛有些腫了，一看就知道狠狠哭過一場。

寧暉睜著眼睛說瞎話。「沒有的事，我的妹妹就是人見人愛的一朵花。什麼時候都這麼漂亮。」然後，故意細細打量幾眼，打趣道：「不過，今天是朵狗尾巴花……」

寧汐被逗笑了，綿軟的小拳頭不停的往寧暉的身上招呼。

寧暉裝模作樣的怪叫。「哎喲哎喲，輕點輕點，痛死了痛死了……」

寧有方滿腹的離愁，就在一雙兒女的嬉鬧聲中一點一點的散開了。他撩起車簾往外看，熟悉的街道在眼前一一掠過。

洛陽，再見了！

到了城門口，馬車停了下來。車伕張望了一會兒，笑著對寧有方說道：「寧大廚，老爺交代過我，讓我在城門口這兒等，估摸著其餘幾輛馬車一會兒就能到了，我們稍微等會兒吧！」

寧有方笑著點點頭，隨意的和車伕攀談起來。

寧汐撩起車簾往外看，城門口很是熱鬧，等著出城的人排成了長長的隊伍，說笑聲絡繹不絕，別有一番熱鬧。

寧暉也湊過頭來看得津津有味，滿是嚮往地嘆道：「咱們洛陽的城門就這麼氣派了，不知道京城那邊是什麼樣。」

「很氣派很威風！」寧汐隨口應道：「城門比我們這兒要高得多，守城門的都是正經的將士……」待看到寧暉詫異的目光，寧汐才反應過來自己剛才說了什麼，連忙補救道：「我猜肯定是這樣。」

寧暉頓時笑了。「是啊，天子腳下，肯定守衛戒備都很森嚴。」

寧汐悄然鬆了口氣，暗暗告誡自己，以後說話可得小心些，千萬不能說錯話了。

等了一會兒，就見幾輛馬車遠遠的過來了，看馬車的樣式也知道，肯定是陸家的馬車來了。

陸老爺坐在最前面的一輛，孫掌櫃和孫冬雪也陪著陸老爺坐在裡面。寧有方隔著窗子，笑著和陸老爺打了招呼。

至於後面的幾輛馬車，坐的都是太白樓的廚子，一個個都興奮得不得了，連連朝寧有方揮手打招呼，很是熱鬧。

待驗查了路引之後，馬車總算被放行了。

第八十九章　少女心事

官道兩旁鬱鬱蔥蔥的，看著令人心曠神怡。寧汐和寧暉一起趴在窗子邊，邊說笑邊欣賞外面的景色。不知走了多久，總算在路邊的驛站停下來休息。

寧汐的舌頭早已經被養刁了，那一粒一粒的硬的米飯實在讓人無法下嚥。還有桌子上的菜餚，有的鹹了有的淡了，有的油放多了，總之，讓人沒法子下筷。

寧汐勉強吃了半碗就擱了筷子，嘟囔了一句。「真難吃！」吃慣眾位大廚精心烹煮的菜餚，再吃這些飯菜，簡直就是折磨！

寧有方聽得啞然失笑，低聲哄道：「出門在外，只好將就些。妳看陸老爺，吃的不也是這個嗎？」

寧汐不情願地應了一聲。

一旁的張展瑜，見寧汐噘著小嘴，忍不住笑了，低聲說道：「汐妹子，吃不慣這裡的飯菜嗎？」

寧汐用力地點頭。

張展瑜左右看一眼，像變戲法似的，忽地從袖子裡掏出一個乾淨的紙包來。打開之後，裡面赫然是一隻香噴噴的熟雞腿。「來，給妳吃！」

寧汐愣了一愣，連忙推辭。「不用了，你還是留著自己吃吧！」這肯定是張展瑜準備著留給自己在路上吃的。

張展瑜故意繃起了臉。「這可是我一大早起來特地炸好準備帶給妳吃的。妳不吃，就是嫌棄我手藝不好……」

寧汐噗哧一聲笑了起來，笑咪咪的接過了張展瑜手裡的紙包，歡快地吃起了炸雞腿。雞腿還是溫熱的，又脆又香，寧汐吃得津津有味。

張展瑜含笑看著寧汐吃得香甜，心裡湧起一陣陣滿足。

寧暉在一旁看著，都快流口水了，諂媚的笑道：「妹妹，讓我也嚐一口吧！」

寧汐笑著點點頭，將雞腿送到了寧暉的嘴邊，等寧暉張了嘴準備用力的咬下的時候，又猛力抽了回來。

寧暉一個不提防，牙齒撲了個空，裝模作樣的呼起痛來。

寧汐樂得格格直笑，然後又細心地將雞腿肉撕了一半下來，放在寧暉的碗裡。「哥哥，這次不捉弄你了，你吃吧！」

寧暉故作生氣地瞪了她一眼。「每次都是打一棍子再給個棗兒，哼！我不吃！」

寧汐和寧暉早就鬧慣了，對做小伏低甜言蜜語哄人這一套實在太拿手了，忙諂媚的笑道：「別生氣嘛，剛才都是我不好，不該老是捉弄你。為了表示我真摯的歉意，我決定把剩下的雞腿……」

「都給我？」寧暉興奮地問。

「自己吃！」寧汐一本正經地說了下去，旋即格格的笑了起來，坐在一桌的廚子都被逗

光。

得哈哈大笑。

寧暉被捉弄得哭笑不得，自知不是古靈精怪的妹妹的對手，低頭將碗裡的雞肉吃了個精光。

孫冬雪被這邊的動靜吸引了過來，頻頻探頭張望。寧汐瞄了魂不守舍的寧暉一眼，暗暗好笑，索性揚聲喊道：「冬雪姊姊！」

孫冬雪立刻笑嘻嘻的過來了，寧暉不假思索的起身，將自己的位置讓給了孫冬雪。

孫冬雪笑盈盈的坐下了，不忘禮貌的道謝。「謝謝寧大哥！」

寧暉的俊臉微紅，忙笑道：「冬雪妹子別客氣。」總算沒有過分失態。

寧汐忍住笑意，一本正經地建議道：「冬雪姊姊，待會兒妳和我坐一起吧！路上也能說話解悶。」也算幫寧暉一把，為他多製造點機會。

這個提議正中孫冬雪下懷，立刻笑著點點頭。「好好好，我待會兒就跟爹說一聲。」然後壓低了聲音笑道：「和老爺坐一輛馬車，連說笑都不敢，可真夠悶的。」

寧汐被逗樂了，扯著孫冬雪說起了悄悄話。

寧暉在一旁早樂得兩眼放光了，果然還是妹妹最貼心最好了，最懂他的心思了……

吃了飯之後，孫冬雪便去磨著孫掌櫃。「爹，我想和寧汐妹妹坐一輛馬車。」

孫掌櫃不假思索地點頭應了，孫冬雪歡呼一聲，眉開眼笑的小跑了過來，上了寧家人坐的這輛馬車。

好在馬車足夠寬敞，多一個人也不算擁擠。寧汐和孫冬雪兩人並坐在一起，對著窗外的景色嘰嘰喳喳說個沒完，寧暉時不時的插嘴幾句，一個下午過來，寧暉和孫冬雪也算熟絡了。

到了晚上住宿的時候，孫冬雪和寧汐很自然的住在了同一個房間。

坐了一天的馬車，寧汐很是疲倦，簡單地洗了洗就睡下了。孫冬雪卻怎麼也睡不著，翻來覆去的弄出動靜來。

寧汐無奈地笑道：「冬雪姊姊，明天還要趕路，妳快點睡吧！」

燈早被吹滅了，四下黑乎乎的一片，伸手不見五指。就聽孫冬雪羞答答的說道：「寧汐妹妹，我有話想和妳說。」

寧汐啞然失笑，打趣道：「我們都說了一個下午的話了吧！」

孫冬雪沈默片刻，聲音比剛才低得多了。「我……我想說的，和下午說的不一樣……」聲音滿是羞意。

寧汐心裡一動，她也是過來人，焉能猜不出孫冬雪接下來說的會是什麼？不知怎麼的，她忽然有種預感，接下來要聽到的話，絕不是她樂意聽到的……

果然，就聽孫冬雪輕輕的說道：「寧汐妹妹，妳說，我長得好看嗎？」

寧汐定定神，輕笑著應道：「冬雪姊姊生得這麼標緻，誰見了都要多看兩眼，是個不折不扣的美人兒。」若論容貌，孫冬雪不算特別美，不過，妙齡少女的青春活潑卻是最迷人的。瞧瞧寧暉，不就是見了一面便喜歡上了孫冬雪嗎？

聽了寧汐的誇讚，孫冬雪顯然很是高興，語氣輕鬆了不少。「這次能去京城，是我特地磨了我爹好久，他才同意帶我去的。到了京城那邊，我……我就可以做少爺的貼身丫鬟了……」那聲音裡有太多喜悅和期待，還有少女無盡的羞澀和情意。

寧汐的心陡然一涼。

這語氣實在再明顯不過了，孫冬雪分明已經有了心上人。而那個心上人，就是陸家大少爺陸子言……

孫冬雪正沈浸在自己的小小世界裡，壓根兒沒留意到寧汐的沈默，兀自羞澀地吐露心聲。「我這樣的身分，不敢奢求什麼，只盼著大少爺肯正眼看我，以後……以後能做個通房，我就心滿意足了。」

半晌，寧汐才輕輕地說道：「冬雪姊姊，妳是因為大少爺才想去京城的嗎？」

孫冬雪的臉早已嫣紅一片，低低地「嗯」了一聲。

寧汐也不知道該說什麼了，乾巴巴的擠出一句。「希望妳能心想事成。」可憐的寧暉，第一次敞開心扉喜歡一個女孩子，偏偏人家已經心有所屬了……

孫冬雪鼓起勇氣將心裡最大的秘密說出來之後，整個人輕鬆了不少，低低的說道：「寧汐妹妹，自我十歲進陸家做丫鬟之後，就喜歡大少爺了。以前我一直在二小姐身邊做丫鬟，見大少爺的機會少得可憐。這一次，我總算爭取到了這樣的好機會，以後就能天天待在大少爺身邊了。」

說到這兒，孫冬雪頓了頓，語氣裡滿是歡喜和滿足。「一想到每天都能見到大少爺，我心裡真是好高興。」

寧汐已經不知道該怎麼回應了，含糊地「嗯」了一聲。腦海裡忽地閃過陸子言清俊的面孔和灼熱的眼神，然後，頭開始疼了起來。

今後接觸的機會絕不會少，若是孫冬雪發現陸子言喜歡的其實是她，會是什麼反應？還有，寧暉那邊她該怎麼辦？寧汐想到這些棘手的問題，只覺得頭都大了。

孫冬雪卻打開了話匣子，說起了自己所知道的有關陸子言的一切瑣事，一腔少女心事顯露無遺。

寧汐只好按捺住性子，靜靜地聽著，心裡卻在不斷地盤算著，明天一定得找個機會暗示寧暉幾句才行，免得愈陷愈深，將來吃更多的苦頭……

這一夜，兩個少女各懷心思，一直到半夜才睡。

第二天一大早就啟程了。孫冬雪一直和寧汐在一起，寧汐壓根兒找不到任何機會和寧暉說悄悄話。

眼看著寧暉的笑容越來越燦爛，看向孫冬雪的次數越來越多，寧汐開始暗暗著急了。好不容易在吃飯休息的時候找了個空閒，悄悄將寧暉拖到了一邊。

寧暉哭笑不得的抱怨。「有什麼話說就是了，非要跑到這兒幹什麼？」這裡可是馬廄，空氣裡滿是馬糞和馬尿味，難聞得不得了，虧寧汐受得了。

寧汐左右看一眼，見四下無人，終於稍稍放了心。可接下來的話到底該怎麼說？

寧汐想了半天，也不知該怎麼張口。

寧暉見寧汐吞吞吐吐猶豫的樣子，不由得笑了。「妹妹，妳今兒個是怎麼了，怎麼磨磨唧唧的，有什麼話直說就是了，我們可是親兄妹，有什麼話不好張嘴的？」

寧汐默然片刻，終於吐出幾個字。「孫冬雪有心上人了。」

寧暉冷不防的聽到這個，先是一愣，待反應過來寧汐說的是什麼，笑容頓時僵住了。

寧汐暗暗嘆口氣，打起精神繼續說道：「這是她昨天晚上親口對我說的。哥哥，我知道你聽了這個心裡不好受，可是，早知道總比晚知道要好……」長痛不如短痛，趁著此刻尚未情根深種，當斷則斷。雖然這麼做，對情竇初開的少年有些殘忍，可她也實在沒有更好的法子了。

「別說了！」寧暉握緊了拳頭，努力維持著鎮靜，可聲音卻在不停地顫抖。

寧汐異常的溫馴聽話，果然住了嘴。

兄妹兩個就這麼靜靜的站在一起，半晌都沒說話。

也不知道過了多久，車伕們的說話聲隱隱的傳了過來。寧汐神情一動，低聲勸道：「哥哥，你別太難過了，漂亮可愛的女孩子多得是，以後到京城，讓娘好好給你物色一個……」

寧暉黯然的笑了笑，那笑容說不出的僵硬苦澀。「不說這個了，我們還是快些回去吧！爹娘半天沒看見我們，肯定著急了。」

寧汐只好點頭應了，和寧暉一起匆匆的走了過去。

孫冬雪正百無聊賴的坐在那兒，見寧汐過來，立刻嬌笑著湊了過來。「寧汐妹妹，妳剛才跑哪兒去了，我可找了妳半天呢！」

寧汐飛快地瞄了面無表情的寧暉一眼，擠出笑容應道：「我和哥哥隨意轉了轉，要是知道妳找我，我肯定早就回來了。」

孫冬雪樂呵呵的笑了，紅撲撲的俏臉神采飛揚。「好了，我們先上馬車再說。」說著，不忘招呼寧暉一聲。「寧大哥，你也別傻站著了，一起上馬車吧！」

寧暉不知費了多少力氣，才擠出個笑容來，點了點頭，可步伐卻異常的沈重。

第九十章　京城，我回來了！

看慣了官道上的景色之後，漸漸沒了那份新鮮感。再加上路途的勞頓疲乏，真不是好受的。

寧汐暗暗咬牙撐著，偶爾瞄精神萎靡的寧暉一眼，心裡更是唏噓不已。

自前天和寧暉說了那件事之後，寧暉就沈默了起來，不管誰和他說話，他都愛理不理的。可孫冬雪總在眼前晃悠，他想裝著看不見也不行，於是越發的彆扭起來。寧有方和阮氏只以為寧暉是不耐煩天天坐在馬車裡，也沒放在心上。

可寧汐卻心知肚明，寧暉正在經歷著一個少年最痛苦的時光。

她看在眼裡，疼在心裡，索性藉口身子不舒服，將孫冬雪打發回了原來的馬車上。

果然，沒了孫冬雪在眼前晃悠之後，寧暉平靜了不少，可也更加沈默了，一天下來，說的話絕不超過三、四句。

在這樣的煎熬中，京城終於到了。

遠遠地看著，城門高聳屹立，異常的威嚴肅穆。守城門的士兵果然很是嚴格，反覆的盤查之後，才放眾人入了城門。

眾廚子基本上都是第一次來京城，那個新鮮好奇的勁兒就別提了，一個個使勁的伸長了脖子張望，觸目所見的一切都是那麼的新鮮。

乾淨整潔的道路，來來往往的行人，衣衫鮮亮的少年男女，叫賣得歡快的小販，一切的一切，讓人目不暇給。

就連寧有方也忍不住連連向外張望，眼裡閃出了興奮和激動的光芒。寧暉陰鬱的心情也稍稍散開了一些，和寧汐一起往外張望。

京城，我回來了！

寧汐默默的看著似陌生又似熟悉的一切，心裡五味雜陳，也不知是喜是悲。

在遠遠的路過那個刑場時，寧汐的身子微微顫抖起來，臉色一片蒼白，死死的咬著嘴唇，費盡了全身的力氣，才勉強維持著沒有痛哭失聲。

那裡，就是當年寧有方受刑的地方。

就在那裡，她絕望的跪著，眼睜睜的看著寧有方受盡痛苦折磨淒慘的死去。然後，她連繼續活下去的力氣也沒了，用一把刀戳進了自己的心窩……

那樣鮮血淋漓的痛苦，她一刻也沒忘記過。

然而，世上最悲哀的事情，莫過於仇人高不可仰，她連報仇的心思都不敢有，只想遠遠的避開，守護家人一世平安。

有什麼在眼眶裡不停的打轉，然後被硬生生地逼了回去。

馬車終於緩緩的走過了這一段路，寧汐的心已像被尖刀反覆的戳穿，痛不可當。

寧暉無意中瞄了她一眼，神色一變，猛地握住寧汐的手。「妹妹，妳怎麼了？」她的臉蒼白得一點血色都沒有，黑幽幽的眼眸是一片深不見底的悲涼，小手更是一片冰涼。

寧汐茫然地看了寧暉一眼，終於回過神來。
那一場噩夢已經過去了，現在的她活得好好的，家人也都活得好好的。寧暉考中童生了，再也不會做廚子了。寧有方也不會再去四皇子的府裡做廚子，而是到酒樓裡做大廚。她更不會再和邵晏有任何的牽扯……
一切都不同了！
寧汐深呼吸口氣，擠出一絲笑容應道：「大概是坐得太久了，胃裡有些不舒服。」
寧暉不疑有他，拍了拍寧汐的後背，溫柔的安撫道：「好了，已經到京城了，最多再一會兒就能到落腳的地方了。」
寧有方也湊了過來，擔憂地問道：「汐兒，是不是很難受？」
寧汐搖搖頭，還沒等說話，就見阮氏急急的湊過來，摸了摸寧汐的額頭，才稍稍放了心。「還好，額頭不燙，應該沒發燒。」
被這樣溫暖的關愛包圍著，寧汐的心一點一點的暖了起來。冰涼的手被寧暉握著，也漸漸有了溫度。
「爹、娘、哥哥，你們別擔心，我好好的呢！」寧汐露出甜甜的笑容，像往日一般撒嬌。「不過，這幾天沒一頓吃得飽，肚子好餓！」
寧有方立刻笑道：「好好好，等一安頓下來，我就做好菜給妳吃。」
「我要點菜！」寧汐淘氣地眨眨眼。
寧有方被逗得哈哈大笑。「好好好，妳點菜，想吃什麼爹就做什麼。」寧暉和阮氏都忍俊不禁地笑了起來。

寧汐一本正經的想了一會兒，然後說出了一大串的菜名。她跟著寧有方做了一年多學徒，對他的拿手菜餚幾乎是瞭若指掌，所以報出的菜名，幾乎都是寧有方的拿手菜。

寧暉聽得直嚥口水。「妹妹，妳快別說了，我現在就覺得肚子餓了。」

寧汐樂不可支的笑了起來，剛才襲來的那些陰霾，在這一刻悄然散去。

就在此時，馬車外忽然響起了叫賣聲。「冰糖葫蘆啦！又香又甜的冰糖葫蘆誰來買啊！五文錢一支，不甜不要錢……」

寧汐嘴饞了，忙不迭地掀起了車簾，喊了聲。「車伕大哥，麻煩你停一下，我買根糖葫蘆。」

車伕朗聲笑了，痛快的應了一聲，馬車果然停了。

那賣糖葫蘆的小販很是機靈，立刻湊了過來，熱情的笑道：「這位姑娘，來一根糖葫蘆吧，不甜不要錢！」

寧汐討價還價。「十文錢三根吧！」

那小販滿臉陪笑。「這可不行，我這糖葫蘆又大又好，這個價可買不到。這樣吧，給妳四文錢一根，實在不能再少了。」

寧有方早已利索的掏了十六文錢遞出來。「來四根。」

那小販笑呵呵地接了錢，熟稔的取了四支冰糖葫蘆遞了過來。

味道果然不錯，確實又大又甜，寧汐吃得分外歡快。寧暉也拋開了心事，故意和寧汐搶著吃。寧汐哇哇大叫。「討厭，你手裡也有，幹麼還來搶我的？」

寧暉笑嘻嘻地應道：「妳的那根特別的好吃嘛！」

寧有方和阮氏一起笑了，不約而同的將手中的冰糖葫蘆分別塞到寧汐和寧暉的手裡。笑鬧聲中，馬車平穩的向前走著，不知過了多久，終於緩緩的停了。

寧汐往外看了一眼，忍不住「咦」了一聲。奇怪，怎麼會到這兒來了？

寧暉也往外看了一眼，頓時被那氣派得可以容兩輛馬車同時進出的大門給震住了，結結巴巴的問道：「這是哪兒？」

那金光閃閃的匾額上大大的「容府」兩個字是怎麼回事？

寧有方也被震住了，不自覺地嚥了口口水。大門這麼氣派，裡面得有多大？

就在此時，容府的大門開了，領先走出來的，正是那個俊美絕倫風華無雙的絳衣少年，陸子言也跟著一起走了出來。

陸老爺第一個下了車，笑著和容瑾、陸子言打了個招呼。

容瑾笑道：「姨夫旅途勞頓，辛苦了。快些進府休息片刻，住處都準備好了。」

陸老爺笑著點點頭，瞄了陸子言一眼。

陸子言立刻會意過來，笑著說道：「眾位廚子的住處也安排好了，離這兒大概有小半個時辰的路程。」

容瑾笑了笑，補充了一句。「是容家的一處別院，一直空在那兒，住幾十個人絕沒問題。」

陸老爺連忙笑著客套了兩句。

寧汐坐在後面的馬車裡，把兩人的對話聽得一清二楚，也稍稍放了心。剛才真是嚇了她一跳，還以為要在容府裡暫住呢！

寧汐悄悄撩起簾子，偷偷往外看。容瑾有意無意地瞄了過來，待見到那張秀氣的小臉迅速的躲回馬車裡，眼底很快地閃過一絲笑意。

還沒等寧汐徹底鬆口氣，就聽容瑾漫不經心地說道：「孫掌櫃和寧大廚就留下吧！」

寧汐心裡一咯噔，正想說話，就聽陸老爺笑道：「這可不太好吧！容府家大規矩多，孫掌櫃和寧大廚住這兒只怕不太合適。」

對對對，實在一點都不合適。寧汐不自覺地跟著點頭，暗暗期盼著容瑾順著陸老爺的話說下去。

卻聽容瑾笑道：「放心吧，我既然這麼安排了，自然有我安排的道理。姨夫難道還信不過我嗎？還是怕容府會怠慢了孫掌櫃和寧大廚？」

話說到這分上，陸老爺只能笑著點了點頭。孫掌櫃和寧有方兩人連忙下了馬車，連連道謝。雖然只是暫住，可這對他們來說，已經是極大的顏面了。

容瑾隨口吩咐道：「秦管家，你在前領路，讓他們都早些安頓下來。」那個四十歲左右的精明男子立刻應了，領著幾輛馬車掉頭去容家的別院。

然後，又有幾個家丁走上前來，幫著孫掌櫃和寧家人搬行李。

寧汐在馬車上也待不住了，不情願地下了馬車，悄悄地扯了扯寧有方的衣袖，低低地說道：「爹，我們也去別院吧！」她實在不想踏進容府一步。
寧有方維持笑容不變，壓低了聲音應道：「汐兒別胡鬧，這是容少爺給我的體面，怎麼好推辭？」
其他的廚子都去了別院，唯有他被留了下來，說明容少爺和陸少爺都很看重他。這對寧有方來說，真是一種莫大的榮耀了。
寧汐無奈地住了嘴，暗暗嘆口氣。
容瑾閒閒地站在一旁，忽地笑著說道：「寧姑娘是不想留在容府嗎？」
明明隔了一段距離，剛才她又刻意壓低了聲音，他應該沒聽到她說的話才對吧！難道這人有順風耳嗎？

第九十一章　容府

寧汐心裡腹誹不已，臉上卻擠出了笑容應道：「容少爺這說的是哪兒的話？能在容府借住，真是我們幾輩子修來的福氣。不過，以後酒樓開張了，我們就得天天早出晚歸，只怕進出不太方便呢！」

被她這麼一提醒，孫掌櫃和寧有方也開始覺得不妥了，面面相覷，卻都沒吭聲。

容瑾輕描淡寫地說道：「這些小事，不用放在心上，我早就都安排好了。」說著，就笑著邀請陸老爺進府，孫掌櫃和寧有方等人立刻緊隨其後，也跟著走了進去。

陸老爺也是第一次到容府來，忍不住四下打量起來。

陸家在洛陽是首屈一指的富商，宅院裡的陳設佈置自然很講究。不過，和容府比起來，又差了不止一籌。

但凡是高門大戶，府邸的建造大都有一定的年代，每年花在修繕和維護上的錢財不知有多少。容府自從建成之後，到現在已經有近百年了。古樸的青磚鋪就的路面，寬敞整潔，隨處可見奇花異草假山流水，亭臺樓閣軒榭若隱若現，時不時的有穿著鮮豔衣裙的女子經過，令人眼花撩亂。

可那些漂亮的女子，也不過是容府裡的丫鬟而已。

寧暉到底是少年心性，一連看了經過身邊的幾個丫鬟之後，忍不住湊到寧汐耳邊說起了悄悄話。「妹妹，這容府裡的丫鬟怎麼一個比一個漂亮？」
寧汐被逗笑了，壓低了聲音應道：「以後你可有眼福了。」
寧暉笑了笑，不由自主地瞄了孫冬雪一眼，卻見孫冬雪全部的注意力都放在了陸子言的身上，壓根兒沒有回頭看他一眼。寧暉的笑容黯淡下來，垂下頭，一聲不吭了。
寧汐將這一幕盡收眼底，礙著人多，也不好安慰寧暉什麼，悄悄扯了扯寧暉的袖子。
寧暉見寧汐滿眼的關切，心裡一暖，微笑著搖搖頭。寧汐這才稍稍放了心，心裡卻打定主意，待會兒一定要找個時間好好的開導寧暉才行。
一行人隨著容瑾走了許久，終於到了一個院子裡。眾人都被裡面精緻講究的陳設震住了，看得目不暇接，就連陸老爺，也暗暗驚嘆不已。
寧汐隨意地瞄幾眼，就收回了目光。前世的她也是見過世面的，四皇子府邸裡的奢華可是赫赫有名的，容府再怎麼樣也不會比四皇子府更富麗堂皇吧！
幾個丫鬟立刻迎了出來，領先的那個年約十六，柳眉櫻唇，容貌生得極好，穿戴也比身後幾個丫鬟要強一些，顯然是容瑾身邊得力的大丫鬟了。
容瑾淡淡地吩咐道：「翠環，去讓廚房好好準備一桌宴席，晚上我要給姨夫接風。」
翠環連忙笑著應了，俐落地退了下去。另外幾個丫鬟立刻忙碌著伺候茶水，一切井然有序。
寧有方和阮氏何曾見過這樣的陣仗，渾身都不自在。站在一旁，分外的拘謹，連坐的勇氣都沒有。

寧汐也覺得彆扭極了，咳嗽一聲，大著膽子說道：「容少爺，我們坐了幾天馬車，都累得很了，想先去安頓下來休息一會兒，不知道方不方便？」

容瑾的眼底掠過一絲笑意，答應得倒是頗為爽快。

小安子殷勤地走了過來，笑著說道：「寧大廚、孫掌櫃，這邊請！」

眾人跟在小安子的身後，出了院子，又走了好長一段路，然後在一個僻靜的院子外停了下來。

小安子笑著介紹道：「這兒就是你們以後住的地方了。你們只管放心，這個院子很幽靜，平時不會有人隨意過來打擾的。而且，離後門很近，進出很方便。」一邊說便推了門走了進去。

這個院子不算太大，收拾得很乾淨。院子裡還種了不少的花草，隨風飄來陣陣花香，令人心曠神怡。

寧汐一眼就喜歡上了這個整潔雅致的小院子，忍不住四處轉悠看了起來。好吧，衝著這雅致幽靜的院子，就住一陣子好了……

寧有方到此刻才算輕鬆了下來，笑著點頭。「容少爺考慮得這麼周到，有機會一定要親口謝謝他。」

小安子笑道：「寧大廚別這麼客氣了。來，我再帶你們到屋子裡看看。」

行李已經被家丁們搬了過來，堆放在一起，簡直像座小山似的。小安子瞄了一眼，竭力忍住笑意，一本正經地問道：「要不，我叫兩個丫鬟來幫你們收拾一下吧！」

阮氏微微紅了臉，連連擺手。「不用不用，我自己來就行了。」說著，連忙拎起兩個包裹進屋子裡。

寧汐和寧暉一起上手，七手八腳地幫著收拾，忙了好一會兒，總算將東西暫時都放好了。不過，屋子裡還是有些亂糟糟的，想收拾妥當，至少也得有幾天的工夫才行。

送走小安子之後，寧有方也走了進來，見各人都累得滿頭是汗，心疼地發起了牢騷。「早說過妳了，別帶這麼多東西，妳就是不聽。」今天真是有點丟人現眼了。

阮氏訕訕地笑了笑。「我哪知道會到容府來住？」要是早知道這事，她肯定不會堅持帶這麼多東西來了。

說起這個，寧有方也是滿心感慨。「是啊，我也沒想到會有這樣的好事。」

寧汐嘟囔道：「也不知道這個容少爺安的什麼心。」別的廚子都安排到容家的別院裡，偏偏把他們一家四口留下來了，怎麼想都覺得有些不對勁。

寧有方不以為然地笑了笑。「汐兒，妳也太多心了。我不過就是個廚子，唯一能拿得出手的就是廚藝，也沒什麼讓人家可圖的，容少爺給我們安排住處，我們該感激才對。」

阮氏也接道：「是啊，不光是我們，還有孫掌櫃他們，也住在容府裡呢！」

寧汐啞然無言。是啊，想來想去這也就是容瑾的一時好心善舉，怎麼也不像是另有所圖。可為什麼，她心裡總有點怪怪的感覺？

寧汐將心底的那絲疑惑按捺了下去，笑著說道：「說得也是，肯定是我多心了。好了，我先去屋子裡睡會兒，到吃晚飯的時候再叫我，我這幾天可累壞了。」

寧暉也嚷著要去休息，兄妹兩個興沖沖地去了各自的房間裡。

寧汐進了屋子裡，隨意地四處打量起來。這間屋子不算很大，很是乾淨，光亮的桌子上連一絲灰塵都沒有，梳妝鏡也被擦得一塵不染。看來，在他們來之前，已經被人精心打掃過了。

屋子裡面擺放的家具並不多，不過，每樣看上去都很精緻。尤其是那張小巧的木床，真是讓人打心底裡喜歡。

寧汐迅速的脫了衣服鞋襪，鑽到了被窩裡，滿足地嘆了口氣。

躺在精緻的木床上，蓋著乾淨鬆軟的被褥，還能嗅到淡淡的檀香。在經過幾天的旅途勞頓之後，能這樣美美的睡上一覺可真是幸福的事情。

寧汐迷迷糊糊地睡著了，分外的香甜。

也不知睡了多久，朦朧中似乎有人拉扯著她的胳膊喊她起床。寧汐不肯睜眼，嘴裡嘟囔著「別吵我」，翻個身又繼續睡了。

寧有方憐惜的看了女兒一眼，低聲叮囑阮氏。「我先去了，妳好好照顧汐兒。」

容少爺親自派人來請，不去實在不好。本來想帶寧汐一起去，不過，看這架勢，寧汐肯定不會起來了。

阮氏笑著點頭應了。

寧有方打起精神，和孫掌櫃一起跟著小安子走了。

寧汐醒的時候，肚子餓得咕嚕直叫。往窗子外看了一眼，天早就黑透了。

阮氏笑吟吟的端著一碗熱騰騰的湯麵走了進來。「汐兒，妳肯定餓了吧！快些來吃麵，這是剛煮好的，還熱著呢！」

寧汐一骨碌從床上翻了下來，聞著熱氣騰騰的香氣，肚子餓得更厲害了，忙拿起筷子，美美的吃了起來。麵裡放了青菜，還有兩個圓溜溜的荷包蛋。

阮氏的手藝和寧有方當然不能相比，就算是寧汐的手藝，也比阮氏強得多。不過，在肚子餓的時候能吃上阮氏親手煮的麵，真是件幸福無比的事情。

寧汐一口氣將一碗麵條吃了大半，肚子總算不那麼餓了，也有力氣說話了。「娘，爹回來了嗎？」

阮氏笑著應道：「還沒回來。」寧有方最愛喝酒，平日裡忙著做事不能盡興地喝，難得遇到這樣的場合，肯定會喝得醉醺醺的。

寧汐顯然也想到了這一層，忍不住笑了起來。「喝醉了也沒關係，反正有孫掌櫃在，肯定會扶他回來的。」

正說笑著，寧暉也走了進來，見寧汐吃得香甜，故意湊了過來要搶。寧汐嘻嘻一笑，挾了滿滿的一筷子，塞到寧暉的嘴裡。

阮氏早看慣了他們兩人嬉鬧，也不阻止，只笑著說道：「別弄地上了，這兒都是木地板，不大好收拾。」

寧暉只好努力的將嘴裡的麵條全部嚥了下去，差點被噎著，寧汐格格笑了起來。

就在笑鬧之際，忽然聽到門邊敲了幾下，然後一個悅耳的聲音響了起來。「請問寧姑娘在嗎？」

屋子裡的三個人都是一愣，一起看了過去。

第九十二章　人外有人天外有天

站在門邊的，赫然是一個穿著翠綠衣衫的美貌少女，正是容瑾身邊的大丫鬟翠環。

翠環笑盈盈的捧著托盤走了進來，略有些矜持地說道：「寧姑娘，這是我們少爺特地叮囑我給妳送過來的。」說著，就將托盤放到了桌子上。

那個托盤上只有一個精緻的青瓷小碗，蓋子蓋得好好的，也不知裡面裝了什麼。

寧汐好奇心大起，不由得笑著問道：「翠環姊姊，這裡面裝的是什麼？」

翠環微笑著瞄了寧汐一眼，和氣的答道：「少爺命我把這個送來，我可沒敢偷看，也不知道裡面是什麼。還有，寧姑娘可千萬別這麼叫我，要是被少爺聽見了，肯定會生氣的。到時候，我可就要被責罵不懂規矩了。」話說得很客氣，笑容也很有禮貌，不過，卻隱隱的透露出一絲清高自持的意味。

寧汐敏感地察覺出翠環語氣中的那一絲輕視，笑了笑，並未動氣。

翠環是容府三少爺的貼身大丫鬟，見識氣度比起一般富戶家的小姐也不差多少，吃喝穿戴樣樣都好。而自己，頂多就是個鄉下來的丫頭，翠環要能瞧得起自己才是怪事。

如果放在以前，寧汐肯定會因為對方的輕視而心生怒意，說不定還會計較幾句。不過，重活一次之後，她豁達開朗多了，對這些不相干的閒雜人等，實在提不起任何興致來計較。

寧汐掀開了蓋子，在見到碗中是什麼之後，不由得一愣，竟然是一碗熬得濃稠的米粥，冒著些微的熱氣，外表看來，實在平平無奇。

容瑾讓人送這個來是什麼意思？

翠環瞄了一眼，立刻明白過來，笑著說道：「寧姑娘可真是有口福了，這是我們容府薛大廚最拿手的鮑魚粥。」眼底迅速的閃過一絲妒意。這個寧汐到底是什麼來路？為什麼少爺對她如此的上心？

早在半個月前少爺就讓人動手收拾這個院子，還特地命人佈置了這間閨房，別看東西不特別惹眼，可著實都是好東西。還有，竟然還特地讓她送鮑魚粥來給這個寧汐。這樣的舉動，對容瑾來說簡直是前所未有啊！

翠環眸光一閃，不動聲色地打量起了寧汐。

年齡不大，最多十二、三歲，個子嬌小玲瓏，脂粉未施只梳了個髮辮，穿著灰色的粗布衣裳，府裡任意一個丫鬟也比這個寧汐穿戴要好得多。不過，倒是生了一張秀氣的臉……

寧汐只當作沒留意翠環別有用意的目光，笑嘻嘻的朝阮氏和寧暉招手。「娘、哥哥，這可是鮑魚粥，快些一起來嚐嚐。」

阮氏忙笑道：「既然是容少爺命人送來給妳的，妳就吃了吧！我早就吃飽了，吃不下了。」

寧暉卻不客氣地點點頭，湊了過來，正打算動手，就聽翠環委婉地說道：「寧姑娘，這鮑魚粥是少爺特別命我送來給妳品嚐的，還請妳動作稍微快些，我還等著回去覆命呢！」

這次不光是寧汐，就連粗枝大葉的寧暉都聽出了翠環語氣中的輕視了。

寧暉皺起了眉頭，正想說什麼，就聽寧汐笑道：「翠環姑娘，如果妳等得著急了，就直接把這碗粥端回去好了。反正我剛吃了一碗麵條，肚子很飽，根本吃不下。」

哼，她連容瑾都不怕，還會怕這麼一個趾高氣揚的丫鬟嗎？不愛等就別等，直接回去好了！以容瑾的脾氣，不發落她一頓才是怪事。

翠環的臉色果然變了，勉強擠出笑容應道：「寧姑娘可別這麼說，我時間多得很，一點都不著急的。」

寧汐心裡舒暢多了，笑咪咪的用勺子攪了攪，碗底的鮑魚立刻浮了上來。那鮑魚是橢圓形的，呈米黃色，在乳白色的粥裡顯得異常的好看。

鮑魚是海味之冠，其鮮美比魚蝦鱉類要強上數倍。這麼一碗濃濃的鮑魚粥，看似簡單，卻不知花費了廚子多少的心思才做出來的呢！

寧汐先舀了一口送到阮氏的嘴邊，阮氏只得張口嚥了進去。那粥剛一入口，阮氏便「啊」的一聲驚呼起來。

寧暉緊張地追問道：「娘，怎麼了？」

阮氏也不答話，細細的品味片刻，才將粥嚥了下肚，讚道：「我這輩子還沒吃過這樣美味的粥。」

寧暉一聽，立刻被勾起了饞蟲，央求地看了寧汐一眼。寧汐噗哧一聲笑了，立刻舀了一勺送到了寧暉的嘴裡。

寧暉滿足地閉上眼睛，長長地嘆了口氣。「好吃，真是太好吃了！為什麼會有這麼好吃的粥？以後我都忘不掉這個味道了。」

寧汐被阮氏和寧暉這麼一渲染，也開始嘴饞了，忙舀了一口吃了下去。

暖融融的粥入口即化，然後一股說不出的鮮甜滋味在嘴裡瀰漫開來，那鮮美的味道從口腔一直滑入喉嚨，令人回味無窮。果然是人間美味！

寧汐終於明白寧暉的嘆息是從何而來了，吃過這樣美味的粥，以後普通的米粥還怎麼入口？

寧汐也嘆了口氣。「果然好吃！」容瑾派人送了這麼一碗鮑魚粥過來，分明是在挑釁和示威吧，想讓她知道人外有人天外有天吧！

如果真的是，那麼容瑾成功了，以她目前的廚藝，確實做不出這樣的美味來，她想不服氣都不行啊！

寧汐忍不住問道：「翠環姑娘，這位薛大廚在容府待了多少年了？」

鮑魚粥震住了三人，翠環也覺得與有榮焉，不自覺地挺起了胸膛，不無驕傲地應道：「薛大廚原本是京城百味樓裡的大廚，在五年前被我們少爺聘請到了容府來，專門負責少爺的飲食。」

寧汐好奇地追問：「照妳這麼說，薛大廚不做菜給別人吃嗎？」

翠環笑了笑，輕描淡寫地說道：「大少爺大少奶奶還有四小姐若是想吃了，得跟我們少爺說一聲，只有少爺發話了，薛大廚才肯動手。」

好有個性！架子擺得好大！

寧汐聽得莞爾一笑，打趣道：「薛大廚膽子可真大，容三少爺花錢請了他進府做廚子，他倒挑三揀四起來。」

翠環笑著說道：「這可不能怪薛大廚。當年我們少爺才十歲，去百味樓裡吃飯，就是薛大廚掌的勺。結果一連上了幾道菜，都被少爺挑出了毛病，他一時氣不過，就和少爺打了賭……」

薛大廚在京城赫赫有名，不知被多少人追捧稱讚，卻被一個毛頭小子批評得體無完膚，自然歇不下這口氣。偏偏容瑾口舌犀利，他壓根兒說不過容瑾，一氣之下，就和容瑾立下賭約。

一連半個月，容瑾天天到百味樓報到，薛大廚使出渾身解數，把自己拿手的菜餚一一做了一遍，沒想到容瑾竟然毫不示弱，竟然把每道菜餚的些許瑕疵挑了出來。

薛大廚震驚羞愧之餘，對容瑾佩服得五體投地，甘願到容府做了廚子。不過，他有言在先，只負責伺候容瑾一個人的飲食，容府其他人嘛，他一概不管。

這故事實在精彩，寧汐聽得津津有味。原來，容瑾天生就有張敏銳的舌頭和犀利毒辣的口舌。看來，之前倒也不是特地針對寧有方的。

一想到這兒，寧汐的心情平和多了，笑著說道：「怪不得容少爺對飯菜這麼挑剔，有薛大廚這樣的高手為他烹煮菜餚，別人做的飯菜他肯定是吃不慣了。」

翠環掩嘴一笑。「可不是嘛？去年少爺去了洛陽，回來之後人都瘦了一圈，說是陸家的廚子手藝太差了，他根本吃不下去。」

寧汐笑著說：「難怪他天天都到太白樓來，讓我爹做菜給他吃呢！」原來，世上果真有這種天生就對飲食挑剔的人。

翠環微微一愣，心裡暗暗想著，難怪少爺對寧有方如此另眼相看，肯定是又看中人家的手藝了吧！不過，眼前的這位寧姑娘又是何許人也，為什麼也會得少爺如此看重？

寧汐慢條斯理地將一碗粥都吃完，見翠環一臉的疑惑不解，也不多解釋，笑著說道：「這鮑魚粥實在美味，還請翠環姑娘回稟容少爺一聲，就說我很喜歡。」頓了頓，又補充了一句。「妳替我帶句話給他，就說人外有人天外有天，我領教了。」

最後一句話聽得翠環滿頭霧水，卻也不便多問，笑著應了一聲，就捧著空碗出去了。

寧汐笑了笑，回頭一看，就見寧暉滿臉曖昧的笑容。

寧汐撇撇嘴。「哥哥，你這麼笑幹麼，我渾身都起雞皮疙瘩了。」

寧暉笑嘻嘻的湊了過來，壓低了聲音問道：「妹妹，這個容少爺對妳可真是不一般啊！」尾音拉得長長的，分明是若有所指。

寧汐不雅地翻了個白眼。「得了得了，一邊去，胡思亂想什麼呢！我和他就是廚子和食客的關係。不，更正一下，是一個十分挑剔、口舌非常毒辣的食客。」

容瑾那樣的人，怎麼可能對她這麼一個小丫頭有什麼別的心思？根本是不可能的嘛！

寧暉笑了笑，並未和寧汐爭辯這個問題。

第九十三章　少年心事誰人知

一個挑剔成性的食客，會處心積慮的安排廚子住在自己的府裡嗎？

一個口舌犀利的貴族少爺，會特地費心讓丫鬟送鮑魚粥來給一個小學徒吃嗎？

作為一個年齡相若的少年，寧暉幾乎可以肯定，那個容少爺對自家妹妹絕對有些異樣的心思。不過，寧汐既然不愛聽這些，他自然也不會多提。

寧汐還這麼小，嫁人什麼的，再過三、五年也不遲。再說了，這樣的貴族少爺，對一個平民出身的少女有好感又能怎麼樣？他可絕不會讓寶貝妹妹受半點委屈的。

寧暉的腦子裡飛快掠過這些念頭，臉上浮出了笑容。「爹到現在還沒回來，我們要不要出去看看？」

寧汐立刻點了點頭，和寧暉一起出了屋子，到院門口張望起來。

等了半天，也沒見寧有方的身影，兩人有一搭沒一搭地閒扯起來。

寧汐瞄了寧暉一眼，低低地問道：「哥哥，你現在心情好些了嗎？」

雖然問得很含蓄，可寧暉卻是一聽就懂，頓時默然下來，腦子裡忽然閃過一張巧笑嫣然的面孔。

寧汐沒有出聲，靜靜的抬頭看著寧暉。月亮圓圓的，又大又亮，灑下銀白的光芒。她和寧暉站得很近，可以清楚地看到寧暉眼底的痛苦和掙扎，心裡暗暗一驚，這麼短短的時間裡，寧暉竟然對孫冬雪有了這麼深的感情嗎？

這一刻，她忽然想起了前世的自己，初見邵晏之後，她的一顆芳心就完全繫到了他的身上。從那之後，她的世界裡就只有邵晏，別的男子再也入不了她的眼……

兄妹兩個在感情上，倒是有些相似，一見傾心之後，就不管不顧的喜歡上了。一旦喜歡上一個人，想全身而退又談何容易？寧汐黑亮的眼眸裡滿是關切。

寧暉打起精神來，擠出一絲笑容。「妳別擔心，我會盡快好起來的。」

寧汐輕輕嘆口氣。「哥哥，冬雪姊姊一心戀慕陸少爺，有孫掌櫃在，做不了正妻也能做個姨娘，你就別惦記她了……」

這話說得實在太過直接了，寧暉的俊臉白了白，硬撐著說道：「我要好好讀書，哪有心思惦記女孩子，妳就放心好了。」

寧汐狠狠心說道：「你能這麼想我就放心了。」長痛不如短痛，這一段短暫的少年情事，就此打住吧！

兄妹兩個在一起從來都是無話不談，可現在愣是冷場了，默默的對立半晌，誰也沒說話。遠處忽地傳來熟悉的說話聲——

「孫掌櫃，不、不用扶著我，我自己能走……」

寧汐和寧暉對視一笑，連忙小跑著迎了過去。

寧有方果然喝得醉醺醺的，老遠的就能聞到一陣酒氣。孫掌櫃比他也好不了多少，兩人就這麼相互攙扶著走了回來。

寧汐和寧暉忙上前扶住了寧有方。不約而同的一起說道：「爹，您怎麼樣了？」

寧有方含糊地應了聲。「沒、沒事，我好得很。」今天喝的陳年佳釀，實在是令人回味無窮啊！

寧汐又是好氣又是好笑，故意伸出了一根手指在寧有方的眼前晃了晃。「爹，這是兩根手指還是三根手指？」

寧有方嗤笑一聲，豪邁地揮揮手。「妳、妳這丫頭，又、又來誆我了，明明是四根手指……」

寧汐和寧暉齊齊笑了起來，各自手底都用了些力氣，把寧有方架得穩穩的向前走。

孫掌櫃看得羨慕極了，嘆了句。「寧老弟真有福氣，有這麼一雙好兒女，真讓人羨慕。」

寧汐隨口笑道：「孫伯伯也有冬雪姊姊這樣的好女兒啊！」

孫掌櫃自嘲地一笑，嘆了口氣。「別提這個傻丫頭了。我勸了幾次，讓她別跟著到京城來，可她就是不聽，硬是跟了來。打今兒個開始，就在大少爺身邊貼身伺候了。」連他這個老爹都扔到一邊不管不問了。

寧暉的手顫了一顫，臉色倒還算平靜，並未露出太多異樣。

孫掌櫃卻打開了話匣子似的，絮絮叨叨地發起了牢騷。「她的那點心思，我早就知道了。好好一個姑娘家，以後找個門當戶對的小夥子多好，跟著大少爺，最多也就做個通房丫鬟，等以後大少爺娶妻生子了，日子可就難過了……」

寧汐咳嗽一聲，笑著接過孫掌櫃的話頭。「孫伯伯，八字還沒一撇的事，就別說了。要是傳到別人的耳朵裡，對冬雪姊姊的閨譽有損，您說是不是？」

孫掌櫃一時酒意上湧，無意中把心底盤桓許久的心事抖落了出來，被寧汐這麼一提醒，立刻察覺出自己的失言，掩飾地笑了笑，果然住了嘴。

阮氏聽到外面的動靜，也迎了出來，見寧有方醉得不成樣子，又是心疼又是生氣，忍不住絮絮叨叨的數落了幾句。「怎麼醉成這個樣子回來了？在東家老爺和容少爺面前肯定失態了……」

進了屋子之後，寧有方倒頭就睡，鼾聲如雷。阮氏忙著替他脫去衣服鞋襪，寧汐跑去廚房端了熱水，又擰了毛巾替寧有方擦了臉。

阮氏想了想，便吩咐寧暉。「暉兒，孫掌櫃就一個人，你去看看，等他睡下再回來。」

寧暉二話不說應了，小跑著去了孫掌櫃的屋子裡。

阮氏忽然壓低了聲音，悄悄地問寧汐。「汐兒，暉兒這兩天一直怪怪的，是不是喜歡上孫掌櫃的閨女了？」

這句話冷不防的冒出來，倒是把寧汐嚇了一跳。「娘，您是怎麼知道的？」虧她還以為一直瞞得很好呢！

阮氏笑了笑。「當然是看出來的。」一路途上寧暉見了孫冬雪便兩眼發亮，後來忽然又萎靡不振，整天耷拉個腦袋，連話都不肯說一句。她也是過來人，豈能看不出寧暉的那點子心思？

寧汐嘆口氣，迅速的把事情的原委說了一遍。「……冬雪姊姊一心想跟著陸少爺，哥哥是沒什麼希望了。」

論相貌，俊秀的寧暉一點都不輸給陸子言，可一比起家世風度氣質，就差了不止一籌了。

阮氏也嘆口氣。「既然沒緣分，就別強求了。將來等妳哥哥考中舉人了，想找個漂亮媳婦不在話下。算了，這事心裡有數就行，以後就別在妳哥哥面前提起冬雪那丫頭了。」

寧汐點點頭，眼尖的瞄到寧暉的身影已經出現在門邊了，立刻將到了嘴邊的話都嚥了回去，改而笑道：「娘，今天夜裡您可要辛苦了，我先回去睡了。」醉酒的人可不是那麼好照顧的。

阮氏笑著點了點頭。

一夜好眠，第二天一大早，寧汐早早的就起了床，梳洗穿戴好之後，神清氣爽的去了寧有方的屋子。不出所料，寧有方還在呼呼大睡。

過了一夜，酒氣雖然散了一些，可一走近床邊，那酒氣還是撲面而來。寧汐淘氣地俯下身子扯了扯寧有方的耳朵。寧有方咕噥一聲，翻了個身又睡著了。

寧汐忍俊不禁地笑了，忙到廚房裡去做早飯。昨天她早就觀察過了，這個院子裡的廚房雖然不算大，可卻樣樣俱全，足夠一家幾口用的了。而且裡面早已備好了柴米油鹽和各類食材，顯然有人已經提前準備好了這一切。而且，除了兩個打掃院子的丫鬟外，壓根兒沒有外人進出。

雖然是借住在容府，卻像單獨的小院子一般，這點讓寧汐很滿意。

熬了米粥，又蒸了些饅頭，再做了涼拌蘿蔔纓和酸辣白菜絲，清淡又爽口的早飯就做好了，寧有方和孫掌櫃卻都還在呼呼大睡。

阮氏笑道：「反正也沒什麼事，就讓他們兩個多睡會兒吧！等有人來喊他們了，再叫他們起來也不遲。」也只能如此了。

吃了早飯之後，寧汐捲起袖子，和寧暉一起幫著阮氏收拾屋子。先是將帶來的所有東西一一的收拾放好，然後再將所有的屋子清掃一遍。這活兒聽起來輕鬆，可做起來卻很繁瑣，一直忙了兩個時辰，還沒忙完。

容瑾和陸子言進來的時候，見到的就是寧汐拿著抹布踮起腳尖擦窗戶的情景。

容瑾微微皺眉，還沒等說什麼，就聽陸子言急急地說道：「寧汐妹妹，這種粗活讓下人來做就行了。」

咦？這兩人是什麼時候冒出來的？

寧汐停住了手中的動作，回頭笑了笑。「不用了，我們借住在這兒已經夠麻煩的了，這些小事我們自己來就行了。再說了，我也不是什麼千金小姐，這些粗活本就做慣了的。」

那張白淨淨的小臉上，黑溜溜的大眼含笑，像一陣春風吹拂進人的心田。

陸子言的目光直直的落在寧汐的臉上，幾乎移不開眼睛。

孫冬雪已經正式成為陸子言的貼身丫鬟，自然跟在了陸子言的身邊。見了寧汐，她正打算上前來打招呼，可在見到陸子言異常灼熱的眼神後，孫冬雪的笑容立刻僵硬在了嘴角邊。

而寧暉在聽到了動靜之後，也走了出來，見到孫冬雪的那一剎那，他的眼裡閃過一絲歡喜，可在看到長身玉立的陸子言之後，笑容立刻暗淡了下來。

寧汐心裡暗暗嘆氣，真是怕什麼來什麼。

第九十四章　容瑾的計劃

院子裡一時沒人說話，氣氛有些凝滯，說不出的尷尬。

寧汐咳嗽一聲，笑著說道：「站在這兒說話太失禮了，請兩位少爺到裡面坐會兒。我爹和孫掌櫃都還沒起床呢！」

容瑾唇角微微翹起，眼裡飛快的閃過一絲笑意，淡淡地問道：「寧大廚和孫掌櫃還沒醒酒嗎？」

寧汐笑著聳聳肩。「還沒醒呢！」

孫冬雪總算回過神來，連忙低聲央求道：「少爺，奴婢想進屋去看看爹怎麼樣了。」

陸子言不假思索地點頭應了。

孫冬雪走過寧汐的身邊時，朝寧汐匆匆地笑了笑，顧不上打招呼，就急急地去了孫掌櫃的屋子裡。

寧暉被無視得很徹底，笑容早就沒影了，低低的說了句。「我去把爹喊醒。」也匆匆地走了。

這可倒好，就剩下寧汐一個人應付兩位少爺了。

寧汐打起精神來，笑著迎了兩人進屋子裡坐下，又去倒了茶，正忙活著，阮氏也走了進來，忙接過了寧汐手裡的事情。

說心裡話，寧汐實在不想面對這兩人。陸子言也好，容瑾也罷，對她而言都是麻煩人物，可眼下孫掌櫃和寧有方都還沒過來，也只能由她陪他們說話了。

「東家少爺，酒樓那邊準備得怎麼樣了？」斟酌了片刻，寧汐終於決定還是和陸子言搭話，比起陰陽怪氣脾氣捉摸不定的容瑾，陸子言總算隨和一些。

陸子言笑道：「半個多月前就談妥了，買下之後又重新佈置了一下，估計再過幾天就能正式開業了……」

「不能這麼早開業。」容瑾忽地說道。

陸子言的笑容一頓，疑惑的看了容瑾一眼。「酒樓都佈置得差不多了，寧大廚和其他的廚子也都來了，為什麼不能開業？」缺人手，招一些進來就是了。根本沒必要再拖下去了吧！

容瑾笑了笑，眼裡閃過一絲精光。「新酒樓一定要造勢宣傳，等京城所有有錢有閒的人都知道我們的酒樓要開業了，才可以真的開業。如果不能一炮打響名氣，以後想翻身可就難上加難了。」原來的那座酒樓就因為這個才會關門大吉的。

寧汐也聽得有些暈乎乎的，忍不住問道：「容少爺，那要怎麼樣才能讓所有人都知道我們的新酒樓要開業的消息呢！」

容瑾不肯細說，賣起了關子。「等孫掌櫃和寧大廚來了，你們自然就知道了。」

寧汐的好奇心被高高的吊了起來，再看陸子言，也是一臉的疑惑不解，顯然他也不清楚容瑾到底在打什麼主意。

過了片刻，孫掌櫃和寧有方總算現身了。兩人的臉色都有些蒼白，實在算不上好看。

陸子言關切的問道：「孫掌櫃、寧大廚，你們兩人現在好點了嗎？」

孫掌櫃自嘲地笑了笑。「我還從沒喝過這麼烈的酒，到現在還覺得頭暈。要不是冬雪來喊我，我睡到晚上也下不了床。」

寧有方也苦笑著附和。「是啊，這醉酒的滋味可真是難受。」

容瑾淡淡地說道：「等酒樓開業了，你們想這麼喝也不行了。」聽慣了他的刻薄語氣，各人倒也不覺得刺耳了。

陸子言好奇地催促道：「對了，你剛才說的法子到底是什麼，現在總該說了吧！」

孫掌櫃和寧有方也好奇的看了過去。

容瑾胸有成竹的笑了笑。「要想打響新酒樓的名氣，其實很簡單，就兩個字。」一字一頓地說道：「踢館！」

踢館？踢什麼館？

各人都聽得一頭霧水，寧汐也滿心的不解。正待追問，卻見到容瑾嘴角浮起一絲自得的笑容，忽地明白過來，喃喃地說道：「我懂了，不過，這法子實在有點冒險……」

容瑾瞄了過來，顯然對寧汐這麼快就領會了他的心意也有些意外，淡淡地解釋道：「看起來有風險，其實穩妥得很。京城有名氣的酒樓比比皆是，可最有名氣的，就那麼幾家。我們一家一家找上門，專挑他們生意最好的時候去，然後點名要和裡面的大廚鬥一鬥手藝。只要把所有的大廚都壓下去一頭，再報上我們新酒樓的名頭，還怕名氣不響嗎？」

說得這麼清楚，眾人哪還有不明白的。

陸子言第一個拍手叫絕。「好好好，這主意實在是太好了。」

孫掌櫃也笑著附和道：「容少爺這法子實在高，這麼一來，別人想不知道都難了。」是人都有好奇心，這麼高調的亮相登場，酒樓的名氣肯定會立刻竄起來，到時候不愁沒生意了。

寧有方也在笑，只是笑容沒有他們那麼輕鬆。「容少爺，這麼做，只怕太冒險了吧！」

容瑾挑挑眉。「怎麼，寧大廚害怕了嗎？還是對自己的手藝沒有信心？」

寧有方搖搖頭。「我沒害怕，對自己的手藝也很有信心。但是，人外有人天外有天，誰也不敢擔保自己的廚藝一定能壓過別的廚子。要是一直順暢倒還好，萬一失了手，或是遇到了特別厲害的廚子，弄砸了新酒樓的招牌，我可就愧對兩位少爺的信任了……」

容瑾似笑非笑地來了句。「說來說去，還是害怕了。」

寧有方為之語塞，黑黝的臉龐難得的紅了一紅，不知道是生氣還是羞惱。

寧汐不悅地皺了皺眉頭，插嘴道：「容少爺，我爹在洛陽城這麼多年，對京城這邊各大酒樓的大廚根本一點都不熟悉。這麼貿然的找上門，只怕不妥當吧！」

容瑾輕哼了一聲，傲然地說道：「有什麼不妥當的？我十歲那年，就把京城所有的出名酒樓都吃了個遍。每家酒樓的大廚，拿手的菜餚和缺點，我都一清二楚。有我在，還怕寧大廚鬥不過他們嗎？」言下之意，竟是要指點寧有方去踢館了！

寧有方精神一振，忙笑道：「容少爺這麼說，我就放心多了。」所謂知己知彼百戰百勝，如果有容瑾助陣，他的勝算可就大多了。更妙的是，這裡可沒人清楚他的底細，到時候來個一鳴驚人，名頭可就立刻打響了。這樣揚名立萬的好機會，傻子才會錯過。

寧汐還是覺得有些不妥，蹙起了眉頭。「可是，這樣明目張膽的去踢館，要是對方不肯理怎麼辦？」

容瑾笑了笑，輕描淡寫地說道：「有我出面，哪家酒樓的大廚都不會拒絕。」

寧汐被噎了一下，撇了撇嘴，顯然不相信容瑾的說辭。

容瑾懶得為自己辯解，可一旁的小安子卻忍不住了，插嘴說道：「寧姑娘，你們剛從洛陽來，還不知道我們少爺在京城的名氣吧！」

寧汐忍不住笑了，調侃道：「難道容少爺也擅長下廚嗎？那可真是失敬了。」容瑾從頭到腳一身光鮮亮麗，估摸著連鞋底都沒沾過什麼灰塵。這樣的人，會下廚才是怪事。

小安子聽了這樣不甚恭敬的話，心裡很是不快，立刻為容瑾正名。「我們少爺十歲那年，就把京城所有出名的酒樓都吃了個遍，不管哪一家的大廚，都被挑出過毛病，而且一個個心服口服。就連鼎鼎大名的薛大廚，都被我們少爺用這樣的法子聘到府裡來了。後來，就有好事的廚子，給我們少爺起了個綽號。」

綽號？各人都來了興致，一起看向小安子。

小安子得意洋洋地宣佈。「少爺的綽號是，吃遍天下無敵手！」

寧汐噗哧一聲笑了起來，這綽號也太誇張了吧！什麼叫吃遍天下無敵手，其實是挑剔毒舌無敵手吧！

再好吃的菜餚，到了容瑾的嘴裡，都成了「不堪入口」、「難吃得要命」。這樣的食客，簡直就是做廚子的噩夢吧！他要是打著旗號上門去，廚子不哭喪著臉就不錯了。

寧汐這麼一笑，各人也都跟著悶笑起來。

小安子有些惱羞成怒，振振有詞地說道：「我可沒騙你們，你們隨便到哪一家出名的酒樓打聽打聽，有哪個廚子不知道容家三少爺的名頭的？只要我們少爺肯上門，那些廚子肯定會把壓箱底的手藝都拿出來……」

容瑾也聽不下去了。「好了好了，別說了。」

小安子不情不願地住了嘴。

容瑾瞄了笑咪咪的寧汐一眼，然後正色對寧有方說道：「你在洛陽很有名氣，在京城卻是沒人知道你的名頭。要想在最短的時間裡打出名頭，這是最快最好的法子了。能贏過那些大廚當然最好，要是打成了平局也無所謂，至少讓人知道有你這麼個人。等到時候新酒樓開張了，自然會有好奇的客人慕名前來，宣傳造勢的目的就算初步達到了。」至於客人來了之後，肯不肯再來，那就得靠酒樓的環境、服務、菜餚等等各方面因素了。

寧有方想了想，深呼吸口氣，用力地點點頭應了。「好，我一定盡力而為。」

寧汐一愣，連忙扯了扯寧有方的衣袖，低低地說道：「爹，這事可實在有些風險，您好好考慮考慮吧！」

萬一有個閃失，以後在京城寧有方可就沒辦法立足了……

第九十五章　鼎香

寧有方溫和地看了寧汐一眼。「汐兒，不用再考慮了，我已經決定了。」眼裡滿是堅定。

酒樓的一成乾股當然不是好拿的，容府也不是那麼好住的。既然享受了別的廚子沒有的優厚待遇，當然得多承擔一些、多付出一些。

寧汐自然清楚他的性子，心裡暗暗嘆口氣，立刻住了嘴不再多勸了。

容瑾的唇角微微翹起，淡淡的一笑。「寧大廚果然有魄力，我總算沒看錯人。」這對生性高傲說話刻薄的容瑾來說，可是很難得的誇讚了。

寧有方笑了笑，正色說道：「容少爺既然早就盤算好了，不知打算到哪幾家酒樓去？」

容瑾笑了笑，薄薄的嘴唇輕輕的吐出幾個酒樓的名字。「雲來居、百味樓、一品樓。」若是有別人在場，只怕早就被驚得跳起來了。他說得輕飄飄的，可這三家酒樓在京城都赫赫有名，提起來幾乎無人不知無人不曉。

孫掌櫃好奇的問道：「不知這三家酒樓都有哪些有名氣的大廚？」

眾人對這個問題都很好奇，一起看了過來。

容瑾卻慢悠悠地喝起了茶，吊足了眾人胃口。

寧汐暗暗翻了個白眼，拎著茶壺又去給容瑾續了一杯。「容少爺請慢用。」

容瑾也不動怒，繼續慢悠悠地喝了兩口，才緩緩的說道：「雲來居的江四海你們都知道了，百味樓的薛仁義大廚被我聘請到府裡之後，又請了薛大廚的弟弟薛仁貴去做主廚。至於一品樓的主廚，叫上官遙……」

還沒等說完，寧有方便聳然動容了，搶著問道：「這位上官大廚，是不是那個廚藝世家上官家的後人？」

容瑾點了點頭。「寧大廚果然有見識。」

寧有方的笑容已經有些發苦了。容瑾剛才提的這三個大廚，一個比一個名頭響啊！

寧汐好奇地插嘴問道：「爹，這個上官遙很厲害嗎？」看寧有方的臉色，似乎對這個上官遙很忌憚的樣子啊！

寧有方嘆道：「上官遙廚藝怎麼樣我不清楚，不過，上官家的名聲我是知道的。」

大燕王朝有名氣的廚子實在不少，可像上官家這樣傳承多年的廚藝世家卻是極為少見。聽說上官家的兒孫從會走路那天開始，就要接受一系列的訓練，不管男女，幾乎人人都有一手出眾的廚藝。最出眾的那一個，可以直接入宮做御廚。想想看，這是多大的榮耀？可以說，只要是做廚子的，沒人不知道上官家的名頭。

寧汐聽得悠然神往，忍不住笑道：「爹，京城果然臥虎藏龍，有名氣的大廚還真是不少。」到時候一個個的找上門去挑戰，想想都好刺激。

陸子言關切地看了寧有方一眼。「寧大廚，要是覺得沒把握，就換個法子吧！」

聽容瑾這麼一說，這幾家頂級酒樓的大廚都是名震一方的名廚，寧有方不見得能占到多少優勢……

寧有方定定神，笑著應道：「多謝東家少爺好意，不用了，就按著容少爺說的法子來吧！我這麼多年一直在洛陽待著，早就想和各地的名廚會一會了，有這樣的好機會，我一定會盡力而為的。」這一刻，他的眼中閃出了志在必得的光芒！

那是一個廚子對廚藝的追求，也是一個男人對出人頭地的期待，更是期待和對手一戰的渴望。

「好！」容瑾終於笑了，俊美的臉龐閃出令人炫目的風華。「既然寧大廚有這個魄力，我現在就讓人去送拜帖。」所謂拜帖，也就是戰書了。

寧有方想了想，問道：「先從哪一家酒樓開始？」

容瑾不假思索地應道：「當然先從雲來居開始。」兩家酒樓相隔不過幾丈遠，怎麼也得先將雲來居「拿下」才行，不然，以後也別想做生意了。

寧汐插嘴道：「新酒樓還叫太白樓嗎？」

容瑾哂然一笑。「那名字太土了，換個響亮點的，就叫鼎香樓吧！」順手拈來，顯然早就胸有成竹了。

鼎香？

各人都在心裡默唸了幾遍，越咂摸越覺得這個名字實在太妙了。鼎香，諧音就是頂香，用來做酒樓的名字實在很響亮，果然比太白樓要好聽多了。

陸子言笑道：「早聽說表弟文采無雙，今天我算是領教了。」鼎香樓，果然是個好名字！

孫掌櫃讚不絕口。「是啊，這名字真是好得不能再好了。對了，還得請人寫個匾額吧！」酒樓的匾額相當於人的臉面，可是非常重要的。

容瑾瞄了孫掌櫃一眼，並沒吭聲。

小安子嘻嘻地笑著插嘴。「孫掌櫃，你可真是有眼不識金鑲玉。我們少爺不僅文采出眾，而且擅長書法，外面不知道有多少人想求少爺寫幅中堂掛在家裡，區區一個匾額，就更不在話下了。」

孫掌櫃喜出望外，連連笑道：「這可再好不過了。」

寧汐也有些意外，忍不住瞄了容瑾一眼。前世可從沒聽說容瑾這麼厲害，這中間到底是出了什麼變故，為什麼他像變了個人似的……等等，變了個人？

寧汐心裡一動。她一直以自己的經歷來揣測容瑾的變化，現在仔細想想，眼前這個容瑾和她前世所知道的那一個，根本就是判若兩人。

難道，他已經不是前世那個容瑾了嗎？

那麼，他到底是誰？

寧汐定定地看著容瑾，眼裡閃過一絲迷惑。

容瑾早就留意到了寧汐對他的頻頻注目，心裡掠過一絲莫名的雀躍和欣喜。嗯，她總算知道他是多麼的優秀出色前無古人後無來者上天入地舉世罕見……了吧！

接下來，各人又隨口扯了些閒話。眼看著時間不早了，容瑾才起身說道：「寧大廚好好休息兩天，拜帖的事情就不用你操心了，到時候我會讓小安子通知你提前做好準備的。」

寧有方忙不迭應了。

陸子言又親切地安撫了幾句。「孫掌櫃、寧大廚，你們就安心的在這裡住下，要是缺什麼就直接跟我說……」

容瑾斜睨了過來，不客氣地笑道：「你說這話是什麼意思？是不是嫌我們容府怠慢了客人？」

其實，他大可以吩咐幾個丫鬟來伺候寧家人，不過，就怕那樣會讓他們更不自在，這才打消了這個念頭，改而吩咐管事，把一些日用品都準備好，其他的時候儘量別來打擾。

陸子言立刻陪笑。「哪裡哪裡，表弟說這話可真讓我汗顏了，你安排得非常妥當了。」

容瑾滿意地笑了笑。「這還差不多。」兩人說話很是隨意，看來感情很不錯。

寧有方忙笑道：「能在容府借住，我們已經很知足了，不用再麻煩了。」

容瑾隨意地點點頭，朝小安子瞄了一眼。小安子立刻會意，忙從身上取了幾個牌子過來，分別塞到寧有方和孫掌櫃的手裡。「這個是進出用的憑證，可以走正門，要是嫌正門遠，走偏門也行。」

寧有方和孫掌櫃忙將牌子收了下來，連聲道謝。心裡不約而同的想道，這高門府邸果然就是規矩多啊，連進出都得有憑證。

等容瑾等人走了，屋子裡的氣氛頓時輕鬆了不少。

孫掌櫃笑著說道：「寧老弟，我以前一直覺得陸家就夠氣派的了，現在看看容府，才知道什麼叫氣派啊！」

寧有方也嘆道：「是啊，我這輩子都沒想到能有機會住到這樣的地方來。」

寧汐的嘴角微微翹起，眼裡閃過一絲笑意，打趣道：「爹，說不定您以後還會住到更好更氣派的地方呢！」

京城裡比容府更氣派更好的地方還會是哪兒？

寧有方一愣，旋即反應過來，咧嘴笑道：「閨女，衝著妳這句話，爹以後可得好好做事不可。」或許有一天，他也能入宮做上御廚呢！

寧有方的眼裡閃著不容錯辨的憧憬和希冀。

寧汐卻想起了寧有方前世的風光和最後的淒慘下場，笑容微微一黯，旋即打起精神笑道：「那我可就等著過好日子了。」

寧有方啞然失笑，愛憐地拍了拍寧汐的頭。

雖然有了可以隨意進出容府的牌子，可接下來的兩天，寧有方卻並沒急著出府，而是儘量多休息，爭取恢復最佳狀態。

一想到即將要到京城最出名的酒樓裡，向最有名氣的名廚挑戰，寧有方就一陣激動。天天待在小廚房裡，琢磨著拿手的菜式。每次做了之後，便讓寧汐試菜。

寧汐自然清楚接下來的挑戰對寧有方來說是多麼的重要，因此一改平時的嬉笑玩鬧，一本正經的嚐菜點評。

若論毒舌，她可能不如容瑾。不過，論到對菜餚色香味的細微把握，她可比容瑾內行多了，句句都能說到點子上。「……爹，這道清蒸乳鴿鮮味是夠了，賣相也還不錯。不過，肉質還不夠鮮嫩，蒸的時間稍微有些長了……」

寧有方邊聽邊點頭。雖然精心做的菜被挑出了瑕疵，可心裡卻是愉快的。

外面忽然傳來了一陣沈重有力的腳步聲，一個陌生的男子聲音響了起來。「請問寧大廚在嗎？」

第九十六章 第一個挑戰

寧汐和寧有方都是一愣。

初來乍到，他每天都待在院子裡哪兒也沒去，一切日常需要的東西，都是由秦管家或是小安子領人送過來的。會是誰來找他？

寧有方走出幾步，打量來人幾眼。那個男子年齡絕不算小了，目測看來，至少也有四十多歲，不過卻體型健壯，滿臉紅光很有精神，也在上下打量著寧有方。

「我就是寧有方，請問你是……」

那個男子笑了笑。「我姓薛。」

寧汐心裡一動，搶著問道：「是薛大廚嗎？」這個年齡，又姓薛，肯定是那個傳說中的薛大廚了吧！

薛大廚有些訝然地看了寧汐一眼，然後笑著點點頭。

寧有方忙笑著寒暄了幾句，心裡卻在暗暗奇怪，這個薛大廚忽然找上門來做什麼？

薛大廚顯然看出了寧有方眼中的疑惑，笑著解釋道：「聽容少爺說寧大廚手藝不錯，今天我特地過來拜會。」

容瑾是何等的挑剔，薛大廚再清楚不過了，能被容瑾誇一句「不錯」，這個寧有方顯然不是普通廚子。而且竟然被容瑾安排住在了容府裡，薛大廚心裡不好奇才是怪事。今天特地找了個空，上門來「拜會」了。

廚子之間的「拜會」，寧有方當然很清楚是怎麼回事。

真沒想到，還沒等他去各家酒樓踢館，就有人上門先來找他了！

寧有方不動聲色地笑道：「薛大廚手藝精湛，我早就久仰大名了。要是有幸領教，真是我的榮幸。」

答應得這麼爽快，倒讓薛大廚有些意外。成名這麼多年，敢這麼爽快答應他挑戰的廚子可真是太少了……

薛大廚的眼裡閃過一絲亮光，哈哈一笑。「好好好，寧大廚真是爽快。這樣吧，切磋手藝總得有個評判，這個人選是現成的，找都不用找。我們今天晚上就各自做幾道菜，讓容少爺點評幾句怎麼樣？」

寧有方不假思索地點頭應了。「好，那我到時候可要借薛大廚的廚房一用了。」不然，這麼遠的端過去，菜都涼透了，味道肯定會大打折扣。

薛大廚意味深長的一笑。「只要寧大廚不介意，隨時可以過來找我。」

一般來說，做廚子的都有用慣的刀具灶具，乍然用別人的廚房，肯定會很不適應。可寧有方卻如此坦蕩，到底是藝高人膽大還是不知天高地厚沒把他放在眼底？

寧有方笑著點頭，和薛大廚客套了幾句，便將薛大廚送了出去。

待薛大廚的身影消失不見之後，寧有方的笑容頓時沒了，皺起了眉頭，卻沒有說話。

寧汐好奇地問道：「爹，這個薛大廚真是有點奇怪。特地跑過來，就是要約您比拚廚藝嗎？」也太冒昧了吧！以前見都沒見過，哪有這麼直接跑來就下戰書的？

寧有方哼了一聲。「那天晚上，容少爺擺下接風宴，我也被邀請去了，恐怕就是這個讓薛大廚心裡不痛快了。」

但凡有名氣的廚子，骨子裡都有幾分傲氣。薛大廚自恃甚高，見容瑾這麼器重他，心裡當然不服氣。

寧汐想了想，也笑了起來。「爹，這可是您到京城的第一戰，可不能輸給薛大廚了。」

寧有方也笑了，振奮精神說道：「好，今天我就好好露一手，不能讓薛大廚小看了。」

父女兩個對視一笑，商議起了晚上要做的菜餚來。

到了下午的時候，寧有方就領著寧汐去了容瑾的院子。

這兩天一直悶在院子裡，乍然出來透氣，寧汐倒是有心情欣賞容府的景致了。

此時正值初夏，容府裡種了許多的花草樹木，遠遠看去一片青綠，讓人心情無比舒暢。那些掩映在樹木藤蔓中的亭子，更是小巧精緻。再有假山奇石流水，真是美不勝收。

第一天來的時候匆匆忙忙的，也沒心情仔細欣賞，現在細細品味，寧汐開始領略到了容府景致的妙處。

若論奢華富麗，容府確實不如四皇子府。可若說風景雅趣，似乎又比四皇子府還要強一些。

時不時的有嬌俏美貌的丫鬟或是精明幹練的管事婆子經過寧汐和寧有方的身邊，一個個都用好奇的目光打量著這對父女。

這兩天，容府裡的大小丫鬟婆子幾乎都聽說了有人借住容府的消息。本來這也不算什麼，容府家大業大親友眾多，有人來住上一年半載也不是稀奇事。不過，對方卻只是遠從洛陽而來的廚子，這就很值得玩味了。

秦管家早已奉了容瑾的命令，不准任何人隨意窺探寧家人的生活起居，更不准隨意踏足寧家人住的院子。所以，容府的下人們雖然很好奇，卻也沒人敢違抗秦管家的命令。為這點小事惹怒了三少爺，可就太划不來了。

不過，沒去窺探，不代表沒有好奇心。正因為寧家人沒出來走動，各人反而更加好奇了。今天難得見了寧有方和寧汐父女，還不一個個卯足了勁兒的伸長脖子來看？

寧汐很快就察覺不對勁來了，低聲笑道：「爹，您瞧見沒有，我們這一路上，可碰到不少人了。」哪有這麼湊巧的，一撥一撥的遇見。

寧有方被這麼一提醒，也覺得有些好笑。「大概是覺得我們這樣的人能住進容府很稀罕吧！算了，愛看就看吧，又不是見不得人。」

說得倒也是，寧有方雖然只是個廚子，可身姿挺拔面容俊朗。寧汐更是生得水靈秀美，怎麼看都是一對出色的父女。

父女兩個正低聲說笑著，前面的路上忽然出現了一個穿著嫩黃色衣衫的少女。

那個少女大概十三、四歲，大大的杏眼、紅潤的小嘴，臉頰白皙中透著紅潤，十足是個美人胚子。看穿戴顯然不是普通少女，正被幾個俏麗的丫鬟簇擁著走了過來。

寧汐無意中瞄了一眼，笑容頓時僵住了，眼裡掠過一絲莫名的酸澀。

自從知道要來京城的那一天起，她就預感著會有這一天的重逢。住進了容府之後，她不願意出來走動，一方面固然是想少些麻煩，可內心深處隱隱的也有避開這個少女的念頭。可越怕什麼越來什麼，沒想到就出來這麼一次，竟然就碰了個正著……

該來的跑不掉，四皇子和邵晏出現的時候，她都撐過來了，現在也一定可以！

寧汐給自己暗暗打氣，打起精神迎上前去。

那個嬌豔少女漫不經心地看了過來，顯然對衣著不起眼的寧有方父女並不感興趣，連詢問一聲的興致都沒有，就這麼直直的從寧汐身邊走了過去。

寧汐暗暗鬆了口氣，可還沒等這口氣呼出，就見那個少女停住腳步，疑惑地轉過頭來。然後，那個熟悉的略顯尖細的少女聲音響了起來。「你們是誰？我怎麼從沒見過你們？」那口氣並不客氣，甚至有些倨傲無禮。

當然，這個少女確實有驕傲的資格，因為她就是容家四小姐容瑤！

雖然她只是一個小妾所生，可畢竟是容家唯一的女兒，在府裡一直很受寵愛，也漸漸養成了驕奢刁蠻的脾氣。

寧有方一臉陪笑的應道：「小的寧有方，這是我閨女寧汐，我們是跟著陸少爺到京城來的，被容三少爺安排住在府裡。」

容瑤挑起柳眉，掩嘴笑了。「哦，我知道了，你們是三哥請來的客人是吧！他的脾氣總和別人不太一樣……」她的目光在寧有方和寧汐的身上打了個轉，那絲輕視和鄙夷毫無遮掩的從眼底流露到了嘴角。三哥也真是的，居然讓這種不相干的閒雜人等住進容府來了。

寧有方的笑容有些僵了，心裡自然是不痛快的，可是畢竟寄人籬下，身分天差地別，這口閒氣不受也得受著了。

寧汐忽然抬起頭燦然一笑。「是啊，我也覺得容三少爺的脾氣怪得很呢！我們本來沒打算死皮賴臉地要住到容府裡來，可他偏說已經安排好了。這番心意我們實在拒絕不了，只好暫時借住下來了。」哼，又不是他們想住在容府的。

這番話不卑不亢，軟中帶刺，容瑤聽了之後，臉色頓時難看起來，瞄了寧汐一眼，待見到寧汐那張秀氣得驚人的小臉時，心裡更不痛快了。

容四小姐不高興的時候，說話當然不可能好聽到哪兒去。「照這麼說，住在容府是委屈你們了是吧！哼，我還從沒見過像妳這樣不識好歹的……」不知不覺中，就把訓斥下人的口吻搬出來了。

寧有方臉色一變，暗暗握緊了拳頭，可滿腔的怒意還是禁不住湧了上來。要不是顧忌對方的身分，只怕早就不客氣地回擊了。

寧汐倒是沒動怒，甚至笑得甜美極了，無辜的說道：「不管我們識不識好歹，都是容三少爺請來的客人，容府就是這麼對待客人的嗎？」

容瑤果然還是那副驕縱脾氣，根本禁不起半點譏諷，聞言頓時勃然大怒。「呸！什麼客人？就你們也配做我們容府的客人嗎？我們容府就算是下人也比你們兩個穿戴強得多了。」

第九十七章　你向著誰？

再漂亮的少女，一旦發起脾氣來，也會少了幾分顏色。

容瑤也算是個小美人了，可驕縱刁蠻的潑辣樣子一露出來，真是讓人目不忍睹。前世的她，不知被容瑤明裡暗裡刁難過多少次，對她這一面實在是熟悉得不能再熟悉了。

寧汐眼裡飛快地閃過一絲冷意，依舊笑得溫和客氣。「四小姐，您說這話我可不敢苟同。難道看一個人就是看穿衣打扮的嗎？我和我爹確實穿著粗布衣裳，可我並不覺得我們就比別人低賤。事實上，穿著綾羅綢緞的，如果沒有修養沒有禮貌，也高貴不到哪兒去。」

「妳……」容瑤被氣得臉都白了。「妳竟然敢罵我沒修養沒禮貌？」

生母身分低下，嫡母幾年前病逝，父親又長年鎮守邊關，府裡有資格管教她的，只有寥寥幾人。偏偏大哥容玨忙於公務應酬懶得管她，三哥容瑾性子冷淡很少正眼看她。這麼算來，確實沒人用心的管教約束過她，也養成了她說話肆無忌憚的脾氣。

寧汐故作愕然。「四小姐千萬別誤會，我剛才只是隨便打個比方，絕對沒有譏諷四小姐的意思。」

容瑤冷哼一聲。「是不是妳心裡最清楚。果然是鄉下來的野丫頭，一點規矩禮貌都不懂。」

聽到這等侮辱人的言詞，寧有方頓時沈了臉，說他幾句也就罷了，可現在居然肆意謾罵寧汐，這口氣寧有方可沒法子忍了。

寧有方冷冷地說道：「四小姐，我們尊重您，希望您說話也客氣點。」他們可不是容府的下人。

容瑤冷笑一聲。「今兒個倒是奇怪了，我在自己的家裡，想說什麼就說什麼，什麼時候輪到外人來指手畫腳了。要不是看在三哥的分上，我現在就讓人攆你們出去！」

寧有方臉色一變，怒火蹭地往上湧，額頭上的青筋若隱若現。「不用四小姐攆，我現在就去和容少爺說一聲，這就搬出去住！容府這樣高貴的地方，我們高攀不起！」說著，看都不看容瑤一眼，就甩袖而去。

寧汐的笑容也沒了，冷然地看了容瑤一眼。「四小姐，希望您不要後悔今天說過的話。」

她、她竟然敢用這樣威脅的語氣和自己說話?!容瑤瞪圓了眼睛，正想回擊幾句，卻見寧汐毫不留戀地轉身離去。

容瑤氣得俏臉煞白，恨恨地跺了跺腳。「哼！這是從哪兒來的不懂規矩的東西，竟然敢這麼對本小姐說話。」

一旁的貼身丫鬟綠竹自然清楚容瑤的脾氣，壓根兒不敢在這個時候插嘴，唯唯諾諾的低著頭。

容瑤越想越生氣，嬌豔的臉蛋有些扭曲。「我現在就去找三哥！」說著，忿忿地轉過身，往容瑾的院子走去。

丫鬟們不敢怠慢，立刻跟了上去。綠竹戰戰兢兢的出言勸道：「四小姐，您先消消氣，為這點小事氣壞了身子可不好，三少爺的脾氣您也知道的，到了那兒，您說話可得留意些……」

若論口舌毒辣犀利，容三少爺在容府裡絕對是頭一份……哦，不，放眼整個京城，能和三少爺相提並論的也幾乎沒有。而且他脾氣古怪，行事說話和大少爺、二少爺可完全不一樣。四小姐的刁蠻脾氣在別人面前還能行得通，不過，到了三少爺面前就……

容瑤正在氣頭上，哪裡聽得進這樣的話，怒氣沖沖的瞪了綠竹一眼。「有什麼可留意的，那是我哥哥，難道還會向著外人說話不成？」

那可說不準……綠竹心裡想著，口中卻連連笑著附和。「小姐說的是，三少爺肯定會向著您的，是奴婢多嘴了。」

容瑤哼了一聲，繃著臉急急的往前走。

而此時，寧有方和寧汐早已到了容瑾的院子外面。寧有方正要上前敲門，寧汐卻一把扯住了他的袖子，低低的道歉。「爹，對不起，我又給您惹禍了。」剛才若是她肯隱忍幾句，也不會有後來那一齣了。

只是，一看到那張熟悉的趾高氣揚的臉，遙遠的回憶就爭先恐後的翻湧上來，她實在按捺不住，才會譏諷了容瑤幾句。而逞一時口舌之快的後果就是，容府他們是住不下去了……

寧有方深呼吸口氣，將心頭的怒火按捺下去，擠出笑容安撫寧汐。「傻丫頭，這怎麼能怪妳？那個四小姐說話這麼難聽，是個泥人都有三分火氣，別說妳了，就連爹都忍不下去了，妳也別放在心上了。容府這樣的地方本來就不是我們應該住的，我現在就去和容少爺說一聲，我們一家四口出去買個院子安頓下來，省得整天受這樣的閒氣。」

寧汐心裡一暖，連連點頭應了。

就在此時，院門忽然開了，翠環笑盈盈的走了出來，見寧有方父女站在門口，不由得一愣，忙笑著上前打了招呼。「寧大廚、寧姑娘，你們怎麼到這兒來了？真是巧得很，我正要去找你們呢！薛大廚早已在廚房等你們了。」

此刻的寧有方哪還有心情理會薛大廚這一齣，客氣地笑了笑。「翠環姑娘，容少爺在嗎？我有事想當面和容少爺說一聲。」

這語氣似乎不太對勁啊！翠環不動聲色地笑了笑。「少爺正陪著陸老爺、陸少爺說話呢！我這就去稟報一聲……」話音未落，就被一個怒氣沖沖的聲音打斷了。

「翠環！三哥呢？」來人，當然是容府四小姐容瑤了。

翠環又是一愣，卻是不敢怠慢，忙笑著應道：「回稟四小姐，少爺就在裡面，奴婢這就替您稟報一聲……」

容瑤哼了一聲，傲然的說道：「我來找三哥，還用通報什麼？」然後，鄙夷地看了寧有方和寧汐一眼，冷哼了一聲，就這麼走了進去。

翠環被這一幕給弄懵了，一時也顧不上問清緣由，忙跟在容瑤身後走了進去。

果然，連個丫鬟也沒把他們放在眼底。寧有方自嘲的笑了笑，打起精神說道：「汐兒，我們也一起進去。四小姐既然來了，正好省了我們的口舌功夫。」

寧汐歉然地瞄了寧有方一眼。

事情到了這個地步，再說什麼都是於事無補了。還是好好想想該怎麼應付接下來的事情吧！

父女兩個各懷心思，也進了院子裡。寧有方來過兩次，輕車熟路地領著寧汐往裡走去，遠遠的就聽到容瑤的聲音——

「……三哥，有人欺負我，你可要替我出口氣！」

容瑾漫不經心地應了句。「在容府裡，不都是只有妳欺負別人的分嗎？還有誰敢欺負妳？」

寧汐差點失聲笑了起來，好不容易忍住了，和寧有方一起走了進去。

容瑤正噘著嘴巴跺腳生氣。「還不都是你。也不知道從哪兒來的烏七八糟的鄉下丫頭，竟然也住到了我們容府裡來，居然敢頂撞我。我不管，你現在就攆他們走！」

容瑾眸光一閃，笑容冷了下來，顯然已經猜到了容瑤口中「烏七八糟的鄉下丫頭」是誰了。

寧有方面無表情的走了進來，淡淡地看了容瑾一眼。「容少爺，我現在就是來辭行的。不用您張口，我們現在就回去收拾東西。」

寧汐沒有說話，靈動的眸子裡隱隱的冒著怒氣。任誰聽到有人這麼肆意的謾罵自己，都會怒火中燒的吧！

容瑤瞄了寧汐一眼，眼裡閃過一絲得意，嬌嗔的扯著容瑾的袖子。「三哥，就是她！」

纖細的手指直直的指向寧汐。「就是這個野丫頭，剛才竟然敢當面譏諷我。你一定要好好的教訓她一頓，再攆她出容府，才能消了我心頭這口氣！」

寧汐緊緊的抿著嘴唇，拚命忍住反唇相稽的衝動。心裡那把怒火，卻愈燒愈烈！

陸子言見不得有人這麼侮辱寧汐，忙出言維護。「表妹，寧汐妹妹是寧大廚的女兒，也是個很出色的廚子，過些日子鼎香樓就要開業了，就要靠他們了……」

容瑤不耐煩地應道：「不過就是個廚子罷了，打發到別院去住就是了。反正，我不想再看見他們兩個！」尤其是那個牙尖嘴利又有點姿色的小丫頭。

容瑾終於張口了，卻是對著寧有方說的。「寧大廚，我這個妹妹打小就驕縱慣了，說話沒禮貌，你別往心裡去。」

眾人都是一愣，誰也沒料到容瑾會是這個反應。

寧有方的怒氣頓時平息了不少，忙擠出笑容應道：「容少爺說這話，我實在不敢當……」

「三哥！」容瑤不敢置信的看著面色淡然的容瑾。「你、你竟然向著外人說話？」我可是你親妹妹啊！

容瑾淡淡地瞄了容瑤一眼。「四妹，妳的禮貌修養都哪兒去了？沒見我正和客人說話嗎？」

容瑤平時天不怕地不怕，最怕的就是容瑾。見他板著臉孔，心裡早已怯了一頭，再被他這麼一訓斥，立刻委屈得紅了眼睛，抽抽搭搭的哭了起來。

容瑾看都沒看她一眼，逕自說道：「寧大廚，今天發生的事情你別往心裡去，你是我親自請來的客人，儘管安心的在容府裡住下去。」

第九十八章　你是誰？

容瑾平時說話高傲刻薄，誰也沒想到會有這樣溫和客氣的一面。寧有方早已受寵若驚了，一腔怒火頓時不翼而飛，連道不敢，這請辭的話是怎麼也說不出口了。

寧汐忽地上前一步，輕輕的說道：「多謝容少爺的美意。今天的事情大半都錯在我，才惹得四小姐發了這麼大的火氣，不能為了我這個無足輕重的人傷了你們兄妹的和氣，我們還是出府去住吧！」

這番話說得極為得體，陸老爺聽了不由得暗暗點頭。寧汐雖然還小，可說話做事倒是很有分寸。只可惜身分低微，不然，倒也能配得上自己的兒子了……

容瑤一聽這話，立刻抹了眼淚，氣勢洶洶的指責。「本來就都是妳的錯。妳這種不知好歹的鄉下丫頭，哪裡配住在容府裡……」

「容瑤！」容瑾冷冷的吐出兩個字，眼眸裡的冷意簡直像利箭一般。

容瑤不自覺地瑟縮了一下，抓著容瑾袖子的手悄然鬆開。每當容瑾開始直呼她名字的時候，就代表他真的生氣了……

容瑾緩緩的起身，容瑤不自覺地退後一步，壓根兒不敢直視容瑾冰冷的眸子。

「容瑤，我再說最後一次！寧大廚和寧姑娘是我親自請來的客人，他們會一直住在容府裡。要是讓我知道有誰言詞無禮，得罪了我的客人，我一定很生氣很生氣。」

一股無形的威壓悄然散開，壓得眾人都有些透不過氣來。

容瑤首當其衝，更是連頭都不敢抬，委屈的不停抹眼淚。

容瑾瞄了她一眼，淡淡地說道：「身為容府四小姐，妳的閨閣禮儀實在令人遺憾。陶姨娘是不是忙得沒時間調教妳？我這就去跟大嫂說一聲，讓她請一位教養嬤嬤……」

容瑤聽得臉色一變，也顧不得裝模作樣的抹眼淚了。「三哥，我知錯了，我這就回去待著，你就別跟大嫂說這事了。」

容府的當家主母在幾年前就病逝了，容老爺一直沒再娶，如今當家理事的，就是大少爺容玨的妻子李氏。李氏出身名門，最重規矩，對容瑤這個肆意妄為的小姑並沒多少好感。要是真的一時興起請了個教養嬤嬤回來，容瑤可就有得苦頭吃了。

容瑾挑了挑眉。「妳真的知錯了嗎？」

容瑤連連點頭。「我知錯了，三哥，我真的知錯了，求求你了，你千萬別和大嫂說起今天的事情。」

容瑾「嗯」了一聲。「妳知錯就好，向寧大廚和寧姑娘道個歉，他們若是不介意，此事就這麼算了。」

什麼？還要她道歉？容瑤瞪圓了眼睛。「我可是堂堂容府四小姐，憑什麼向……他們道歉？」總算把幾個形容詞都省略了。

容瑾瞄了她一眼。

容瑤立刻噤聲，壓根兒不敢和容瑾對視，不情願地挪了一步。那簡單的三個字在她的嘴裡打了幾個轉，卻怎麼都吐不出來。

寧有方早被這一連串的變故弄得昏了頭，好不容易才反應過來，忙說道：「容少爺，這可萬萬使不得。我們哪擔當得起，今天的事也不能全怪四小姐……」

寧汐迅速地說：「是啊，都怪我一時按捺不住，頂撞了幾句，才會惹得四小姐不高興。要是四小姐真的向我這個鄉下野丫頭道歉，我可真的經受不起。」

這丫頭可真是牙尖嘴利，從不肯讓人一句。

容瑾的眼底迅速地掠過一絲笑意，對容瑤說道：「既然寧大廚和寧姑娘都不計較了，今天這帳我暫且記下了。妳先回去吧！以後沒通報，別隨便闖進來！」

容瑤委屈地點了點頭，臨走前，終於還是忍不住瞪了寧汐一眼。今兒個這仇，她可是記下了，以後總有一天，她要讓這個丫頭好看！

寧汐淡淡地一笑，壓根兒沒把容瑤臨去的忿恨目光放在心裡。本來是打算借著今天的事情從容府搬出去，沒想到容瑾竟然沒向著容瑤，反而處理得如此磊落漂亮，倒讓她真的刮目相看了。同時，她也可以更加肯定心裡的猜想——

容瑾，已經不是前世那個病殃殃的文弱美少年了。現在的容瑾，根本就是完全不同的另外一個人！

她在一旁看得很清楚。從頭至尾，容瑾都是冷淡的聽著容瑤哭訴，眼裡壓根兒沒流露過一絲的憐惜。有什麼理由讓他對自己的妹妹如此的冷漠無情？

只有一個解釋，他根本不是原來的容瑾。

寧汐意味深長地看著容瑾。既然重生這種荒謬的事情都有可能發生，那麼，還有什麼事情是不可能的？只是不知道，他到底是何方神聖，竟然佔據了容瑾的身體……

容瑾見寧汐眼也不眨地盯著他，心裡掠過一絲怪異的感覺。

他不動聲色地將這一絲莫名的怪異感覺壓了下來，淺笑著說道：「我這妹妹，脾氣有些驕縱，說話難聽，寧大廚、寧姑娘就別往心底去了。」

容瑾態度罕見的和善，早讓寧有方受寵若驚了，連忙陪笑道：「容少爺可千萬別這麼說，我這閨女才真是被我慣壞了，說話沒個分寸，這才惹怒了四小姐，回去我一定好好的管教她。」

容瑾瞄了寧汐一眼，似笑非笑的說道：「寧姑娘確實伶牙俐齒。」他早就領教過多次了。連他都占不了上風，難怪容瑤那個沒腦子的丫頭會被氣成那個樣子。

陸老爺起身笑道：「好了好了，這事就算過去了，別傷了和氣。對了，聽說薛大廚特地邀寧大廚一起做菜，今天晚上我們都有口福了。」廚子們之間一較高下，最高興的當然就是食客了。

寧有方的注意力立刻被轉移了過來，謙虛的說道：「薛大廚手藝高超，有這樣的機會討教，是我的榮幸。」

容瑾笑了笑。「既然如此，那我們就等著坐享其成了。」說著，吩咐翠環。「妳領寧大廚去廚房。」

不用說，寧汐自然也麻溜地跟了上去。

容瑾瞄了那個纖細窈窕的身影一眼，嘴角微微翹起。小丫頭，已經住到容府了，想走可沒那麼容易……

第九十九章　比拚

容瑾院子裡的廚房堪稱是容府最大最講究的，雖然不像酒樓的廚房那般到處是爐灶，可卻更加乾淨整潔，連個油星兒都沒有，也不知道花了多少力氣才能維持這樣的乾淨。

各式灶具更是應有盡有，甚至還有專門製糕點用的灶具，林林總總，看得寧汐眼花撩亂。

除了薛大廚之外，還有兩個二廚，打雜做事的，約莫五、六個人。

寧汐心裡不由得暗暗感嘆，主子就一個，伺候的人可真是不少啊！

薛大廚見了寧有方，很是客氣地寒暄了一番。不過，依寧汐看來，兩人的眼底分明都閃著一別苗頭的火花。看來，今天的廚藝之戰很值得期待啊！

寧有方環視一圈，連連讚道：「這兒的廚房可真是乾淨寬敞。」

薛大廚朗聲一笑。「你們初來乍到，還不瞭解容少爺的脾氣。他對吃進嘴裡的飯菜簡直挑剔到了極點，廚房裡要保持乾淨，食材配料都要最上乘的，做出來的菜餚，色香味缺一不可。稍微有點小瑕疵，他都能吃得出來，保准當時就讓廚子難堪。」

聽這語氣就知道，薛大廚曾經吃過不少排頭。

寧汐噗哧一聲笑了起來，插嘴道：「薛大廚，說到這個，我爹也是一肚子苦水呢！去年容少爺去洛陽，在我們太白樓裡整整吃了一個月的飯菜，我爹天天被挑出一堆毛病，都快不敢下廚做菜了。」
薛大廚立刻來了興致。「哦？是真的嗎？」
寧有方啞然失笑。「汐兒說得有點誇張了，不過，容少爺對吃確實很挑剔。」
那段日子確實難熬，不過，現在回想起來，卻又覺得很有挑戰。每天都要絞盡腦汁將菜式做到最完美，對一個廚子來說，這簡直就是魔鬼式的訓練。
兩位大廚對視一笑，倒是生出了一些惺惺相惜的感覺。
薛大廚瞄了寧汐一眼，笑著說道：「我們在這兒做菜，寧姑娘不嫌棄這兒的油煙味嗎？」
寧汐抿唇一笑。「薛大廚，你還不知道，我跟著我爹已經做了一年多的學徒，天天在酒樓的廚房裡待著，早就習慣油煙味了。」
薛大廚又是一愣，忍不住細細的打量寧汐幾眼。這個笑得甜蜜可愛的小姑娘，眼眸黑而明亮，臉蛋白皙紅潤，分明就是個小美人兒。這樣嬌滴滴的小姑娘能吃得了那份苦嗎？
寧有方笑了笑，眼裡滿是驕傲。「我這閨女還算有點天分，容少爺今年去洛陽住了幾天，吃的飯菜都是她做的。」
沒人比薛大廚更清楚容瑾的挑剔成性，聞言頓時一愣。這個小丫頭竟然能入容瑾的眼，看來，一定不只是「有點天分」吧！
寧汐笑咪咪地問道：「薛大廚，您不是說要做菜嗎？怎麼一點食材都看不到？」廚房裡除了爐灶之外，空空如也，什麼都沒有。

薛大廚挑眉一笑。「今天就讓你們開開眼界，看看我們這兒的食材都是怎麼存放的。」

寧汐和寧有方的好奇心大起。食材不都是放在櫃子裡嗎？還能有什麼稀奇的？

薛大廚也不多解釋，笑著領著寧有方父女兩人到了隔壁的屋子裡。

天氣明明有些燥熱，可剛一進了這間屋子，寧汐頓時覺得一陣沁人心脾的涼意。再一看，更是訝然的瞪圓了眼睛。

這間屋子很寬敞，裡面整齊的擺了幾個櫃子，其中堆放著各式食材。最吸引人眼球的，莫過於正中間地上那個長長的櫃子了。

一般來說，存放名貴食材的櫃子都是高高的，像這種只有兩層的低矮的櫃子，卻是極為少見。

薛大廚笑著俯下身子，打開第二層，一股涼氣頓時撲面而來，裡面放著魚翅、鮑魚、燕窩之類的食材。「天氣熱了，這些食材不易存放，不過，放在這兒倒是能多擺些日子。」

寧有方疑惑地問道：「薛大廚，這涼氣是從哪兒來的？」

薛大廚笑而不語，眼裡閃過一絲得意。

寧汐心裡一動，衝口而出。「櫃子的第一層裡放的是什麼？」

薛大廚略有些訝然地看了寧汐一眼，然後笑著打開了第一層櫃子，裡面赫然放了幾盆冰塊，不停的冒著絲絲涼氣。

寧有方倒抽一口氣，早就聽說過有錢人家都有冰窖，貯存一些冰塊留著夏天消暑。可這樣用來給食材保鮮用，實在是太過奢侈浪費了吧！

寧汐好奇的問道：「薛大廚，這個冰塊多久要更換一次啊？」冰塊總有消融的時候，要想一直保持這樣的低溫，就得不停的更換冰塊才行。

薛大廚笑了笑。「一般來說，一天更換一次就行了。」

寧汐稍微算了算，不由得暗暗咋舌。這才初夏，就開始用冰塊保鮮食材了，這一整個夏天，得用掉多少冰塊才夠啊！

薛大廚對寧有方和寧汐的反應顯然很滿意，略有些傲然的笑道：「這個法子是容少爺想出來的。而且他還吩咐過了，只要是需要用的東西，儘管張口。」

這樣大方慷慨的主子，當然讓人愉快。

寧汐微微一笑，腦子裡忽地閃過那張俊美的面孔，忽然覺得容瑾也沒一開始想得那麼可惡了。雖然他對菜餚挑剔得過分，可確實是第一流的食客。做廚子的遇到這樣的食客，既是不幸也是最大的幸運。

屋子裡的食材種類多樣，只要是能想到的，就能找得到，甚至還有些沒見過的。

寧汐拿起一個又大又紅又軟像果子一樣的東西，好奇的捏了捏。「這個是什麼？」

薛大廚笑著答道：「這個是從番邦那邊傳過來的，據說叫什麼番茄。我一開始沒敢用，容少爺卻說這是個好東西，又好吃又有營養，後來每次採買的出去，就都買一點回來。不過，該怎麼入菜，我也拿不準。」

番茄？寧汐想了想，忍不住笑了。「這個名字真有趣。」她以前還從沒見過這樣的食材呢！

薛大廚笑了笑，看了寧有方一眼。「寧大廚，如果不嫌棄，就和我用同一個廚房吧！想用什麼食材，這裡都有。」

寧有方定定神，笑著點頭應了，兩人的眼裡同時閃過一絲興奮。

尤其是薛大廚，成名多年，又在百味樓做了幾年的大廚，早就是名動京城的名廚了。這幾年一直待在容府裡，雖然比以前安逸多了，可也不免有技癢的時候。現在難得有機會和另一個廚子切磋廚藝，心裡自然激動。

雖然都躍躍欲試的想要將對方壓過一頭，不過，兩位大廚的面上倒是都很客氣謙讓。

寧汐自動自發地跟在了寧有方的身後，跟著打起了下手。來之前就定好了要做哪些菜餚，因此挑選食材的時候，寧汐絲毫沒有猶豫，俐落地將需要的食材挑好。到切菜配菜的時候，更是絲毫不含糊，動作之麻溜，讓另外兩個二廚頓時相形見絀。

薛大廚偶爾瞄一眼，心裡暗暗一驚，難怪容少爺對這個小丫頭另眼相看。別的不說，單看刀功確實有過人之處。

寧有方笑著問道：「薛大廚，今天打算上幾道冷盤？」

薛大廚不假思索地應道：「按著老規矩，就上八道冷盤。我來做四道，剩下的四道，就煩勞寧大廚了。」

寧有方笑了笑。「好，另外四道冷盤，就交給汐兒吧！她一直跟在我身邊做事，冷盤做得還算不錯。」

語氣裡隱隱流露的那絲自傲，薛大廚豈能聽不出來？薛大廚眸光一閃，朗聲笑道：「好好好，今天我可要好好見識一番了。」

寧有方淡淡地笑了笑，站到了爐灶前，開始精心地準備起了菜餚。

薛大廚很自覺的選了另一邊的爐灶，雖然同在一個廚房裡，各自卻絕沒有朝對方多看一眼。

寧汐也很乖覺，將身子微微側了過來，從頭至尾也沒往薛大廚那邊看過。等配菜準備好了之後，寧汐忙著做起了冷盤。

說起來，冷盤是宴席的必備點綴，可真正上桌之後，動筷子的少之又少。所以，就更要在冷盤的花式上多下功夫，力求新穎，吸引食客的注意。

自從做過那道富貴孔雀之後，寧汐對立體的花式冷盤有了興趣。每次做冷盤的時候，儘量做些立體的效果。這對廚子的刀功要求自然更高。而且，一定得設計得精妙，不然，若是不成形狀，可就貽笑大方成了笑話了。

一連做了三道精緻漂亮的冷盤之後，寧汐的目光落在了那個紅紅的番茄身上。

想了片刻，寧汐心裡有了主意。拿起那個番茄，用薄而輕巧鋒利的小刀，慢慢的削皮。她削得很仔細小心，從頭至尾都沒斷，而且粗細均勻。一個完整的番茄皮削好之後，她動手將紅紅的番茄皮做成了一朵花。

那朵色澤嬌豔的玫瑰被輕輕的放在潔白的盤子中間，簡直無比的奪目耀眼。再用翠綠的黃瓜皮做出兩片葉子，越發的鮮活。

寧汐端詳片刻，很是滿意地點了點頭。

她一直習慣用蘿蔔雕花來做裝飾，可這種番茄皮做出的花，卻更鮮活紅潤，簡直像真的一樣，讓人分辨不出真假。

這麼看著，還有點單調。寧汐又將削了皮的番茄切成薄薄的片，只不過，番茄和她以前接觸過的食材實在都不一樣，剛一切開，裡面紅紅的汁液就流了出來。做冷盤雖然可以，可也失去了不少的美感。

寧汐想了片刻，又有了主意。將切好的片放在一個乾淨的碗裡，用筷子將番茄攪成糊狀，撒些白糖，嚐了嚐，那味道酸酸甜甜的，確實非常美味。

然後她用乾淨的紗布將汁液擰去一部分。再找來一個乾淨又小巧的酒杯，將番茄糊放進去，倒過來放在盤子上。盤子裡立刻出現了一個小小的圓形狀，實在小巧可愛。一個大番茄，正好做成了六個這樣的小圓球，襯著中間那朵番茄皮花，簡直是美不勝收。

寧汐欣賞了片刻，很是滿意。本想喊寧有方看一眼，卻見寧有方在爐灶前忙得滿頭是汗，連忙去找了條毛巾擰乾，給寧有方擦汗。

寧有方正在做最拿手的八寶野鴨，見寧汐笑顏如花的湊過來給自己擦汗，心裡很是快慰，笑著問道：「冷盤做好了嗎？」

寧汐笑嘻嘻地點點頭，得意地說道：「今天又做了道新花樣。」

寧有方露出會心的笑容，寵溺的看了寧汐一眼。別的廚子做菜都是一板一眼，可寧汐卻從不墨守成規，經常是靈機一動，就能做出令人驚豔的菜式。

等八寶野鴨正式上鍋蒸了之後，寧有方總算有了閒空，到了案板邊看了一眼，立刻笑道：「汐兒，這花是從哪兒找來的，可真是鮮豔漂亮。」

寧汐噗哧一聲笑了起來，俏皮的說道：「爹，您再看看。」

寧有方被這麼一提醒，立刻知道自己猜錯了，待仔細看上兩眼，才驚嘆起來。「這居然是做出來的，真是太像真的了。」

寧汐格格笑著，心裡別提多得意了。

清脆的笑聲傳到薛大廚的耳中，薛大廚的好奇心也被勾了起來，咳嗽一聲問道：「我能看一看嗎？」

寧汐歡快地笑道：「當然行，還請薛大廚多多指點。」

薛大廚笑著湊了過來，看了一眼，先是一愣，旋即笑道：「寧姑娘果然心靈手巧，這是用番茄做出來的冷盤吧！」目光如此犀利，果然不愧是做過多年御廚的人物。

寧汐笑著點點頭。「這朵花是用番茄的皮做出來的，剩下的，都做成了這幾個圓球了。」

薛大廚仔細看兩眼，嘆為觀止。「這番茄顏色豔麗，做成冷盤實在太妙了。我之前琢磨了許久愣是沒想到，真是慚愧。」

這個小丫頭，明明是第一次接觸到番茄這種新食材。可在這麼短的時間裡，竟然就想出了將番茄入菜的好法子。這份天資，簡直令人驚嘆！

薛大廚看了寧汐一眼，眼裡流露出欣賞。

寧汐雖然被很多廚子誇讚過多次，可被薛大廚這樣級別的名廚用這樣的目光看著，頓時有些飄飄然了。

寧有方也覺得面上有光，呵呵的笑了起來。

第一百章　真正的贏家

薛大廚忍不住問了句。「寧大廚，你閨女跟著你學多久廚藝了？」

寧有方咧嘴一笑。「一年多了。」

什麼？才一年多？薛大廚瞠目結舌，不敢置信的看了寧汐一眼。「只有一年多嗎？」這麼熟稔的刀功，竟然只學了一年多？

寧有方心裡別提多得意了，臉上卻做出謙虛的樣子來。「她還算有點天分。」

薛大廚倒是不吝嗇讚美，笑呵呵地誇道：「這可不能算有點天分，是很有天分才對。寧大廚，你有這樣的閨女，可真是有福氣。」不像他，都這把年紀了，卻連個繼承衣缽的徒弟都沒有……想到這個，薛大廚忍不住輕嘆一聲。

寧汐忽然聞到一陣淡淡的糊味，連忙提醒道：「薛大廚，似乎有點糊味了……」

薛大廚臉色一變，不敢再聊了，連忙飛奔著跑了過去。寧汐和寧有方對視一笑，也各自忙活了起來。

翠環領著另外兩個丫鬟進來的時候，菜餚已經準備得差不多了，兩個小丫鬟各自端了冷盤上去。

翠環瞄到那道番茄冷盤時，不由得一愣，眼裡閃過驚豔，忍不住笑道：「薛大廚，你的手可真巧，這道冷盤做得真別致。」

薛大廚朗聲一笑。「翠環，這次妳可誇錯了，這道冷盤可不是我做的。」

翠環掩嘴一笑。「那肯定是寧大廚的傑作了。」這位寧大廚的手藝果然高超。這道冷盤做得實在精緻漂亮啊！

寧有方得意地笑了笑。「這也不是我做的。」

翠環徹底愣住了，一臉的疑惑不解，這廚房裡的大廚就寧有方和薛大廚兩個，不是他們兩個還會是誰？

寧汐淡淡地笑了笑。「那道冷盤是我一時興起隨便做的，多謝翠環姊姊誇讚。」

翠環錯愕不已，眼眸裡滿是不敢置信。怎麼可能……

就算不擅廚藝，她也能看得出那麼漂亮別致的冷盤絕不是普通廚子能做得出來的。眼前的寧汐，不過是個十二、三歲的黃毛丫頭，竟然就有這樣過人的廚藝嗎？

寧汐瞄了仍然處在震驚狀態沒有回神的翠環一眼，心情忽地好了起來，笑咪咪地說道：「翠環姊姊，如果容少爺問起那道冷盤的名字，妳就告訴他，那道冷盤叫錦繡花開。」

翠環回過神來，笑著應了一聲，五味雜陳地去了。

錦繡花開？薛大廚琢磨片刻，不由得暗暗點頭。這名字果然取得雅致動聽。

正所謂食不厭精、膾不厭細，越是富貴之家，對飲食就越講究。再普通的菜餚，有了個好名字，也會多了幾分雅致。顯然，這個叫寧汐的小丫頭深諳食客們的心理，果然是個可造之材啊！

薛大廚越看寧汐越覺得順眼，溫和的問道：「寧姑娘，妳今年多大了？」

寧汐很敏感的察覺到了薛大廚的善意，甜甜的一笑。「薛大廚，我今年十三歲了。如果您不嫌棄，就叫我一聲汐丫頭吧！」

薛大廚從不是好相與的脾氣，可不知怎麼的，卻覺得寧汐分外的投緣。聞言笑道：「好好好，那我叫妳汐丫頭了。妳也別叫我薛大廚了，就叫我薛伯伯吧！」

事實上，薛大廚的年紀比寧有方大了不少，算是寧有方的前輩也不為過。現在卻主動讓寧汐叫他一聲伯伯，也算是給寧有方顏面了。

寧汐立刻笑著改了口。

薛大廚高興地應了，也不知道想到了什麼，眼裡掠過一絲遲疑。

寧汐沒有留意這些，湊到了寧有方身邊，興致勃勃地看著寧有方將蒸好的八寶野鴨端了下來。

這道菜餚最重要的食材當然是野鴨，不能太肥，也不能太瘦，兩斤左右的最合適。洗乾淨之後，抹上鹽和香料醃漬片刻，然後將白果、紅棗、蓮子、松子、芡實、香菇、糯米、白糖塞入鴨肚裡，上鍋蒸熟即可。

寧有方最擅長清蒸類的菜餚，對火候的把握很有獨到之處。

這道八寶野鴨色澤鮮豔，肉質鮮嫩。尤其是野鴨肚中的白果、紅棗、蓮子等食材，蒸熟了之後散發出陣陣甜香，吃到口中有鴨肉的香氣，卻又少了油膩，既能當菜也能當主食，可以說是這道菜餚的定睛之筆了。

薛大廚的目光何等犀利，根本不用嚐，就這麼看上一眼聞上一聞，立刻就窺出了其中的妙處，忍不住暗暗點頭。

這個寧有方能得容瑾另眼相看，果然有些本事，倒是不能小覷了他！

這邊八寶野鴨剛端走，那邊薛大廚也不甘示弱地將鍋中燉了許久的冬瓜蓉薺菜湯裝進青花大碗裡。

這道菜餚看似簡單，所用的食材不過是最常見的鮮蝦、薺菜、雞蛋和冬瓜，可經過薛大廚妙手烹製，卻成了一道絕不平凡的菜餚。

每一粒冬瓜蓉都漂浮在湯面，似琥珀般通透，加之黃色蛋花、紅色大蝦、翠綠薺菜的點綴，彷彿成就的是大師筆下的水墨山水。

寧汐瞄一眼，就忍不住嚥了口口水，那一天晚上鮑魚粥的美味頓時又湧到了舌尖。

薛大廚見寧汐一臉的饞樣，露出會心的笑容，特地將鍋底剩餘的一些裝到一個小碗裡，然後朝寧汐笑道：「汐丫頭，不嫌棄的話，來嚐嚐看。」

寧汐的眼睛倏忽一亮，拚命點頭。

用勺子舀上一口送入口中，一股淡淡的鮮甜立刻在口腔中飄散開來。一開始還有些清淺，可越品越覺得鮮美。喝第二口的時候，第一口的餘甘依舊在舌尖打轉，味道重疊在一起，舌頭都快打結了。

真是太好吃了！用這麼簡單的食材，竟然烹飪出這樣的美味湯羹，薛大廚果然名不虛傳！

所有的語言在這樣的美食面前都顯得蒼白，寧汐乾脆什麼也不說了，將碗裡的一股腦兒吃了個精光，然後才嘆道：「薛伯伯的廚藝實在太高妙了！冬瓜本就清甜，再加上河蝦的鮮味和薺菜的清新，融合在一起，實在是難得的美味。」

薛大廚滿臉紅光，朗聲笑了，眼裡掠過一絲自得。「汐丫頭，我做了這麼多年廚子，最拿手的就是湯羹和點心，妳倒是很有眼光。」看起來是在誇寧汐，細細一品味，其實還是在變相的誇自己嘛！

寧汐心裡暗笑，一本正經地點頭附和。「我今天可真是大開眼界了。對了，薛伯伯，要是你不介意，如果別的菜餚也有剩餘的，就給我留一口嚐嚐味道吧！」

薛大廚不假思索地點頭應了。

寧汐的眼底閃過一絲慧黠的笑容。只要嚐過的菜餚，裡面有什麼食材配料包括調味料她都能一一分辨出來，稍微琢磨一下，幾乎就能將菜餚原封不動的做出來。

這樣特殊的本事，除了寧有方之外，就連張展瑜都不知道。

廚子的獨門手藝都是不傳之秘，就算是對自己的徒弟也會有所保留。這位薛大廚手藝這麼好，可偏偏連個徒弟都沒有，理由只有一個——要嘛是薛大廚眼光太高，要嘛就是他捨不得將廚藝傳下去。

薛大廚果然說話算話，接下來做的幾道菜餚每一樣都留了一點給寧汐品嚐。

寧汐大飽了一番口福，讚個不停，把薛大廚哄得樂呵呵的，壓根兒不知道寧汐已經將這幾道菜的做法都了然於心了。

寧有方對這一切卻是心知肚明，嘴角微微翹起。

今天這番比試，真正的贏家只有一個，就是寧汐！

等最後一道菜餚上桌了之後，兩位大廚總算都鬆了口氣，意味深長的對視一眼，嘴角都露出自信的笑容。

現在就等容瑾喊他們兩個過去點評一番了。

正想著，就見小安子樂顛顛的跑過來，笑咪咪的說道：「薛大廚、寧大廚，少爺讓我喊你們兩人過去。」

兩人齊聲應了，一起往外走去。寧有方很自覺的走在了薛大廚的身後，寧汐笑吟吟的跟在寧有方身後，低聲說道：「爹，您緊張嗎？」

寧有方啞然失笑，卻不肯承認自己真的有些緊張不安。「沒什麼，容少爺也不是第一次吃我做的菜了。」什麼樣毒辣的批評他沒聽過？

寧汐抿唇一笑，聲音越發壓得低了。「除了爹之外，薛大廚是我見過的廚藝最好的廚子了。」她今天一共嚐了五、六道菜式，每一道菜餚的味道幾乎都令人驚豔。成名多年，薛大廚果然有他的獨到之處。

寧有方「嗯」了一聲，悄悄的問道：「和我做的菜相比如何？」

寧汐不知吃過多少他做的菜餚，對他的手藝自然一清二楚。稍微掂量一番，很含蓄地說道：「各有所長。」

寧有方擅長清蒸和小炒，薛大廚最拿手的卻是羹湯和各類主食點心。若比較起來，只能說是春蘭秋菊各擅勝場。

寧有方稍稍鬆了口氣。

待進了飯廳之後，寧汐才發現今天的桌席上除了容瑾、陸老爺、陸子言之外，還多了一男一女。

那個男子約莫二十七、八歲，面容俊朗，五官和容瑾有三分相似，正是容家大少爺容玨。而那個端莊嫻雅的女子，自然是他的妻子李氏。

容瑾和陸子言的目光一起向寧汐看了過來。

第一百零一章　花邊新聞

在悶熱的廚房裡待了半天，兩位大廚都是滿臉的汗珠。

寧汐也不例外，俏臉紅撲撲的，額上冒著些汗珠，髮絲也略有些凌亂，有一縷髮絲俏皮的貼在了耳際。可她卻根本沒留意這些，嘴角噙著甜甜的笑容，臉頰上露出小小的笑渦，眼眸比寶石還要閃亮。

哪個少女不愛美？到了這樣的年齡，精心妝扮收拾才是女孩子的天性。

寧汐卻總是那麼率性隨意，總穿著灰色的粗布衣裳，頭髮梳成一條簡單的辮子，連朵絹花都懶得戴。可就是這樣的寧汐，卻比任何精心裝扮的少女更吸引人。

陸子言的視線直直的落在寧汐的俏臉上，那絲灼熱和戀慕就算是傻子也能看得出來。

容瑾卻是淡淡的瞄了寧汐一眼，就收回了目光，淺笑著對兩位大廚說道：「辛苦兩位大廚了。」

薛大廚笑著應道：「這都是我分內的事情，沒什麼辛苦的。」

寧有方也忙謙虛了幾句。

容玨打量寧有方幾眼，笑著問容瑾。「這位就是你特地從洛陽請來的寧大廚嗎？」

容瑾笑著點點頭，調侃道：「今天的八寶野鴨可是寧大廚的拿手菜，幾乎被你一個人吃光了，我們連伸筷子的機會都沒有。」

容玨咧嘴一笑。「這可不能怪我，薛大廚天天被你收在院子裡，我們想吃一回都得到你這兒來。今天難得兩位大廚一起動手，我當然要吃個夠本。」

眾人都被逗笑了。

寧有方不自覺的挺直了胸膛，心裡暗暗得意。八寶野鴨可是他最拿手的菜餚之一，看來是入了眾人的眼了。

正想著，就聽陸老爺笑著讚道：「剛才那道冬瓜蓉薺菜湯，味道才叫一個鮮。」

薛大廚的眼裡頓時有了笑意，不動聲色地瞄了寧有方一眼。寧有方淡淡一笑，倒是顯得很沈穩。

兩位大廚的微妙神情落在容瑾的眼裡，忽地笑了起來，略有些嘲諷地說道：「薛大廚，你做的菜餚多年如一日，幾乎從沒變過吧！再這麼下去，我真為你擔心。不管什麼手藝，如果總是止步不前，那就只能眼睜睜的看著後輩一個個的超越你了。」

薛大廚的笑容立刻僵住了。這番話真是犀利又毒辣，饒是他聽慣了容瑾的毒舌，也有些經受不住了。偏偏又戳中他心底最大的痛處，讓他想辯駁都沒力氣。

寧有方還沒來得及幸災樂禍，就見容瑾又瞄了過來，似笑非笑地說道：「寧大廚，你從去年之後，倒是有了些進步。不過，若是這樣就沾沾自喜，你也不必再去各大酒樓向幾位名廚挑戰了，因為你肯定必輸無疑！」

寧有方也笑不出來了。

一時之間，氣氛很是尷尬。

容玨咳嗽一聲，笑著打圓場。「三弟，依我看，薛大廚和寧大廚今天晚上做的菜餚都很好了，你就別挑剌了。」

容瑾懶洋洋地哼了一聲。「我不是成心挑刺。不過，有話不說可不是我的風格。」

一直沒說話的李氏抿唇一笑，說道：「我倒是很喜歡今天的冷盤，尤其是那盤錦繡花開，可真是漂亮。」惹得眾人都捨不得動筷子，一直放在那兒呢！

容瑾漫不經心地笑著應道：「這個冷盤肯定不是薛大廚或寧大廚的手筆，應該是寧姑娘做的吧！」也只有那個小丫頭有這樣的巧思和妙手了。

眾人一起向寧汐看了過來，眼裡絲毫不掩驚訝。

寧汐落落大方的走上前來，笑著應道：「多謝大少奶奶誇讚，小女子獻醜了。」

李氏上上下下的打量寧汐兩眼，眼裡掠過一絲笑意，溫和的問道：「妳叫什麼名字？今年多大了？」

寧汐不卑不亢的答道：「小女子叫寧汐，今年十三了。」

李氏笑了笑，意味深長地瞄了容瑾一眼。這麼一個水靈秀氣的小姑娘，小小年紀就有過人的廚藝，難怪有人想盡了法子也要讓人家住到容府來了。

容瑾從不是個臉皮薄的人，可被李氏這麼戲謔的看上一眼，竟然也覺得臉上隱隱發燙，咳嗽一聲說道：「寧大廚，我今天讓人送了帖子到雲來居，你稍微準備一下，明天我們就去雲來居會一會江四海。」

明天？這麼快？寧有方一愣，連忙擠出笑容應了。

陸子言笑著安撫道：「寧大廚不用緊張，明天我們陪著你一起去。」

容玨一聽來了興致，笑著問道：「明天你們要去雲來居嗎？那裡的江大廚可是赫赫有名啊！聽說每天只做一桌宴席，要提前幾天才能預定上的。」

容瑾勾起唇角輕笑。「我既然要去，江大廚當然不會推拒。」

容玨哈哈笑了起來。「是是是，三弟可是名廚們夢寐以求想征服的頂級食客，只要你張口了，哪有大廚會拒絕你的。」

容瑾聽了這等調侃，絲毫不以為意，反而笑了笑，不無傲然的說道：「我肯去指點幾句，是他們的幸運。」

這自大又欠扁的語氣，聽得眾人都無語了。

寧汐暗暗翻了個白眼，虧她還覺得容瑾順眼點了，原來這一切都是錯覺。他說話還是那麼氣死人不償命！犀利毒舌得令人咬牙切齒！

容玨兀自興致勃勃的問道：「江四海的名頭可響亮得很，寧大廚可有把握嗎？」

眾人的目光一起向寧有方看了過來。

在這一刻，寧有方出奇的鎮定，淡淡的笑道：「江大廚是我一直敬仰的前輩，明天有幸討教，是我的榮幸。」至於把握……哪個廚子敢說自己有把握能穩贏江四海這樣成名多年的頂級名廚？

容瑾眸光一閃，顯然對寧有方的從容很滿意。

容玨咳嗽一聲，笑著說道：「明天我正好有空，就陪你們一起去好了。」

容瑾斜睨他一眼，毫不客氣地揭穿他的用意。「大哥，你每天不是都有一堆公務要忙嗎？哪來的閒空陪我們去雲來居？不會是想跟著一起去大飽口福的吧！」

容玨嘿嘿一笑。「別說得這麼直接嘛！我是替你們去助陣的。既然要去踢館，動靜鬧得越大越好。這樣吧，到時候我喊幾個要好的朋友一起過去，給你們壯壯聲勢。」

容瑾心裡一動，笑著點了點頭。容玨年紀輕輕就中了武狀元，後來做了御林軍統領，是大燕王朝最年輕的武將之一，甚得皇上器重，堪稱京城風雲人物，他結交的朋友自然也都不是凡夫俗子。如果有幾個這樣重量級的人物到場，明天的雲來居一定會很「熱鬧」。

這對打響寧有方和鼎香樓的名頭可是有百利無一害啊！

席上幾人說得輕鬆自若，寧有方的心裡卻是沈甸甸的。鬧的動靜越大，他就越不能輸，不然，以後在京城還怎麼立足？

寧汐也想到了這些，不由得頻頻向寧有方看了過來，眼裡滿是擔憂。

寧有方定定神，露出安撫的微笑。

就在此時，就聽容玨笑著打趣容瑾。「三弟，你這一露面，明天雲來居還不知道會擠成什麼樣子。」

陸子言好奇地追問：「大表哥，你說這話是什麼意思？」

容玨咳嗽一聲，一本正經的笑道：「子言表弟，你一直住在洛陽，還不知道三弟在京城的名頭是多麼響亮吧！你可得做好心理準備，只要明天三弟在雲來居一露面，保准會冒出一堆漂亮的女孩子……」

容瑾淡淡地瞄了容玨一眼。

要是別人，只怕早在容瑾冷然的目光下噤聲了。不過，容玨可不是一般人，壓根兒沒把自家兄弟的威脅放在心上，依舊滔滔不絕的說了下去。「……張侍郎家的千金，王尚書府裡的二小姐，還有楚大人府上的大小姐，可都是三弟最忠心的追隨者。只要三弟出現的地方，保准能看見這三位小姐的蹤影……」

也虧得容玨臉皮厚，竟然硬是在容瑾殺人一般的冷然目光裡將這些貴族圈裡的八卦消息一一說了出來。

陸子言聽得咋舌不已，李氏顯然對這些早有耳聞，掩嘴輕笑。

寧汐聽得津津有味，忍不住瞄了容瑾兩眼。雖然這個少年自大又自傲，說話刻薄又毒辣，可這張臉實在是長得太俊美了，淺淺的一個微笑，都會令最美的少女心神蕩漾無法自已，有少女迷戀他這張臉實在情有可原。

不過，這當然是在不瞭解他真實性情的情況下。要是那些貴族少女聽到他是怎麼說話的，保准一個個被嚇得花容失色，跑得比飛的還快……

想到那個情景，寧汐自得其樂地笑了，眼裡閃過一絲促狹。

容瑾不偏不巧地看了過來，在見到寧汐的笑容之後，忽然莫名地惱羞成怒了，繃著俊臉冷冷地說道：「好了好了，別說這些了。堂堂一個大男人，整天像個長舌婦似的。」

容玨正說得樂不可支，哪裡能想到容瑾說翻臉就翻臉，頓時愣住了，臉上的笑容尷尬地僵住了。

李氏忙笑著打圓場。「時候也不早了，我們先回去休息了。」說著，扯了扯容玨的袖子。容玨順勢起身，和李氏一起告辭。

容瑾依舊冷著臉，起身送了兩人出去。

寧汐乘機跟著寧有方一起退了下去。

第一百零二章 驚豔

一路上回想著容瑾難看的臉色，寧汐忍不住笑了起來。

寧有方滿腹心事，可見寧汐如此的愜意開心，也跟著笑了。「真沒想到容大少爺這麼風趣幽默。」

寧汐笑著點頭。「是啊，容大少爺和容三少爺的性子可真是完全不一樣呢！」

容瑾高傲又彆扭，一點都不可愛。可容玨卻平易近人又風趣幽默，短短的幾句話就讓人生出好感來。

說笑了幾句之後，寧汐才試探著將話題扯到了明天的雲來居之行。「爹，明天您打算做什麼菜式？」

寧有方苦笑一聲，嘆口氣。「我還沒想好。」這個消息來得實在有些突然，他現在滿腦子亂糟糟的，一時還沒顧得上想這些。

寧汐想了想，笑著安撫道：「容少爺之前說過，他對各家酒樓大廚的手藝都很清楚，到時候肯定會指點您幾句。您別想太多了，專心地想一想明天要做的菜式就行了。」

寧有方聽了這話，果然沈默了下來，靜靜地思索起來。

寧汐不敢打擾他的思緒，腳步輕緩了許多。

陣陣微風拂過，帶來一絲花草的清香，之前忙碌了半天的燥熱悄然散去，分外的愜意舒適。

走了大半個容府，院子終於到了。

寧汐沒有多問，笑咪咪的陪著寧有方一起進了院子。阮氏果然在等門，笑吟吟地迎了出來，迫不及待地追問道：「今天晚上怎麼樣？有沒有贏了薛大廚？」

今晚到底算是輸了還是贏了？

寧汐聳聳肩，笑著應道：「算是平手了。」兩位大廚都被表揚了，又各被打了五十大板。

寧暉笑嘻嘻地湊了過來。「妹妹，妳今天有沒有露一手驚豔四座啊！」

寧汐挑眉一笑，自信滿滿的應道：「那是當然。」今天晚上她的收穫可是不小，在薛大廚恍然不察的情況下，已經偷師了幾道菜餚的做法呢！

寧有方頓時被逗笑了，心情忽地輕鬆了不少，笑著宣佈道：「明天我要去雲來居會一會江大廚，今晚早點休息。」

阮氏善解人意的沒有多問，笑著點了點頭。各人匆匆地在屋子裡洗了澡，就各自睡下了。

第二天，天剛濛濛亮，寧汐便起了床。剛準備去喊寧有方，就見寧有方推門走了進來，中氣十足的喊道：「汐兒，起來了嗎？」

精神狀態挺不錯的嘛！

寧汐淘氣地笑道：「還沒起呢！」

寧有方樂得哈哈大笑，那笑聲響亮有力，顯然已經恢復了不少信心。早飯是寧有方親自下廚做的，熱騰騰的紅豆粥、香噴噴的肉末貼餅，再配上幾碟鹹菜，分外的可口美味。

孫掌櫃也來蹭了早飯，笑著誇讚道：「寧老弟，這麼普通的早飯，你也能做得如此美味。今天去雲來居，你一定能贏過那個江四海。」

寧有方笑了笑。「江四海能在宮裡做了這麼多年御廚，廚藝肯定有獨到之處，我盡力而為吧！」

面對著強大的對手，既要正確的估量對方的實力，也不能對自己失了信心。寧有方的心態倒是調整得很好。

孫掌櫃讚許地點了點頭。「你能這麼想就再好不過了。就算贏不過江四海，只要能打個平手，也足夠你揚名京城了。」

寧汐笑著插嘴道：「孫掌櫃，你今天也一起去嗎？」

孫掌櫃笑著應道：「我當然要去，不過，我倒是打算著先去新酒樓看看。」新酒樓和雲來居很近，正好今天去看看收拾得怎麼樣了。

被這麼一說，寧有方也來了興致，笑著說道：「好，我也一起去看看。」

正說笑著，就見小安子急匆匆的跑了進來，陪笑道：「寧大廚、孫掌櫃，馬車已經備好了，少爺他們都在等呢！」

寧有方和孫掌櫃不敢怠慢，立刻起身出發。寧汐緊緊的跟在寧有方的身後。到了容府的大門口，剛一瞄到那輛華麗的馬車，寧汐立刻驚嘆出聲。

四匹顏色純白的駿馬神氣至極的站在那兒，任意一匹都是神駿的好馬，可卻被隨意的用來拉馬車，真是太太奢侈浪費了！

寧汐明顯的不以為然寫在了眼底，陸子言看了一眼，便笑了。「寧汐妹妹，待會兒妳看到表弟騎的那匹馬，妳就會知道什麼才是好馬了。」

被他這麼一說，寧汐這才知道心底的那絲怪異感覺從何而來。是啊，馬車邊這麼多人，偏偏少了容瑾。

正想著，容瑾就出現了。

他本就生得俊美無雙，又愛穿鮮豔的絳色衣衫，越發映襯得膚白似玉，深邃的眼眸在晨曦中如寶石一般熠熠發亮。嘴角微微翹起，勾起一絲若有若無的微笑，令人看了心裡怦怦直跳。

他胯下騎著一匹神駿至極的棗紅色的馬。那匹馬高高的昂著頭顱，從寧汐的身邊經過。長長的尾巴微微擺動著，竟然也有幾分桀驁不馴的風采。

雖然已經見慣了容瑾的風騷……呃，是風華，寧汐還是忍不住驚豔了。

你說你一個男子，長得這麼禍國殃民幹麼？就這麼出去，簡直就是招蜂引蝶嘛！難怪什麼張侍郎王尚書楚大人的千金都芳心暗許了……

正在心裡腹誹得暗爽，容瑾狹長的鳳眸已經瞄了過來。

兩人的目光在空中一觸，旋即各自若無其事地移了開去。

陸子言顯然對這匹馬眼饞許久了，忍不住湊了過去，想摸一把，卻見那匹紅馬斜睨了陸子言一眼……對，沒錯，確實是斜睨了一眼。

然後，陸子言就乖乖的把手縮回去了。

寧汐噗哧一聲笑了起來，果然是什麼樣的主人養什麼樣的馬，這匹紅馬的神態簡直和容瑾相似極了。

陸子言誤以為寧汐在取笑他，訕訕地解釋道：「疾風不喜歡人隨便碰牠，要是惹惱了牠，會踢人的。」顯然已經有過深刻的教訓了。

寧汐一本正經的點頭附和。「這匹馬又高大又神駿，驕傲點也是正常的，好在不會說話，不然，肯定早就張口讓你閃遠點了。」

咦？這話怎麼聽著有點不對勁？容瑾瞄了笑得如晨露般清新的小姑娘一眼，決定忽視她眼底的那抹淘氣和促狹。

現在要是接了口，豈不是主動承認自己生性驕傲脾氣不好了嗎？哼，他才不上當！

小安子殷勤地打開車門，扶著陸老爺上了馬車，孫掌櫃也跟了上去。

陸子言卻沒有動，反而殷勤的朝寧汐說道：「寧汐妹妹，這馬車有些高，我扶妳上去吧！」

兩道目光一起看了過來。其中一道當然是孫冬雪的，她的眼裡飛快的閃過一絲嫉妒，旋即垂下頭。

另外一個，卻坐在駿馬上瞇起了雙眸。雖然知道寧汐一定會拒絕，可他看到這一幕，心裡還是很不愉快……

果然，寧汐笑咪咪的婉言拒絕。「多謝東家少爺的美意，我自己能上馬車的。實在搆不著，還有我爹呢！」

寧有方立刻笑著介面。「是啊，我扶她上去就是了。」說著，拉著寧汐到了馬車邊，熟稔地將寧汐抱上了馬車。

容瑾淡定地看著寧汐親熱的依偎在寧有方的懷裡，直到那道嬌俏的身影消失在了馬車裡，才收回了目光。拉起韁繩，輕輕一夾馬腹，疾風就不疾不徐地在前跑了起來，馬車也跟著啟動了。

這輛馬車十分的寬敞，坐了六、七個人，也絲毫不覺得擁擠。寧汐隨意地打量了馬車裡精緻的陳設之後，就興致勃勃的探頭往車窗外看了起來。

走了沒多久，就到了京城最繁華的街道上。

此時剛過辰時，路上行人不多，各家鋪子倒是都開了門。叫賣早食的小販分外的賣力，吆喝著「熱騰騰的包子稀飯」、「又甜又香的綠豆糕」之類的。

容瑾騎著棗紅色的駿馬，在乾淨寬敞的街道上慢悠悠地往前走，所到之處，幾乎所有人的目光都落在了他的身上。老的少的男的女的，尤其是大姑娘小媳婦，看一眼就羞答答的紅了臉。

容瑾早已習慣了這樣驚豔的目光，分外的從容鎮靜，不自覺的回頭看了趴在馬車窗子上的小丫頭一眼。

這一看，容瑾的好心情頓時飛走了一大半。

這個可惡的小丫頭，竟然用垂涎欲滴的目光在看著街道邊的小販……吆喝的食物，從頭至尾看都沒看他一眼。

容瑾輕哼了一聲，唇角抿了起來。

耳際忽然飄來一個清脆悅耳的少女聲音。「爹，快看那邊，有人在賣糯米糰子呢！我好想吃……」

「以後買給妳吃，現在這麼多人，怎麼好意思讓人家停下買東西……」那個寵溺閨女幾乎毫無原則的男子耐心的哄著，臉上一定是很溫柔的笑容。

少女略有些失望的嘆口氣。「好吧，以後可別忘了喔！那個糯米糰子看起來好好吃……」

容瑾忽然拉住了韁繩，停了下來。

車伕不知道發生了什麼事情，連忙也勒緊韁繩跟著停了下來。

坐在車伕身邊的小安子利索地從馬車上跳了下來，殷勤的走過來問道：「少爺，怎麼了？」

第一百零三章　糯米糰子

容瑾淡淡地吩咐道：「我有點餓了，到對面的早點鋪子裡去買些糯米糰子來。」想了想，又補充了一句。「多買點，讓大夥兒都嚐嚐。」

小安子一愣，反射性的問道：「可、可是，少爺您……」從來不愛吃帶甜味的食物吧！

容瑾挑了挑眉，瞄了小安子一眼。

小安子立刻識趣的陪笑。「是是是，小的現在就去買。」少爺讓做什麼就做什麼，幹麼這麼多嘴嘛！白白又挨了一記殺人的目光，唉！

小安子心裡嘀咕著，動作卻很是利索，片刻就買了一大包糯米糰子回來，殷勤地笑道：「少爺，糯米糰子買來了，您要現在就吃嗎？」

容瑾斜睨了他一眼，略有些不耐煩地說道：「你覺得我會騎在馬上吃東西嗎？」

小安子被噴得灰頭土臉，再也不敢多嘴了，忙捧著糯米糰子到了馬車邊，笑著說道：「少爺請大家吃糯米糰子，大家都來嚐嚐吧！」

寧汐歡呼一聲，眉開眼笑地接過了紙包，等眾人都拿了之後，歡快地拿起一個吃了起來，邊吃邊使勁地讚道：「哇，又熱又香，是桂花餡兒的，真好吃。」太好了，剛想吃糯米糰子，糯米糰子就來了。

不過，容瑾怎麼會忽然想起買糯米糰子請他們吃？難道他也喜歡吃嗎？

寧汐邊吃邊琢磨著這個問題，怎麼也想像不出容瑾吃又甜又黏的糯米糰子的樣子。算了，還是別想這個了。有得吃就行，誰管容瑾是怎麼想的？寧汐吃得心安理得，心情愉快極了。

小安子也拿了一個吃了起來，邊偷眼瞄容瑾，待見到容瑾眼眸含笑、唇角微微翹起之後，總算明白過來了。

少爺啊少爺，你想討好人家小姑娘就直說嘛！兜這麼大圈子，也太為難我這個跑腿跟班的了。

寧汐津津有味地吃了一個糯米糰子，又拿起了第二個。

寧有方忙笑著阻止。「汐兒，別再吃了。糯米糰子雖然好吃，卻不容易消化。妳可是吃了早飯的，小心待會兒脹得難受。」

寧汐笑咪咪的點點頭，果然沒有再吃，細心地用紙將糯米糰子包好，放在了隨身帶的小荷包裡。

陸子言就坐在寧汐的對面，一直在留意著寧汐的一舉一動，見狀笑著打趣道：「寧汐妹妹，這個糯米糰子妳打算留到中午再吃嗎？」

寧汐笑著應道：「是啊，東家少爺，你剛才一連吃了兩個，估摸著到中午都不會餓了。」

兩人一個親熱的喊「寧汐妹妹」，一個堅持喊「東家少爺」撇清距離，聽在各人的耳中，頓時引起了不同的反應。

陸老爺意味深長地瞄了陸子言一眼，心裡暗暗想道，這個寧汐倒是很懂事很有分寸。寧有方沒有錯過陸老爺的那一瞥，暗暗的握拳。自己的身分低微，連帶著女兒也被人小瞧，沒有什麼比這更讓一個疼愛女兒的父親更難受的了……

孫冬雪一直咬著嘴唇，此刻忽然笑道：「寧汐妹妹，妳待會兒會跟著寧大廚一起去雲來居嗎？」

寧汐樂得扯開話題，笑著答道：「當然要去，我得跟著爹做二廚打下手呢！」

孫冬雪笑著誇道：「妳這麼小的年紀，廚藝就這麼好了，將來肯定是個很厲害的廚子呢！」

這話乍聽著很順耳，可她故意強調「廚子」兩個字是什麼意思？

寧汐笑了笑，神情自若地應道：「多謝冬雪姊姊誇讚，我也希望能早點出師，以後做個好廚子呢！」清澈的眼眸如一汪清泉，倒映著友情的脆弱。

相識了這麼久，她和孫冬雪的感情一直還算不錯，可就因為一個陸子言，卻迅速地出現了裂痕，讓她不得不心生感慨。幸好，她從沒有對陸子言生出過別的心意，更不會為一個男子和別的少女爭來爭去。

在前世，因為邵晏的搖擺不定，她已經受夠了那種煎熬痛苦。也因此，每當想起邵晏，她就會無法抑制地想起容瑤……

今生，她絕不會再讓自己陷入這樣的感情泥沼。

她只想安安靜靜地做學徒，以後繼承寧有方的衣缽，成為一個出色的廚子，和家人一起朝夕相守。將來到了出嫁的年齡，找一個老實安分可靠的男子嫁了，最好是招贅入寧家……
寧汐的腦海裡忽然閃過一張俊朗的男子面孔，旋即暗笑自己的多情，人家只想跟著寧有方做學徒罷了，可未必有這樣的心思呢！

算了，還是別多想了，這些事還是等遙遠的以後再說吧！

孫冬雪的笑容稍微有些僵硬，不敢直視寧汐澄澈的眼眸，匆匆地應對了幾句，就扭過了頭去。

馬車緩緩地停了，新酒樓到了，眾人一一下了馬車。

寧有方先下了馬車，然後親暱的將寧汐抱下了馬車。「閨女，妳這個頭什麼時候才能長得高些？總不能一坐馬車就要爹抱上抱下的，也不怕人家笑話。」

寧汐調皮地扮了個鬼臉。「我才不怕別人笑話，就算到了十六歲，我也還要爹這麼抱著，看誰敢笑我。」

寧有方被逗得哈哈笑了起來，順手摸了摸寧汐的頭。

咦？奇怪，背脊發涼是怎麼回事？是誰在看他？

寧有方疑惑地環視一圈，卻見身後的容瑾優雅地下了馬，壓根兒沒有多看他一眼。寧有方不由得搖搖頭笑了笑，將這一絲莫名的異樣感覺揮開。

寧汐的注意力早已被眼前氣派漂亮的酒樓吸引了過去，忍不住驚嘆一聲。「新酒樓好大好氣派啊！」

整整三層，至少也有三個太白樓那麼大。上面的匾額還沒掛上去，用一塊鮮豔的紅布遮著，老遠的就能看到，和斜對面的雲來居遙遙相望。
孫掌櫃精神一振，上前推了門。
門是虛掩著的，剛一推開，寬敞乾淨的大堂就展現在了眾人眼前。顯然剛粉刷過不久，牆壁雪白得有些晃眼。幾個做雜事的正在打掃衛生，見了容瑾等人，立刻上前問好。
容瑾隨意地點點頭，笑著對眾人說道：「桌椅訂好了，今天之內就能送來擺好，到時候肯定會讓你們大開眼界。」
大堂裡的桌椅能有什麼花樣，頂多就是木質好一點，能有什麼大開眼界的？眾人都是一臉的疑問，可容瑾卻不肯再多說了，領著眾人走上二樓的雅間。
二樓的雅間共有二十間，裡面也是空蕩蕩的，不過，牆壁上卻掛了不少的字畫。這個對好附庸風雅的客人們來說，自然很有吸引力。
寧汐瞄了通往三樓的樓梯一眼，好奇地問道：「容少爺，三樓也是雅間嗎？」
容瑾微微一笑。「不錯，三樓也是雅間。不過，三樓和二樓招待的客人不同。」
陸子言笑著道：「表弟打算將三樓裝修得最講究，到時候專門用來招待女客。」
招待女客？眾人都是一愣。
陸老爺想了想，皺著眉頭說道：「未出閣的女子大多被養在閨閣裡，就算嫁了人的，出門的機會也很少，只怕……」到酒樓吃飯的機會就更少了吧！
容瑾淡淡地一笑，難得有耐心地解釋道：「姨夫，您的顧慮也有道理。不過，京城的貴族小姐們，有不少『活躍』的。各大酒樓都能見到她們的身影。如果我們這兒有專門為女客服務的雅間，她們一定很樂意到這兒來。」

停頓了一下，又接著說道：「我們鼎香樓是新開張的，要想迅速地打響名頭，就得有自己的特色才行。三樓的雅間要裝修得精美漂亮，跑堂的一律用女子，所有的菜單都要為女子量身訂製。這麼一來，就算價格貴一點，也一定不愁沒生意。」

陸老爺臉色一緩，不由自主地點了點頭。

容瑾嘴角微微翹起，眼裡閃過一絲精光。「只要能吸引源源不斷的女客到我們鼎香樓來，還愁沒有客人來嗎？」

說到這兒，眾人都是豁然開朗，紛紛點頭附和。

是啊，如果有妙齡的貴族少女經常出入鼎香樓，聞風而來的公子哥兒肯定不在話下了。

寧汐思忖片刻，插嘴道：「容少爺這個主意確實很好，不過，也得特別的留心才好。萬一有膽大的客人貿然地闖到三樓，驚擾了女客，可就麻煩了。」

容瑾眼裡閃過一絲笑意。「放心，這些我早就想到了。這個樓梯到時候封起來，女客們上下三樓會走另外一邊，和大堂二樓是隔開的。」具體的細節還有待慢慢商榷，不過，這個主意顯然是已經定下了。

就在此刻，忽然聽到樓下有些嘈雜的聲音，不知是誰闖進來了。

容瑾一皺眉頭，隨口吩咐。「小安子，下去說一聲，我們酒樓還沒開業，閒人免進。」

小安子忙應了一聲，孫掌櫃笑著接道：「我也一起去看看。」

寧汐耳尖的聽到有少女清脆的聲音，促狹地笑道：「容少爺，您已經把招待女客的風聲放出去了嗎？怎麼這麼快就有客人上門了？」
只怕人家是衝著容三少爺您來的吧！
容瑾輕哼一聲，顯然也想到了這個可能性，眼底掠過一絲不悅。
一個嬌蠻的聲音響了起來。「容瑾人呢？讓他下來見我。」

第一百零四章　好戲連連

寧汐噗哧一聲笑了起來。

容瑾臉黑了一半，不悅地瞪了幸災樂禍的寧汐一眼。

偏偏樓下那個嬌蠻少女還在不停的喊著。「容瑾、容瑾，你快點出來！你的疾風就在外面，你肯定也在，別想瞞過我……」

陸子言忍笑忍得痛苦極了，抵了抵容瑾。「喂，表弟，人家這麼熱情的來找你，你還是出去應付幾句吧！」

容瑾輕哼一聲，繃著俊臉下了樓。

寧汐實在不願錯過這樣看好戲的機會，笑嘻嘻的隨著眾人一起下了樓。

寬敞的大堂裡，一個穿著紫色衣衫的漂亮少女正噘著嘴巴，一臉的不快，小安子連連陪笑。「請張大小姐不要生氣，少爺他……」

「小安子，你在和誰說話？」容瑾慢悠悠的聲音響了起來，眼角餘光都沒看張家大小姐張敏兒一眼。

張敏兒一見了容瑾，眼眸一亮，立刻拎著裙襬跑了過來，歡快的喊道：「容瑾，我就知道你在這兒。」

容瑾眼皮都懶得動一下，淡淡的應道：「請問妳是誰？」

沒什麼比這句話更傷人的了，張敏兒的笑容立刻僵住了，委屈的道：「你怎麼不記得我了，我是敏兒啊！」

容瑾輕哼一聲，略有些不耐地瞪了小安子一眼。「把大門關上，以後不要放不相干的人進來。」說著，看也沒看張敏兒一眼，就轉身對寧有方說道：「去廚房那邊看看。」施施然走了。

剛才還趾高氣揚的張敏兒連一絲笑容也沒了，咬牙切齒地瞪著容瑾的背影，俏臉隱隱有些扭曲。

小安子拚命忍住笑意，故作為難地看了張敏兒一眼。「張大小姐，少爺發話了，您看……」

張敏兒氣得直跺腳，朝著容瑾的背影嚷道：「你別想一直這麼躲著我，這家酒樓有你的股份，你總要來的吧！我以後天天到這兒來，看你還記不記得我。」

容瑾壓根兒理都沒理，就這麼走了出去。

眾人看了場好戲，各自悶笑不已。尤其是寧汐，更是笑得眉眼彎彎，唇角翹起。

陸子言促狹地打趣道：「表弟，這位張大小姐真是不同凡響。」原來還有這麼熱情豪放的京城貴女，今天真是大開眼界了。

容瑾輕哼一聲，斜睨了幸災樂禍的陸子言一眼。「我看你對人家倒是挺感興趣的，要不，我現在就去替你介紹一下？」

陸子言連連擺手，陪笑道：「這就不用了。」這樣的豔福他可經受不起，還是留給容瑾慢慢消受吧！

陸老爺也湊趣道：「我們酒樓還沒開張，就有客人嚷著要天天來，這可不是壞事。」此話一出，眾人再也忍不住了，各自笑了起來。

容瑾再毒舌，也不好對著長輩無禮，別提多鬱悶了。

寧汐難得看到容瑾吃癟，心裡別提多舒坦了，笑嘻嘻地看著俊臉發黑的容瑾，壞心地想道，這樣的容瑾看起來可愛多了。

容瑾眼角餘光瞄到寧汐眉開眼笑的樣子，心裡更不痛快了，拉長著臉說道：「時間不早了，我們去雲來居吧，江大廚肯定在等了。」

一提到這個，寧有方立刻收斂了笑容，心裡無法抑制的緊張起來。這次廚藝比試關乎他在京城的發展，也是他在京城第一次亮相。說不緊張簡直是不可能的……

寧汐的注意力果然立刻轉移了過來，關切的扯著寧有方的袖子，低低地問道：「爹，您想好要做什麼菜式了嗎？」

寧有方點點頭，也沒空閒和寧汐多說，隨意的應道：「等到了雲來居見了江大廚再說吧！」

一行人出了鼎香樓，就這麼浩浩蕩蕩地向雲來居走去。短短的百來步路程，不知惹來了多少好奇的目光。

剛走到門口，就見一個四十歲左右、一臉精明的中年漢子迎了出來，笑容滿面地拱手。「容少爺來得真準時，江大廚已經來了，正在樓上等各位。不知哪一位是寧大廚？」

容瑾笑了笑。「李掌櫃，這位就是寧大廚。」

寧有方穩穩的走上前去，客套的打了個招呼。李掌櫃上下打量寧有方幾眼，口中客氣的寒暄了幾句，心裡卻在不停的掂量著對方的分量。

雲來居靠著江四海這塊金字招牌，一直客似雲來，附近的酒樓幾乎都被擠垮了。現在不知從哪兒冒出這麼一個寧有方來，竟然大言不慚的要來向江四海挑戰。要不是看在容瑾的面子上，他才懶得理會這種名不見經傳的廚子。

只是，容三少爺對菜餚的挑剔也是出了名的，幾乎每家酒樓的大廚都曾被批評得灰頭土臉。現在竟然鄭重其事的推了寧有方出來和雲來居打擂臺，一定有過人之處……

李掌櫃心裡不停地轉著各種念頭，臉上卻擠出客氣的笑容來，迎各人進了雲來居。

寧汐好奇地四處打量，心裡嘖嘖稱讚不已。雲來居果然不愧是數一數二的大酒樓，乾淨寬敞不必細說，處處都透著雅致，讓人看了就生出好感。

到了二樓，李掌櫃搶先一步，笑著喊了聲。「江大廚，容少爺領著寧大廚來了。」話音未落，就見一個五十多歲的男子走了出來。

看來，這個就是江大廚了。寧汐好奇地打量對方幾眼，心裡暗暗稱奇。這位江大廚年齡確實不小了，頭髮有些花白，眼角邊滿是皺紋，個子也不算高，可那雙不大的眼睛卻分外的有神采。

江大廚瞄了眾人一眼，先是笑著和容瑾打了招呼，然後目光就落到了寧有方的身上。

到了此刻，寧有方反而鎮靜下來，微笑著上前一步，客氣的打了聲招呼。「早就聽說過江大廚了，今天有幸來討教，還請江大廚多多指點。」

江大廚淡淡地笑了笑。「談不上指點，我們做廚子的，能有機會在一起切磋廚藝，也是件好事。」

既然已經扯到了正題，也就沒了說客套話的必要。容瑾直截了當地說道：「江大廚，我們客隨主便，今天怎麼個比法，就由你來定吧！」

江大廚挑眉一笑。「既然要比試廚藝，就得有評判。容少爺本是最適合的人選，不過，今天倒要避嫌了。」說話簡潔有力，沒有一句多餘的廢話，果然是個厲害人物。

容瑾沈吟片刻，笑著說道：「江大廚說得是，我確實該避嫌，不過，雲來居裡的人也該避嫌才行。這樣吧，今天就讓食客來做評判吧！」

江大廚和寧有方都是一愣，一時沒弄明白容瑾的意思。

寧汐心裡一動，眼裡閃過一絲了悟。果然，就聽容瑾淡淡的解釋道：「這法子說來很簡單，每天中午來雲來居吃飯的客人總不少吧！選一桌從沒來過雲來居的客人，兩位大廚一起做菜端上去。等客人吃過之後，看看誰做的菜餚被吃得多，自然就是誰做的菜餚味道更好，這樣應該夠公平了吧！」

江大廚扯了扯唇角。「容少爺考慮得很周到，這個法子確實公平。」

如果選的是熟客，自然能嚐得出哪些菜餚是出自他的手筆，說不定就會有偏頗。可容瑾卻偏偏點名要選一桌沒來過雲來居的客人，果然思慮周密啊！

寧有方自然更無意見，隨意的笑了笑，點頭應了。

一股淡淡的火藥味已經瀰漫開來，氣氛實在算不上如何的融洽。江大廚和寧有方兩人雖然力持鎮定，可眼底都閃著勢在必得的光芒，就連李掌櫃和孫掌櫃都跟著緊張起來。

容瑾倒是分外的愜意，悠閒地坐了下來。「兩位大廚只管去廚房吧！這裡有李掌櫃打理，你們就別操心了。」

李掌櫃嘴角泛起一絲苦笑。有容瑾這麼坐在這兒，他就算想做什麼小動作也沒那個膽子啊！

江大廚安撫地看了李掌櫃一眼，雖然什麼也沒說，李掌櫃卻立刻踏實了不少，笑著應道：「我們雲來居的熟客雖然多，可每天慕名而來的客人也不少。前兩天就有一些遠道來的客人預定了今天的宴席，就請容少爺來挑一桌客人好了。」

容瑾眸光一閃，似笑非笑地應道：「難道我還信不過李掌櫃嗎？你隨意挑一桌就行了。」

正說著話，就聽到樓下一陣喧譁，一個男子的朗笑聲傳了進來。「三弟，我來得不算晚吧！」卻是容玨領著幾個朋友來了。

容瑾啞然失笑，起身迎了出去，調侃道：「大哥，你還真來啊！」

容玨挑眉一笑。「這樣的熱鬧少了我怎麼行，當然要來看看。」

他身邊的幾個男子大多二十多歲，都是衣冠楚楚的公子哥兒模樣，容瑾顯然和他們都很熟悉，笑著一一點頭算是打了招呼。李掌櫃一見這陣仗，心裡也有些忐忑起來，忙迎了諸位貴客上了雅間。

江大廚朝寧有方笑了笑，客氣的說道：「廚房在後面，請寧大廚跟我來。」

寧有方深呼吸口氣，點了點頭，寧汐忙也抬腳跟著下了樓。

江大廚偶爾回頭看一眼，見寧汐也跟了來，微微一愣，旋即笑著說道：「廚房裡又熱又油膩，可不適合小女娃兒待著。」

寧汐甜甜地笑了笑。「江大廚，我得替我爹打下手，不跟著可不行呢！」

第一百零五章　廚藝大比拚

江大廚又是一愣，忍不住打量了寧汐幾眼。

寧有方笑了笑說道：「江大廚，這是我閨女寧汐，跟著我做了一年多學徒，現在是我身邊的二廚。」

江大廚隨意的點了點頭，顯然並沒把寧汐放在心上。

一般來說，女子擅長廚藝的並不多見，就算有廚藝出眾的，也很少拋頭露面做廚子，沒想到寧有方竟然帶了女兒在身邊打下手。

寧汐很乖巧的跟在寧有方身後進了廚房，酒樓的廚房都是大同小異，雲來居的廚房雖然更大更寬敞一些，可卻瀰漫著一股熟悉的味道，那是廚房特有的各種食材混雜在一起的味道。

江大廚自然也有自己專屬的廚房，剛一站定，江大廚身上的自信自然而然的流露了出來。「寧大廚，我這裡所有的刀具灶具都應有盡有，你儘管用。要是你不習慣和別人共用廚房，隔壁的大廚正好生病沒來，你就用他的廚房好了。」

寧有方稍微猶豫一下，便笑著應道：「要是不打擾的話，我就用隔壁的廚房好了。」每個大廚都有自己的拿手絕活，誰也不願意輕易讓人看見自己製作菜餚的手法。

江大廚的眼裡閃過一絲笑意，點了點頭，將寧有方領進了隔壁的廚房。

這間廚房明顯小了一些，不過，各類食材也是應有盡有，爐灶用具一應俱全。

兩人之前素不相識，寧有方又是主動上門來踢館的那一個，說話自然處處留意，因此氣氛分外的尷尬。還有不少廚子明目張膽的過來張望，看到寧有方時，眼裡不免帶了三分輕視。這些，都無形之中給寧有方增加了壓力。

江大廚倒是若無其事，笑著問道：「寧大廚，你今天打算做幾道菜式？」

寧有方心裡早就列好了菜單，此刻卻謙虛的笑了笑。「不知道江大廚習慣做多少道菜式，我們趁著客人沒定之前商量一下好了。」

總算表現出了一點對前輩的尊敬。

江大廚的語氣溫和了一些。「一般來說，八個冷盤、八個熱炒、八個燒菜，外加一道主食。這樣吧，菜式我們各做一半，主食各自準備。」

說得這麼公平公正，寧有方自然沒有意見，點頭應了。

寧汐想了想，笑著插嘴問道：「江大廚，請恕我多嘴問一句，雲來居是不是專門有跑堂的負責給你上菜？」

事實上，幾乎每家酒樓的大廚都有專門的跑堂上菜。客人只要一看到跑堂的，也能猜出哪道菜是江大廚做的了。

江大廚一愣，旋即會意過來，淡淡地一笑。「放心，待會兒就讓一個跑堂的負責上菜就行了。」這個小丫頭，倒是真機靈，連這樣的小細節也想到了。

寧汐笑咪咪的道了謝。

小安子忽地氣喘吁吁的跑了進來，一臉陪笑。「兩位大廚，客人已經選好了。還請兩位大廚早些做準備。我們少爺說了，他雖然不方便做評判，可也很想嚐嚐兩位大廚的手藝。還請兩位大廚辛苦些，每道菜都做兩份。」

江大廚隨意地笑著點了點頭，然後就回了自己的廚房。

寧有方也不敢再耽擱時間，連忙做起了準備。

寧汐一直跟在寧有方身邊打下手，和寧有方的默契自然無人能及，根本不需要寧有方多吩咐，就開始叮叮咚咚的切起菜來。等配菜準備得差不多了，寧汐又忙活著做起了冷盤。

她做菜時天馬行空，往往靈機一動，就能想出許多新菜式來。今天也是如此，剛一瞄到鮮嫩的蓮藕，就想出了新主意來。

將糯米蒸熟，拌上綿軟的白糖和切碎的桂花瓣，然後耐心的一點點的塞進蓮藕裡，等完全塞滿了之後，又將蓮藕上鍋用大火蒸上片刻。顏色沒變就出鍋，然後用刀切成一片一片，再擺出精美的圖案，就算大功告成了。

恰好還剩餘一片，寧汐隨手拈起塞入口中，蓮藕的鮮甜和糯米的香糯交錯在一起，果然無比的美味。

好看又好吃，寧汐滿意地點了點頭。

又做了三道漂亮的冷盤之後，寧汐要忙活的事情暫時告一段落。此刻寧有方已經做好了兩道熱菜，只等跑堂的過來就能裝盤了。

只是左等右等也沒見跑堂的身影。看來，定是先上江大廚那邊的菜去了。

寧汐輕哼一聲，低低地抱怨道：「菜上得遲，肯定吃虧了。」先上的菜，人家自然會先吃幾口嚐嚐。以今天的比賽規則來看，江大廚無形中先占了便宜了。

寧有方反過來寬慰寧汐。「算了，就別計較這些了。我們這麼找上門來，江大廚沒撂臉色給我們就不錯了。再說了，宴席一開始，誰也不好意思吃多少。反而是進行到中途以後，客人才會漸漸放開手腳大吃大喝。稍微上得遲一點，也不是壞事。」

寧汐想了想，狡黠地一笑。「反正有時間，我來給菜餚增添一點顏色。」

所謂色香味，食物的味道固然重要，可給食客們留下深刻印象的卻是視覺上的衝擊。一道菜餚的賣相漂亮，自然要占不少便宜，吸引到了客人的注意，自然也就能吸引客人伸筷子吃菜。

寧有方這樣級別的大廚，其實廚藝上已經沒有太大的差距，各有各的拿手菜。只要食客肯吃第一口，自然會吃第二口、第三口，關鍵就在於亮相的那一刻，是否能引起食客的興趣了。

用各種雕花裝飾菜餚，是寧汐的拿手好戲。她現在施展出渾身的功夫來，不停地用各種顏色鮮豔的食材雕刻出各種精美的雕花放在盤子上，等寧有方將菜餚裝盤之後，果然更加醒目。正忙活著，跑堂的總算過來了。

寧汐笑咪咪的喊了聲。「這位大哥，麻煩你動作稍微快一點，菜餚冷了可就少了幾分味道呢！」

本來滿心不快的跑堂，見到那張甜甜的笑顏後，心裡一蕩，連連笑著點頭應了，端菜的動作倒是麻溜多了。

每道菜餚都要做雙份，為了保證菜餚的味道，寧有方可算是使出了壓箱底的本事，從頭至尾目光炯炯的盯著爐火，小心的控制著鐵鍋和爐火之間的距離。這樣一來，就能保證火候最合適，菜餚的味道也能做到極致。

鐵鍋又大又重，時間一久，就算寧有方再有力氣，也累得直冒汗。

寧汐看了心疼不已，忙擰了毛巾為寧有方擦汗，邊低聲說道：「爹，這樣太累了，您還是把鐵鍋放回去吧！」

寧有方不以為意地笑了笑。「沒事，還有兩道菜，再撐會兒就行了。」說著，又利索的翻了翻鐵鍋，將鍋裡炒的黃鱔絲裝盤。

寧汐無奈的嘆口氣，只好來回跑著打下手，儘量讓寧有方專注的炒菜，少耗費點精力。

那個跑堂的來回跑了幾次之後，總算稍微熟悉了一點，寧汐笑吟吟的套口風。「跑堂大哥，客人們吃得還滿意嗎？」

那個跑堂自豪的挺了挺胸膛。「那還用說，我們雲來居的江大廚手藝可是頂呱呱的，那些客人吃得舌頭都快掉下來了。」

寧汐眸光一閃，笑了笑，繼續試探道：「那我爹做的菜呢，客人們吃了有什麼反應？」

那個跑堂的笑容一頓，支支吾吾的不肯明說。等他端了菜走了之後，寧汐立刻得意地笑開了。

寧有方正忐忑不安，見寧汐笑得歡快，有些丈二金剛摸不著頭腦了。「汐兒，妳笑什麼？」那個跑堂的態度如此曖昧，他心裡可是十五個提桶打水，七上八下呢。

寧汐嘻嘻一笑。「爹，您想想看，要是您做的菜不受歡迎，這個跑堂的肯定早幸災樂禍地嘲笑我們了，可是他現在卻支支吾吾的不肯說，這不是正說明菜餚很受客人的喜歡嗎？」

被寧汐這麼一分析，寧有方也振奮了不少，眼裡露出了笑意。

也差不多該做主食了，寧汐隨口問道：「爹，今天打算上什麼主食？」

米飯麵條水餃是最常見的，也沒什麼特色。如果能做些可口又精緻的麵點糕點，再熬一些美味的羹湯，當然是最好不過了。可這麼短的時間裡，想做這些精緻的主食卻是來不及了。

寧有方思忖了片刻，還是決定做份手擀麵。麵條人人會做，不過，寧有方做的手擀麵卻很筋道，口感很好。如果配上熬好的高湯，也不失為一道美味的主食。

寧汐想了想，笑著說道：「爹，手擀麵由您來做，不過，待會兒我來煮麵怎麼樣？」

寧有方一聽這話音就知道寧汐又有好主意了，笑著點了點頭。他迅速地和麵揉麵，反覆的按壓，將麵皮壓得極薄，然後細心地將麵皮重疊，正打算切麵，寧汐又及時的提醒了一句。「爹，麵條一定要切得細一點。」

細一點？

寧有方停下了手裡的動作，疑惑地說道：「麵條太細，可禁不起熱湯熬煮啊！」如果端上桌的時候，筷子一挑就斷成一截一截的，那可就很難看了。

寧汐嫣然一笑。「爹，您就聽我一回嘛！我已經有了好主意，不會讓您丟人的。」

第一百零六章　誰輸了誰贏了？

是啊，寧汐什麼時候讓他失望過？

寧有方咧嘴笑了笑，毫不猶豫地將麵條切得細細的。

寧汐抿唇一笑，將切好的麵條放入鍋中煮熟，等麵條開始翻滾了，再將煮熟的麵條撈了出來，迅速放在冷水裡浸一下，再撈出來，放在漏勺裡稍稍晾一下。

再找來幾瓣新蒜，拍成蒜泥再剁成蒜茸，然後放入各種調味料調製出美味可口又清爽的湯汁。

這時候，麵條也晾得差不多了。寧汐小心的將麵條裝在盤子上，將一碗湯汁均勻的倒在細細的麵上，再切一些薄薄的黃瓜片貼在盤子的四周。

寧有方稍微一想就明白過來了，笑著讚道：「汐兒真是心靈手巧，這樣的麵條上了桌，客人肯定喜歡。」

之前上了這麼多美味佳餚，大魚大肉的估計客人早就吃膩了，現在做這麼一盤清爽的麵條，反而能引起客人的興趣。最重要的是，正午時分天氣燥熱，涼爽可口的麵條一定比熱湯麵更能引起客人的食慾。

寧汐得意地笑了笑，眉眼彎彎，分外的可愛。「爹，這麵條用冷水浸過，現在應該已經涼透了，要是客人問起來，就叫涼麵如何？」

寧有方稍微一琢磨，立刻點頭贊成。「這個名字好，就叫涼麵吧！」寧汐笑咪咪的點點頭，又低頭忙活著做了一盤。等跑堂的過來，將兩盤涼麵分別端走之後，寧有方和寧汐同時鬆了口氣。

總算忙完了。

接下來，就等著客人們散席了。到時候誰做的菜餚剩得少，自然就是贏家。要是剩餘得多，自然就輸了……

寧有方故作鎮靜地坐在那兒，只有眼底的不安，稍微透露了他此刻的心情。

寧汐笑了笑，低頭又做了份涼麵端了過來，遞到寧有方的面前。「爹，您也忙了半天，吃點涼麵填填肚子。」

寧有方打起精神笑著應了，接過盤子，隨意的挑了一筷送入口中。麵條筋道爽滑，只餘一絲溫熱，配著微辣帶酸的湯汁，竟是異常的爽口美味。

寧有方本來無心吃飯，此時卻被勾起了食慾，大口大口地吃了起來。

寧汐抿唇笑了，也拿了筷子過來，和寧有方坐在一起，將一大盤涼麵吃了個一乾二淨。

「寧大廚、寧姑娘，少爺請你們過去。」小安子滿臉笑容的進了廚房。「江大廚已經去了。」

寧有方深呼吸口氣，站了起來，身子有些僵直。寧汐悄悄的握住寧有方的大手，小聲的說道：「爹，別擔心，您肯定不會輸的。」

寧有方扯出一絲笑容，胡亂點了點頭。

寧汐想了想，笑著問道：「小安子哥哥，容少爺他們那一桌對上的菜餚還滿意嗎？」

小安子受寵若驚地連連擺手。「寧姑娘，妳可千萬別這麼客氣，叫我小安子就行了。」被這麼漂亮可愛的少女叫上一聲哥哥當然是愉快的事情，不過，要是被小心眼的少爺聽見了，他可就沒好日子過了……

寧汐沒時間和他糾纏稱呼的問題，繼續追問。「說說看嘛，哪幾道菜餚最受歡迎？」

小安子記性很好，不假思索地報出了幾道菜名，其中有一半都是寧有方做的菜餚。

寧有方緊繃著的神情輕鬆了不少，笑著問道：「容少爺哪一道菜吃得最多？」雖然容瑾說話太過刻薄，可他卻是真正的頂尖食客，既懂吃又會吃。如果哪一道菜餚能得到他的青睞，可是很不容易的事情。

小安子為難了，想了片刻才說道：「少爺今天心情不太好，沒吃多少東西。」

心情不太好？寧汐和寧有方都是一愣。

小安子放慢了腳步，壓低了聲音說道：「你們在廚房裡一直忙活，所以有件事還不知道，尚書大人府上的二小姐跟著她哥哥一起來了，我們少爺一見那個王小姐，臉上一點笑容都沒了，若不是礙著和王公子的交情，少爺早就翻臉走人了。」

寧汐拚命忍住笑意，一本正經的誇道：「容少爺可真是豔福不淺。」處處都有桃花啊！

小安子「噓」了一聲，鄭重的提醒道：「寧姑娘，這話在我面前說說也就算了。待會兒見了少爺妳可千萬別亂說，不然，少爺肯定會生氣的。」少爺一生氣，他可就成出氣筒了。

寧汐噗哧一聲笑了，忙點頭應了。

說說笑笑中，到了大堂裡。雲來居的生意火爆，大堂裡座無虛席，比起洛陽城裡的太白樓，也是有過之而無不及。

寧有方瞄了一眼，心裡忽然生出豪情萬丈。總有一天，他要讓鼎香樓也成為雲來居這樣頂級的大酒樓，讓客人們趨之若鶩。

寧汐像是知道他在想什麼似的，低聲笑道：「爹，我們的鼎香樓以後也會有這一天的。」

寧有方用力地點點頭，打起精神上了二樓。

先到了容瑾等人的雅間裡。剛一進去，寧汐便迅速的瞄了桌席一眼。待見到滿桌的菜餚都被吃了過半之後，稍稍放了心，這才有閒情逸致打量起了桌席上的客人。

容瑾、容玨、陸子言、陸老爺都是熟悉的，另外有幾位貴公子，顯然是容玨帶來的朋友。坐在容瑾身邊的，卻是一個眉目英俊的少年，嘴角噙著一絲玩世不恭的笑意。看來，這個少年就是小安子剛才提起的王家少爺了。

那個王少爺身邊，坐著一個嬌滴滴的少女，時不時羞澀的看容瑾一眼，眼裡的愛意明顯得簡直要湧出來了。顯然，這位就是王家小姐了。

江大廚站在一邊，目光直直的盯著桌席，眉頭微不可見的皺了起來。

很明顯，他做的菜餚並沒占到什麼優勢。

這個事實，讓江大廚心裡很是不舒坦。身為頂級名廚，他做的菜餚向來被食客們追捧，哪一次上桌的菜餚不是被吃得光光的？可今天，居然剩了不少……

李掌櫃看江大廚的臉色不對勁，心裡也有點忐忑不安了，咳嗽一聲笑道：「容大少爺、容三少爺，今天的菜餚吃得可還滿意嗎？」

容玨蹭了頓美食，心情很是不錯，絲毫不吝嗇誇讚之詞。「嗯，滿意極了。江大廚果然不愧是京城名廚，尤其是那道素炒鱔絲，實在是好吃……」

江大廚的笑容還沒來得及綻開就僵住了，眼裡閃過一絲羞惱。

容瑾涼涼的提醒。「大哥，那道素炒鱔絲是寧大廚的拿手好菜。」在洛陽的時候，他吃過兩次，自然清楚底細。

容玨一愣，尷尬不已地笑道：「哦，不好意思，是我弄錯了。寧大廚的手藝可真是不錯。」桌子上早已響起了一片噓聲，一個個損友當然不肯放過這樣的好機會，大肆嘲弄了容玨一番。

寧有方的眉眼舒展開來，嘴唇微微翹起。反觀江大廚，卻是緊緊的繃著臉，顯然不算愉快。

坐在容瑾身邊的王少爺笑著說道：「依我看，那道蟹肉筍絲才是真的美味，別提多鮮了。」眾人都是紛紛點頭附和。

江大廚總算扳回了顏面，身體挺得直直的。

容瑾瞄了王少爺一眼，調侃道：「鴻運兄，你該不是沒吃早飯就來的吧！今天桌上的菜餚有一半都進了你的肚子了。」哼，自己來也就罷了，竟然還把那個整天就知道盯著他看的花癡妹妹也給帶來，他今天可憋了一肚子火氣了。

王鴻運明知容瑾在借題發揮表示不滿，卻也只能陪笑著應道：「那是那是，聽說你要來雲來居，我昨天就開始節食了。」

眾人哄然大笑，氣氛頓時熱鬧起來。

王二小姐不甘被一再的忽視，嬌滴滴的說道：「我倒是喜歡最後上的涼麵呢！又涼又爽口，雖然不登大雅之堂，可也算有新意了。」

寧汐的笑容頓了一頓，嘴角撇了撇。

什麼叫不登大雅之堂？食物還分貴賤嗎？這位王小姐和容瑾在一起，倒是般配……

還沒等她腹誹完畢，就聽容瑾淡淡地說道：「食物沒有貴賤，端看廚子的手藝好壞。會做菜的，能將最普通的白菜豆腐做成人間美味。還有的廚子，一味的追求高檔的食材配料，到最後做出來的菜餚也不過如此。我倒是覺得，今天就數這道涼麵最合我的胃口。如果王小姐覺得這樣的主食不登大雅之堂，以後還是少到酒樓來，在府裡吃些精細的菜餚點心不是更好？」

王二小姐的臉一陣白一陣紅，淚花在大眼裡直打轉。

王鴻運雖然心疼自己的妹妹，可也知道好友說話就是這麼刻薄，無奈地嘆口氣打圓場。「嬌嬌剛才也是在誇這道涼麵美味，和容瑾兄倒是不謀而合。」

這話轉得實在有點生硬，容玨忙打圓場笑道：「總之，我們今天可是大飽了一番口福。兩位大廚手藝都這麼高妙，都重重有賞。」

容瑾斜睨了他一眼。「這賞錢都你出，我今天可沒帶銀子出來。」一桌人都被逗笑了，氣氛總算稍微緩和了一些。

王鴻運好奇地看了兩位大廚一眼，問道：「不知道這道涼麵是哪位大廚做的？」

第一百零七章　居心不良

江大廚面無表情，心裡卻是懊惱不已。他拿手的金絲燒麥，基本沒動過，可那盤不知所謂的涼麵，卻被吃了個精光。他還是小覷這個寧有方了啊！

寧有方笑著瞄了寧汐一眼，不無自得的應道：「這麵是我擀的，不過，煮麵、調味都是我閨女做的。這道涼麵，算是我們父女兩個一起做出來的。」

眾人都是一愣，目光唰地一起看向寧汐。

事實上，自寧汐進來之後，各人的目光就有意無意的落在了她的身上。雖然穿著粗布衣裳打扮得十分簡樸，可那雙水盈盈的大眼一眨一眨的，白皙紅潤的臉蛋上滿是笑意，讓人看一眼便打從心裡生出好感來。

這麼一個漂亮可愛的小姑娘，不管站在多偏僻的角落，都令人無法忽視。

王鴻運的眼裡閃過一絲驚豔，笑吟吟地問道：「小姑娘，妳叫什麼名字？」

容瑾聽不慣他輕佻的語氣，輕哼了一聲。「你只管吃你的，人家叫什麼名字關你什麼事？」

王鴻運和容瑾關係一直不錯，早就習慣了他的刻薄言詞，聞言挑眉笑道：「我問我的，又關你什麼事，你這麼著急幹麼？」

容瑾不耐煩地瞪了他一眼。

王鴻運立刻舉手投降。「好好好，我不問總行了吧！」

這麼笑鬧一番，倒是把眾人的注意力都吸引開了，寧汐偷偷地鬆了口氣。被這麼多人打量著，說不緊張是不可能的，不管容瑾是有意還是無心，她都生出一絲絲感激來。不過，似乎還有一雙眼睛眨也不眨的在盯著她……

寧汐不動聲色的用眼角餘光瞄了一眼，心裡頓時了然，原來是那個王嬌嬌正在用審視的目光打量她呢！

年齡差不多的少女遇到一起，比的當然是容貌、氣質、風度、儀表。

王嬌嬌自恃出身名門，向來看不起出身低微的普通少女。可不知怎麼的，此刻忽然覺得那個清靈美麗的少女異常的耀目，竟然把精心裝扮過的自己也比下去一頭……

王嬌嬌輕哼一聲，將頭扭了過去。

只可惜，各人都在說笑，根本沒人留意她的小情緒。

就在此刻，跑堂的匆匆地走了進來，殷勤的說道：「李掌櫃，隔壁那桌的客人已經結帳走了，現在要不要過去看看？」

寧汐的心頓時提到了嗓子眼，忍不住瞄了寧有方一眼。

到了這個關頭，寧有方反而鎮靜下來，安撫的看了看寧汐，低聲說道：「別擔心，我不會輸的。」

聲音雖然極小，可江大廚一直留意著他的一舉一動，竟然耳尖的聽到了他的話，忍不住輕哼一聲。

李掌櫃深呼吸口氣，笑著看向容瑾和容玨等人。「現在就去看看嗎？」

容瑾淡淡一笑，霍然起身。「走吧！」

容玨等人當然都不想錯過這樣的熱鬧，忙笑著一起起身，相攜走了出去。江大廚和寧有方兩人反而都落到了後面。

王嬌嬌經過寧汐身邊的時候，有意無意的瞄了寧汐一眼。明明是燥熱的天氣，可這一瞥愣是有了冰塊的效果。寧汐只覺得背上涼颼颼的，心裡不由得暗暗好笑。

這個王嬌嬌真是太奇怪了，就算要拈酸吃醋也該找準物件，比如說今天早上剛出現過的那個張敏兒之流，和她較勁算什麼回事嘛！

待進了隔壁那個雅間，各人不約而同的一起向桌子看了過去，然後一起啞然。

每道菜幾乎都被吃了個底朝天，被剩下的，只有空盤子和湯汁了……

不知怎麼的，李掌櫃竟然鬆了口氣，笑著說道：「看來，兩位大廚今天做的菜餚都非常美味，客人們很捧場，都吃光了。容少爺，你看這該如何評判？」語氣裡已經多了一開始沒有的尊重。

容瑾笑而不語，卻看向江大廚。

江大廚倒是很有風度，淡淡的一笑。「寧大廚手藝高妙，今天算是我們平手了吧！」

不管是哪一桌，他這個大名鼎鼎的名廚也沒占到任何的優勢。手藝人拚的就是手藝，事實擺在眼前，他也無話可說了。

容瑾含笑點頭。「江大廚果然有風度，好，今天就算平手了。」

容玨身邊的幾位公子哥兒都在笑著低語，看向寧有方的目光頓時多了幾分讚賞。看來，回去之後肯定是要大肆宣揚一番了。不出幾天，寧有方的名氣定然就會散播開來。

寧有方心裡又興奮又激動，臉上倒還算平靜，忙說了句客套話。「多謝江大廚指點。」

江大廚自嘲的笑了笑。「後生可畏，我今天也領教寧大廚的厲害了。」

這個名不見經傳只有三十多歲的廚子，竟然和自己鬥了個不相上下，若是傳出去，肯定會聲名大噪了。雖然明知道對方是想藉著自己的名氣打響名頭，他也只能認了。

李掌櫃複雜的目光落在寧有方的臉上，心裡也忐忑不安起來。毋庸置疑，這個寧有方以後就是鼎香樓的主廚。有這樣一個廚藝高超的主廚，只怕以後雲來居會多一個強而有力的對手了……

今天的廚藝比試，真正的贏家當然是寧有方。

走出雲來居的那一刻，寧有方滿臉喜悅，腳步都輕飄飄的。寧汐也是滿心歡喜，小臉晶瑩得似能放出光來。

能有這樣的結果，已經很好了。至少，寧有方通過這樣的方式證明了自己的實力。再說了，江大廚的年齡不小了，說不定再過兩、三年就會歇手養老。而寧有方正值壯年，發展前景一片大好啊！

容玨領著朋友各自散去，容瑾等人也打算回容府。寧有方卻另有打算，笑著對眾人說道：「我還有點事，待會兒再回去。」

容瑾點點頭，隨口說道：「說個地點，待會兒讓馬車來接你們。」

寧有方忙笑道：「不用了，我帶著汐兒隨便轉轉，一會兒就回去了。」他可坐不慣那輛豪華的馬車，還是步行更習慣些。

寧汐也笑著說：「是啊，我和爹自己走回去就行了。」

沒等容瑾出聲，陸子言就忍不住插嘴了。「寧汐妹妹，妳一個姑娘家走那麼遠的路，能吃得消嗎？」再說了，萬一要是有什麼意圖不軌的浪蕩公子哥兒攔路調戲什麼的怎麼辦？

寧汐笑咪咪地應道：「多謝東家少爺關心，我爹會照顧我的，你們就不用操心了。」

「可是……」

「表哥，你要是實在放心不下，不如一起跟著好了。」容瑾涼涼地來了一句。

被說中心思的陸子言頓時脹紅了臉，期期艾艾地說不出話來。

陸老爺咳嗽一聲，笑著打圓場。「有寧大廚在，怎麼會有事，你們就別操心了。好了，我們先走吧！別耽誤寧大廚去忙私事了。」

寧有方笑了笑，就領著寧汐走了。

容瑾卻沒急著上馬，笑著問道：「姨夫，你打算今後讓表哥留下來打理酒樓嗎？」

陸子言壓根兒沒察覺容瑾的別有用心，居然笑著接道：「這是當然了，我爹一把年紀了，總不能讓他來回的奔波折騰吧！」

陸老爺瞄了陸子言一眼，沒有吭聲。

容瑾扯了扯唇角，慢條斯理的說道：「話是這麼說，可洛陽那邊也離不開你打理吧！再說了，你也老大不小的了，也該考慮終身大事了……」

話音未落，陸子言就急了，連忙申辯道：「我才十六，終身大事不著急，過兩年再說。」

容瑾挑眉一笑，打趣道：「表哥，你是不急，可你也得為姨夫考慮考慮。陸家就你這麼一根獨苗，姨夫還指望著你早點娶妻，為陸家開枝散葉傳宗接代。」

這話可說到陸老爺的心坎裡了，嘆口氣接道：「是啊，子言也老大不小的了，總這麼晃悠可不成。等這邊酒樓順利開張了，就跟我回洛陽去，我替他好好挑個漂亮媳婦……」也免得他總是惦記寧大廚的閨女。

陸子言一聽這話音，額頭上的汗都冒出來了，連忙說道：「爹，這事以後再說吧！鼎香樓開業以後，總得有人在這兒盯著……」

「表哥，有孫掌櫃和寧大廚在，你就別操心了。」容瑾閒閒地接道：「實在有什麼事情解決不了的，還有我。你只管放心的回洛陽去，給我娶個漂亮賢慧的表嫂，兩年之內生個大胖小子，這可比開酒樓重要多了。」

陸老爺深以為然，連連點頭。

到了這一刻，陸子言自然聽出容瑾在故意使壞，恨得牙癢癢，狠狠地瞪了他一眼。別來添亂了！

容瑾挑了挑眉，漫不經心地笑了笑，忽地翻身上馬，姿勢非常的瀟灑帥氣，嘴角噙著微笑，顯然心情很不錯。周圍不知有多少大姑娘小媳婦含羞帶怯的偷偷地看了過來。

陸子言見他總算閉了嘴，偷偷鬆了口氣，連忙上了馬車。心裡卻打定主意，不管爹怎麼說，他可不會輕易回洛陽去……一想到那張甜蜜的笑顏，他的心立刻就火熱起來，俊朗的眉宇舒展開來，滿是笑意。

陸老爺瞄了魂遊天外的陸子言一眼，心裡輕哼一聲，眼眸暗了下來，也不知在盤算些什麼。

第一百零八章 巧遇

寧有方邊打聽邊問路，走了約莫一個時辰左右，總算找到了珍味齋。

鋪子並不大，至少沒有想像中的氣派。可進進出出的客人卻十分多，還有幾個穿戴講究的僕婦模樣的女子在排隊買糕點。

剛一走近鋪子門口，就聞到一陣濃濃的甜香，讓人忍不住嚥口水。

寧汐低笑道：「早就聽說珍味齋是京城老字型大小點心鋪，果然名不虛傳。」大伯寧有德就在這家老字型大小的鋪子裡做糕點師傅。寧有方一直惦記著，今天總算是找過來了。

寧有方打起精神笑了笑。「走，我們進去找妳大伯。」

寧汐甜甜地笑著應了。

珍味齋裡忙忙碌碌的，幾個小夥計不停的招呼著客人。寧有方衣著普通，並未引起夥計的注意。寧有方等了片刻，見一個夥計有空閒了，連忙笑著湊了過去。「請問你們這兒有個叫寧有德的嗎？」

那夥計先是一愣，旋即笑道：「你說的是寧大師傅吧！他正在後面忙著做糕點呢！請問你找他有什麼事？」

寧有方立刻稟明來意。那個夥計一聽說他是寧有德的弟弟，態度頓時熱情多了。「寧大師傅一般都要忙到晚上才有空閒，要不，我現在就帶你去找他吧！」

寧有方迫不及待地點頭應了，低聲叮囑道：「汐兒，妳別亂跑，就在這兒等我，我先去找妳大伯。」

寧汐乖巧地應了下來。

等寧有方跟著夥計走了之後，寧汐頗感興趣地四處打量起來。

各式香氣撲鼻的精美糕點，整整齊齊的放在櫃子裡。客人看中了哪一樣，只要說一聲，夥計就會殷勤的將糕點用乾淨的紙張包好遞過來。仔細留意就會發現，幾個夥計都收拾得很乾淨，手上還帶了乾淨的布套，客人看著也覺得心裡舒坦。再細細打量那些糕點，品種多樣賣相美觀，讓人看著就覺得食指大動。

難怪這裡的生意這麼好呢！

此時，一個熟悉至極的溫潤聲音忽然在寧汐的背後響了起來。「這位姑娘，麻煩請讓一讓好嗎？」

寧汐的身子一僵，嘴角浮起一絲苦笑，怎麼也沒想到會在這兒遇見他……

她按捺住心裡的激蕩，低著頭讓了開來。過了一年之久，他一定早就不記得她是誰了吧！不用慌，鎮靜一點！

斯文清俊的白衣少年微笑著走了過來，眼角餘光瞄到那張清靈秀美的面孔時，不由得微微一愣，試探著喊道：「寧姑娘，是妳嗎？」

真沒想到，他竟然一眼就認出了她來。

寧汐心裡五味雜陳，也說不出是個什麼滋味，臉上卻很自然的擠出一絲笑容，抬頭看了邵晏一眼，然後裝出恍然大悟的樣子。「你……我見過你是嗎？」

邵晏微微一笑。「我是邵晏，我們去年在洛陽見過。寧姑娘還記得嗎？」

怎麼可能記不得？寧汐心裡苦笑著，臉上卻露出歡快的笑容來。「被你這麼一說，我也記起來了，好久不見了。」

是啊，好久不見了！邵晏凝視著那張甜甜的笑顏，心底掠過一絲淡淡的喜悅。

明明只見過她一次，之後他隨著四皇子離開了洛陽，並沒特別的把她記在心上。可偶爾回想起來，那張面孔卻異常的清晰，甚至隔了這麼久，他也一眼就認出了她來。

「寧姑娘，妳怎麼到京城來了？就妳一個人嗎？」邵晏忽然不急著買東西回去交差了，反而很自然的攀談起來。

寧汐定定神，笑著應道：「我們東家和容三少爺合夥開了新酒樓，讓我爹來做主廚，我是跟著我爹一起來的。」

「哦？是嗎？這可真是太好了。」這句話不假思索脫口而出，待說出口之後，邵晏才意識到自己說了什麼，耳際隱隱有些發燙。

他性子向來沈穩，說話做事周全仔細，剛才的話已經算是難得的失言了。

寧汐心裡一顫，只當作沒留意邵晏的失言，淡淡地笑了笑。「故土難離，本來我爹也不打算離開洛陽的。東家老爺一再勸說，我爹不得已才改了心意。」

去年曾拒絕了四皇子的邀請，現在卻又來了京城，要是沒個合適的理由，肯定會引來邵晏的懷疑。

邵晏的眼眸裡迅速地閃過了一絲笑意，溫和的說道：「寧姑娘，妳放心，我不會在四皇子面前多舌的。」

寧汐被看穿了心意，也沒覺得羞赧，坦然地笑道：「那就多謝邵公子了。」

邵晏啞然失笑。「我們見過兩次，也算是朋友了，何必這麼客氣，叫我邵晏就行了。如果不介意的話，我就叫妳寧汐如何？」

寧汐靜靜的瞅著他，既不點頭也不搖頭。

他不知道，她其實很瞭解他。

這麼一個溫柔可親的少年，其實並不如表面那般隨和。他的高傲，隱藏得很深很深。是什麼理由讓他對一個只見過一面的陌生少女如此的熱情隨和？

想到那個可能，寧汐的心裡流過一絲苦澀。

邵晏一向有城府，並未表現出任何的慌亂和不自然，依舊溫柔的笑著。「妳不拒絕，我可就當妳點頭同意了。」

不管是什麼樣的少女，也無法拒絕這樣一個溫潤如玉的俊美少年的微笑吧！

寧汐的嘴角浮起一絲蒼涼的笑意，語氣卻疏離淡漠。「邵公子太客氣了，小女子哪能高攀得起。」不，今生她要離他遠遠的，永遠不會再愛上他，她也不想要他的另眼相看。

拒絕得這樣乾脆徹底，顯然大大的出乎邵晏的意料。

邵晏愣了一愣，略有些尷尬的笑了笑，一時也不知道該說些什麼了。

寧汐眼角餘光瞄到了寧有方的身影，迅速地說了句「我有事先走了」，就轉身走開了。

邵晏怔怔地看她毫不留念的轉身離開，不知怎麼的，心裡忽地掠過一絲莫名的失落。旋即暗暗好笑，今天他這是怎麼了，竟然變得多愁善感起來，還是快些買了東西回府才是，要是讓四皇子等得久了，肯定會不高興了。

想及此，邵晏利索地買了糕點，然後領著幾個包裝精美的紙包離開了。

直到那個身影離開了視線，寧汐才終於鬆了口氣，抬頭笑道：「爹，大伯呢？」

寧有方笑道：「妳大伯在裡面忙著呢，不方便出來。不過，他的住處離這兒不遠，等過兩天有空了，我們一家一起過去。」

寧汐笑著點了點頭。

寧有方忽地問道：「剛才出去的那個男子很眼熟，我是不是在哪兒見過他？」雖然是匆匆地瞄了一眼，連面容都沒看清楚，可總覺得有種莫名的熟悉感。

寧汐故作訝然。「爹，您說的是誰啊？我們在京城除了大伯，還有別的熟人嗎？」

寧有方撓撓頭，隨口笑道：「肯定是我看錯了。對了，既然到這兒來了，我們也帶些糕點回去吧！讓妳娘和妳哥哥也嚐嚐。」

寧汐最愛吃甜食，聞言頓時笑嘻嘻地點了點頭，不客氣地點名要了馬蹄糕、桂花糕和豆沙糕。算帳的時候，被那高昂的價格嚇了一大跳。

等出了珍味齋，寧汐才懊惱地嘆道：「早知道賣得這麼貴，就少買一點好了。」整整一兩銀子啊！都夠半個月的米糧了。

寧有方被逗笑了，安撫道：「好了，難得出來一回，買都買了，就別心疼了。」說著，將最上面的紙包打開，拿出一塊豆沙糕塞到寧汐的手裡。「還是熱的呢，吃一塊嚐嚐。」

寧汐笑咪咪的咬了一口，然後驚嘆不已的讚道：「好甜好香啊！」豆沙甜而不膩，吃完齒頰留香，難怪賣得這麼貴，確實比她吃過的普通糕點好吃多了。

寧有方寵溺地一笑。「喜歡就多吃一點。反正還有時間，我們就慢悠悠的走回去，順便逛一逛京城的大街小巷。」

寧汐欣然點頭應了，一邊吃著熱呼呼香噴噴的豆沙糕，一邊跟在寧有方的身邊隨意閒轉起來。

不一會兒，她的手裡又多了幾樣好吃的零食和一些稀奇古怪的小玩意兒，當然都是寧有方買來哄她開心的。一路這麼吃著逛著玩著，不知不覺中天色已經暗了下來。

寧有方這才催促道：「汐兒，時候不早了，我們還是快些回去吧！不然，妳娘和妳哥哥該擔心我們了。」

寧汐笑著點點頭，一蹦一跳地跟在寧有方身後。

寧有方邁開了腳步，她得一路小跑才跟得上，小臉紅撲撲的，額頭冒了汗珠，卻也沒覺得累。

到了容府的後門，寧有方剛上前敲了敲門，那守門的婆子就利索的來開了門，滿臉笑容，別提多客氣了。「寧大廚、寧姑娘，你們可總算回來了。小安子已經來問過兩次了呢！」

寧有方略有些意外。「有什麼事情嗎？」

那婆子笑道：「這我可不清楚。小安子吩咐了，說是請寧大廚回來之後，就去三少爺那裡一趟。」

寧有方不假思索地點頭應了，將手裡的點心全都給了寧汐，低聲吩咐道：「妳先回去等我。」也不知道這麼晚了，容瑾找他能有什麼事。

第一百零九章　你到底存什麼心？

寧汐不肯一個人回去，扯著寧有方的袖子撒嬌。「爹，您就帶我一起去嘛！」她可不放心寧有方一個人去應付容瑾。

寧有方笑著安撫道：「汐兒，別胡鬧。容少爺喊我過去，肯定是有重要事情吩咐。妳先回去等我。我們都出來一天了，妳娘和妳哥肯定都等得急了。」

寧汐不情願地點點頭，眼睜睜地看著寧有方走了，然後轉身走向另一個方向。

他們住的院子離後門很近，走沒多久就到了。

阮氏已經做好了晚飯，和寧暉正在等他們回來，待見到只有寧汐一個人，立刻問道：「汐兒，妳爹呢！」

寧汐笑著應道：「爹去容少爺那兒了，估摸著有事要商議。對了，娘、哥哥，看我給你們帶什麼回來了？」獻寶似地將手裡的紙包拿了出來，利索地打開，一股甜香頓時瀰漫開來。

寧暉不客氣地拿起一塊，三口兩口吃完，讚個不停。「好吃，真好吃！妹妹，這些糕點是從哪兒買的？味道可真好。」

寧汐俏皮的眨眨眼。「你猜猜看。」

阮氏瞄了紙包一眼，笑了起來。「妳爹領著妳去找妳大伯了吧！」這分明是珍味齋打包糕點的方法嘛！

以前寧有德回洛陽的時候，也曾帶過幾回這樣的糕點回去，阮氏自然是見過的。

寧汐笑著點頭。「是啊，今天在雲來居比試完廚藝之後，爹就帶我去找大伯了。只可惜大伯很忙，沒時間和我們說話。說是等過兩天有空了，讓我們去他家呢！」

寧暉的全部注意力都被第一句吸引住了，忙問道：「妹妹，今天比試的結果怎麼樣？爹贏了嗎？」

阮氏也屏住了呼吸，滿臉期盼的看著寧汐。

寧汐嘻嘻一笑。「說起這個，可就精彩了，且聽我慢慢道來……」眉飛色舞地將今天在雲來居裡發生的事情一一說了出來。

寧汐說得繪聲繪色，阮氏和寧暉聽得更是入神極了。待聽到最後是以平手告終的時候，阮氏長長的鬆了口氣。

寧暉樂得眉開眼笑。「爹可真厲害，在人家的地盤上，還能和江大廚鬥個平手。要是這消息傳開來，爹很快就有名氣了。」

寧汐美滋滋的點頭。「是啊，你們可不知道，我當時緊張得不得了，生怕爹會輸給那個江大廚呢！」只不過，她根本不敢在寧有方面前表露出來，唯恐寧有方會受了影響。

阮氏抿唇一笑，細心地給寧有方留了飯菜，然後招呼著一雙兒女坐下吃飯。

兄妹兩個照例你來我往鬧騰個不停，飯桌上異常的熱鬧。吃完了晚飯之後，寧汐搶著收拾了碗筷。

阮氏在燈下做起了針線，寧暉捧著書本看得專心致志，寧汐百無聊賴，索性托著下巴打起了瞌睡。寧暉偶爾抬頭看一眼，頓時啞然失笑。

寧汐已經迷迷糊糊的睡著了，頭不時地往下滑，嘴角邊還流了點口水。

寧暉忍住笑，輕輕的擦去寧汐嘴角邊的口水。這丫頭，今天一定是累壞了吧！嘴上卻只挑好的說……

阮氏也看了過來，輕聲說道：「把你妹妹喊醒，讓她回屋去睡吧！」

寧暉壓低了聲音說道：「算了，別叫醒她了，我抱她進去睡吧！」說著，小心翼翼地將寧汐抱了起來，慢慢地走到屋裡，把她放到了床上。

寧汐果然累了，從頭至尾都沒醒，翻了個身，睡得很香甜，自然也就不知道寧有方又喝得醉醺醺的回來了。

到了第二天，寧汐才知道寧有方又喝多了，又是心疼又是好笑，不停地嘟囔著。「這個容少爺也真是的，還以為他有什麼事，原來又拖我爹喝酒去了。哼，下次我非得跟著一起去不可。」要是昨晚她也跟著去，肯定不會讓寧有方喝這麼多酒的。

阮氏笑著嘆口氣。「好了，讓妳爹再睡會兒，妳就別在旁邊嘀咕了。」

這一睡，又到了中午時分，寧有方才醒，頭還有些暈暈乎乎的，用冷水洗了臉才算清醒了一些。

寧汐調侃道：「爹，看來容少爺那兒有不少好酒吧！」每次一去就喝成這個樣子回來。

寧有方心虛地笑了笑，立刻轉移話題。「容少爺說打鐵要趁熱，說是今天就讓人送帖子到百味樓。要是沒什麼意外的話，我們明天就去百味樓。」

寧汐的注意力果然被轉移了過來，好奇的問道：「聽說百味樓的薛大廚是容府裡薛大廚的弟弟是嗎？」

寧有方笑著點點頭。「是啊，他們是親兄弟，當年拜的是同一個師傅。不過，在廚藝上卻各有所長。容少爺說，那位薛大廚比起容府裡的薛大廚要稍微差了一點點，讓我不用擔心。」

寧汐聽了這話，稍稍放下心來。

寧有方又笑著瞄了寧暉一眼。「暉兒，容少爺聽說你想找個好夫子，特地推薦了一個。聽說那位夫子姓于，很有學問，在京城也很有些名氣。」

寧暉眼睛一亮，立刻湊了過來。「真的嗎？于夫子這麼有名氣，會肯收我做學生嗎？」一般來說，有名氣的夫子收學生都是很嚴格的。

寧有方咧嘴一笑。「容少爺和那位于夫子有些交情，只要替我們寫封推薦信，于夫子肯定會收下你的……」

寧汐卻覺得有些不對勁了，連忙插嘴問道：「爹，這件事是容少爺主動提出來的嗎？」

「是啊！」寧有方笑著點頭。「真沒看出容少爺倒是個外冷內熱的好心腸。」

外冷內熱？好心腸？這兩個詞也可以和容瑾連繫到一起嗎？寧汐微不可見的撇撇嘴，心裡總覺得有些不對勁。

容瑾怎麼忽然變得這麼好心了？又是安排住處，又替寧暉出力找夫子……該不會有什麼陰謀吧？

可想來想去，似乎寧家上上下下也沒什麼值得容瑾這麼花費心思的吧！難道容瑾是看中了寧有方的手藝，才會故意施以恩惠，讓寧有方將來為他做牛做馬？

想了半天，似乎也只有這個解釋了。

寧暉卻高興得不得了，這些天他一個人悶在院子裡自己埋頭看書，總覺得缺人指點有點摸不著頭緒。要是有個好夫子指導，當然是事半功倍了。

寧汐見他一臉歡喜，也跟著高興起來。「哥哥，等正式的拜了師，你可得好好的讀書，爭取明年就考中個舉人，為我們寧家光耀門楣。」

寧暉用力地點點頭，遙想著美好的未來，笑得合不攏嘴了。

——未完，待續，請看文創風094《食全食美》3

天才廚藝美少女遇上天下最挑剔刁嘴的美少年

重生的試煉．穿越的新鮮
人情的溫暖．溫柔的情意
精緻烹煮的美食佳餚，佐以專一的愛情調味，
引得你食指大動、會心一笑……

文創風 093

食全食美 2

國家圖書館出版品預行編目資料

食全食美 / 尋找失落的愛情著. --
初版. -- 臺北市 : 狗屋, 民102.06-民102.07
冊 ; 公分. --（文創風）
ISBN 978-986-328-079-8（第2冊：平裝）. --

857.7　　102009599

著作者	尋找失落的愛情
編輯	王佳薇
校對	黃薇霓　黃亭蓁
發行所	狗屋出版社有限公司
地址	台北市104中山區龍江路71巷15號1樓
電話	02-2776-5889～0
發行字號	局版台業字845號
法律顧問	蕭雄淋律師
總經銷	知遠文化事業有限公司
電話	02-2664-8800
初版	102年6月
國際書碼	ISBN-13　978-986-328-079-8
原著書名	《十全食美》，由起點女生網（www.qdmm.com）授權出版

定價250元

狗屋劃撥帳號：19001626

網址：love.doghouse.com.tw　E-mail：love@doghouse.com.tw